CW00486498

# LA DERNIÈRE CHASSE

Né en 1961 à Paris, Jean-Christophe Grangé découvre le monde en devenant journaliste. C'est lors d'un reportage sur les oiseaux migrateurs que naît l'idée de son premier roman, *Le Vol des cigognes*. Son deuxième thriller, *Les Rivières pourpres*, est adapté à l'écran par Mathieu Kassovitz ; le film, comme le roman, connaît un immense succès en France mais aussi dans le reste du monde. Devenue culte, l'œuvre de Grangé est traduite en plus de trente langues… La plupart de ses thrillers ont été adaptés au cinéma ou à la télévision.

*Paru au Livre de Poche :*

LE CONCILE DE PIERRE

CONGO REQUIEM

L'EMPIRE DES LOUPS

LA FORÊT DES MÂNES

KAÏKEN

LA LIGNE NOIRE

LONTANO

MISERERE

LE PASSAGER

LES RIVIÈRES POURPRES

LE SERMENT DES LIMBES

LA TERRE DES MORTS

LE VOL DES CIGOGNES

JEAN-CHRISTOPHE GRANGÉ

# *La Dernière Chasse*

ROMAN

ALBIN MICHEL

© Éditions Albin Michel, 2019.
ISBN : 978-2-253-24152-2 – 1re publication LGF

# I

# LA PISTE

# 1

Aucun souvenir, ou presque.

Quand on l'avait repêché dans le torrent, ouvert de bas en haut, exsangue, il était rempli de flotte comme une outre de trappeur. À ce moment-là, il était encore conscient – conscient de quoi, on se le demande.

Dans l'ambulance, il avait sombré dans le coma. Deux semaines étaient passées ainsi. Deux semaines de néant avant qu'une lumière s'allume au fond de son cerveau. Un puits laiteux d'où jaillissaient des objets vagues, des créatures informes, des bribes de vie… À ce stade c'était l'idée du sperme qui prédominait.

Puis l'analogie avec le lait s'était imposée. Il songeait à un épisode célèbre de la cosmogonie indienne. Des fresques qu'il avait admirées jadis dans les temples d'Angkor : les dieux et les démons barattant la mer de lait pour en faire jaillir des créatures prodigieuses. Dans son cerveau, cette danse ne produisait que des épisodes de violence, des gueules d'assassins, des défaites mal digérées… Tout ce qui compose la mémoire d'un flic de la Crime.

Finalement, à la grande surprise des médecins, il avait repris connaissance. C'était la danse des dieux qui continuait, mais *in real life*, le temps coulait en lui comme dans un bidon crevé, nuits et jours interchangeables, sensations définitivement enterrées sous le plâtre et l'anesthésie. Selon les médecins, tout ça était bon signe.

Plus tard encore, il avait pu s'asseoir dans son lit et demander des nouvelles. De qui ? De quoi ?

De Fanny Ferreira d'abord, celle qui l'avait éventré jusqu'à la gorge. Elle n'avait pas survécu à leur tango à deux dans le courant glacé. On l'avait enterrée avec sa sœur jumelle dans un lieu tenu secret, à quelques kilomètres de Guernon. Pas de cimetière pour les sœurs maléfiques…

De Karim Abdouf ensuite, son acolyte improvisé dans cette enquête de terreur. Lui avait rédigé de rapides conclusions sur l'affaire qu'il avait balancées au visage des gendarmes puis avait démissionné. « Rentré au pays. » Niémans n'avait pas insisté : il savait que Karim était apatride. Il n'avait pas cherché à le joindre. Après tout, ils n'avaient rien à partager sinon de mauvais souvenirs.

Il était temps de réintégrer le monde des gens ordinaires. Dans sa chambre d'hosto, les huiles de la police judiciaire et les gradés de la gendarmerie nationale étaient venus le féliciter. Médaillé en pyjama, il avait eu l'impression d'être épinglé comme un papillon mort sur un tableau de liège. Même goût, même couleur.

Il avait aussi été déclaré « invalide de première

catégorie» par la Sécurité sociale. Il ne pouvait plus exercer son métier de flic de terrain et il allait toucher une pension d'invalidité. Niémans se demandait déjà s'il n'aurait pas été préférable qu'il coule avec Fanny dans les eaux du glacier.

Mais l'administration française ne vous abandonne pas: elle vous recycle. Après sa convalescence, on lui avait proposé un poste de professeur à l'École de police de Cannes-Écluse. Pourquoi pas? Il avait le sentiment que son expérience pouvait profiter aux apprentis flics.

Pourtant, après trois années d'exercice, on lui avait fait comprendre que sa vision du métier ne correspondait pas, comment dire, aux critères établis de la fonction. On le remit en circulation, mais à la marge. Consultant, conseiller, médiateur – n'importe quoi pourvu qu'il reste sur le banc de touche.

Côté physique, il était totalement remis. Côté psychique, c'était une autre histoire. Il vivait avec un manteau mouillé sur le dos, le genre de fardeau qu'on appelle en général «dépression». Signes récurrents: parpaing sur l'estomac, frissons convulsifs, gorge nouée à double tour… Toujours à deux doigts de chialer, il éprouvait constamment une furieuse envie de dormir, manière comme une autre d'échapper à cet état délétère.

Deux années passèrent encore ainsi, entre frustration et lassitude, humiliation et indifférence, jusqu'au jour où ses anciens compagnons – ceux qui avaient su grimper dans la hiérarchie – se souvinrent de lui.

«V'là le topo, lui avait-on dit en substance, y a de

plus en plus de crimes cinglés aux quatre coins de la France, les cruchots s'en sortent pas. On va monter un Office central qui pourra envoyer des gars de Paris dans tout l'Hexagone. Des flics aguerris, détachés, au cas par cas, auprès des services de gendarmerie.

— Super. On est combien ?

— Pour l'instant, t'es tout seul. C'est plus un test qu'un projet officiel. »

*Tu m'étonnes.* L'idée de lancer des flics au secours des gendarmes était une offense au bon sens. Personne n'y croyait et personne ne se souvenait même sous quel ministère une idée pareille avait pu germer.

Pour un projet mort-né, quel meilleur candidat qu'un fantôme ? Le problème est que Niémans avait pris la blague au sérieux. Il avait même demandé un adjoint.

— Ho, vous avez fait le plein ?

Ivana se penchait vers la fenêtre de la Volvo, les bras chargés de salades, de graines, d'eaux minérales, tout ce que peut offrir une station-service à une végane fantasque.

Niémans se secoua et sortit pour faire son devoir. Remplissant son réservoir, il revint à sa réalité immédiate : une autoroute allemande au début de l'automne, un après-midi rouge comme un Rothko. Pas désagréable, mais pas non plus le sommet de la joie.

Il marcha jusqu'à la caisse. Il aurait dû être d'humeur allègre : après des mois de paperasse, de statistiques, de dossiers envoyés avec parcimonie par la gendarmerie nationale, enfin le terrain.

Le truc bizarre, c'était qu'on les envoyait en

Allemagne, à Freiburg im Breisgau, en français Fribourg-en-Brisgau, dans la célèbre région du Schwarzwald, c'est-à-dire la Forêt-Noire. Ils étaient partis à l'aube et étaient parvenus à Colmar à 10 heures du matin – Niémans ne respectait jamais les limitations de vitesse, question de principe.

Le procureur de la République du TGI lui avait expliqué que le meurtre qui les intéressait avait été commis dans la forêt de Trusheim, en Alsace, mais que victime, suspects, témoins et tout ce qu'on voudra étaient allemands. Le groupement de gendarmerie départemental du Haut-Rhin s'occupait de la partie française, ils étaient en charge de la partie allemande.

Avait suivi un long exposé à propos des accords entre les polices européennes qui allaient leur permettre de bosser sur le territoire teuton en collaboration avec la LKA, la Landeskriminalamt de la région du Bade-Wurtemberg.

Niémans n'avait rien compris mais n'était pas inquiet. Il savait que, pendant qu'il se fadait ce discours abscons, Ivana avait récupéré le dossier des gendarmes alsaciens et qu'elle était déjà en train d'en intégrer le moindre détail pour lui servir un briefing au petit poil.

Tout en payant, il lui lança un regard à travers la vitre : elle s'agitait dans la voiture, calant ses vivres autour de son siège passager comme s'il s'agissait de munitions dans un tank.

Ivana Bogdanović.

La numéro deux du duo.

Ce qui lui était arrivé de mieux depuis son retour du néant.

# 2

Ce qu'il aimait d'abord chez elle, c'était son look.

Ce blouson en daim qu'elle portait en toutes circonstances, qui prenait un ton taupe dans l'ombre et une teinte écureuil à la lumière. Son jean élimé, ses boots râpées, ses cheveux rouges. Tout ça distillait quelque chose de cohérent et de chaleureux. Quelque chose qui avait à voir à la fois avec la mélancolie des feuilles mortes et la vitalité d'un réseau de veines gorgées de sang.

Elle n'était pas très grande, mais très mince. On aurait pu dire « menue », mais son ossature et surtout ses muscles à fleur de peau interdisaient ce genre de terme faiblard. Sa silhouette de chat écorché évoquait plutôt une force survivante. Il y avait eu une catastrophe, d'accord, mais ce qui restait était d'une intensité rare.

De l'os, du muscle, de la rage.

Avec sa peau trop blanche de rousse, elle lui faisait aussi penser aux couteaux eskimos taillés dans une seule et même pièce d'ivoire, dont une extrémité est affûtée alors que l'autre tient parfaitement dans la main. Niémans ignorait si Ivana tenait bien dans les bras de ses amants mais il était certain qu'elle savait la nuit se faire aussi chaude et douce qu'elle apparaissait dure et froide le jour.

Ivana avait suivi ses cours à l'École nationale supérieure de la police de Cannes-Écluse. Lors du premier appel, il avait mal prononcé son nom.

Elle l'avait repris et avait aussitôt ajouté :

« Mais appelez-moi comme vous voudrez. »

Pas une formule de modestie mais au contraire une réponse d'orgueil : elle se situait au-dessus de ce genre de vissicitudes, au-dessus du lot, au-dessus de tout.

Au fil des mois, il avait pu détailler sa beauté acérée – pommettes hautes, sourcils en pointes de pinceau. Et cette rousseur qui le fascinait et lui rappelait, il ne savait pourquoi, des crépuscules à Ibiza, des fêtes hippies, des méditations sous acide… Autant de choses qu'il exécrait en général mais dont l'idée, associée à Ivana, lui plaisait soudain.

En réalité, tout ce processus de découverte était bidon. Niémans essayait de se berner lui-même. Il jouait aux émerveillés mais connaissait Ivana depuis longtemps – et il savait de quoi elle était capable. Ils voulaient tous deux oublier leur première rencontre de jadis et repartir de zéro.

— Et mon café ? demanda-t-il en tournant la clé de contact.

Elle désigna une boisson dans le porte-gobelet.

— Mauvais pour la santé. J'vous ai pris une infusion.

Niémans démarra en grognant. Ivana se roula en boule au fond de son siège et attaqua sa salade de quinoa, armée d'une fourchette en plastique. Quand elle cala ses talons contre le tableau de bord en ronce de noyer, le flic faillit hurler mais se ravisa.

Il n'aurait jamais toléré un tel outrage dans sa Volvo break de la part de quelqu'un d'autre, mais Ivana… Lui-même se carra dans son siège et prit appui sur son volant avant d'accélérer à fond. Il se sentait bien. Heureux et léger avec cette gamine qui se rongeait encore les ongles à 32 ans. Il aimait sa présence, son parfum, une espèce d'odeur de riz soufflé, beaucoup plus proche des crèmes pour enfants que d'une fragrance de femme fatale.

Quand il avait choisi le lieutenant Ivana Bogdanović pour l'épauler, personne n'avait compris. La jeune femme avait toutes les qualités requises, certes, mais… c'était une femme. Or on savait que Niémans était un vieux macho, misogyne sur les bords, phallocrate au milieu. À ses yeux, un flic devait être un homme, aussi simple que ça.

Niémans s'amusait de cette réputation. Complètement fausse : il avait une relation bien plus complexe avec les femmes. Il ne s'était jamais marié mais il ne s'agissait ni de mépris ni d'indifférence. Plutôt d'un respect mêlé de crainte…

Mais à propos d'Ivana, il n'y avait pas à chercher loin. Elle était ce qu'il avait croisé de mieux en matière de flic, et de loin, depuis un bail. Ses résultats à Cannes-Écluse parlaient d'eux-mêmes et ses états de service durant les années suivantes se passaient de commentaires. Ça tombait bien, car il n'aurait choisi personne d'autre.

— Je prends cette sortie ? demanda Niémans en voyant le panneau Freiburg.

— C'est ça, dit Ivana en picorant dans sa barquette à la manière d'un oiseau affamé.

Niémans accéléra.

— Bon, alors, et ce brief ?

# 3

— Selon le magazine américain *Forbes*, la famille Geyersberg serait la vingtième fortune d'Allemagne, avec un patrimoine estimé à une dizaine de milliards de dollars. C'est une lignée noble de la région du Bade-Wurtemberg, qui a consolidé sa fortune dans l'ingénierie automobile. Le groupe VG est un partenaire incontournable pour tous les constructeurs de bagnoles allemands.

— Qui est mort ?

Aussi invraisemblable que ça puisse paraître, Niémans n'avait pas eu le temps d'ouvrir le dossier d'enquête.

— Jürgen, le principal héritier du groupe avec sa sœur, Laura. Âgé de 34 ans, son corps a été retrouvé dimanche dernier dans la forêt de Trusheim, en Alsace.

— Pourquoi en Alsace ?

L'écureuil avait déjà fini son repas. Elle fourra la barquette vide dans le sac de la station et attrapa son iPad.

— Une ou deux fois par an, les Geyersberg invitent

le gratin de l'aristocratie de leur région et leurs principaux partenaires professionnels pour une grande chasse à courre. Le samedi, tout le monde déjeune dans le pavillon de chasse familial. On se prépare, on dort sur place puis, le dimanche matin, on franchit le Rhin en fanfare.

— Mais pourquoi aller en Alsace ?

— Parce que la chasse à courre est interdite en Allemagne depuis les années 50.

Toujours les pieds calés sur le tableau de bord, Ivana parcourait son iPad.

— Durant la chasse, deux invités français se sont paumés dans la forêt et ont découvert la dépouille du comte. Sa tête reposait à quelques mètres.

Niémans, sans lâcher la route, prit une seconde pour observer le cliché. Pas très ragoûtant : un corps verdâtre dans la boue, une gorge noire, béante, un buste traversé par une longue plaie verticale…

— D'après le rapport d'autopsie, commenta Ivana, le tueur a volé les entrailles de la victime.

Nouvelle image : la tête posée sur un tapis de feuilles.

— Qu'est-ce qu'il a dans la bouche ?

— Un brin de chêne. Une attention du tueur.

Ce détail lui évoqua un souvenir mais il préféra se taire – ne jamais l'ouvrir trop tôt, surtout auprès d'une adjointe comme Ivana.

— D'autres mutilations ?

— Deux blessures, oui, plutôt bizarres. Le tueur a castré sa victime puis il a pratiqué une incision autour de l'anus, comme s'il avait voulu faire passer les organes génitaux par ce trou.

— On les a retrouvés ?

— Non. Trésor de guerre, sans doute. On peut pas exclure non plus un viol par cet orifice mais on n'a pas retrouvé de sperme. Par ailleurs, cette cavité est trop large pour une verge normale. S'il y a eu viol, notre assassin est membré comme un taureau ou il a utilisé un tonfa.

Ivana ne quittait pas son ton léger, presque distrait. Elle badinait avec la mort.

— La dernière fois qu'on l'a vu ?

— Le samedi midi. Il a disparu dans l'après-midi et il n'est réapparu que le dimanche matin, au pied d'un chêne.

— Les deux Français sont suspects ?

— Pas du tout. Des fabricants de composants électroniques de Strasbourg.

— Où en sont les cruchots ?

— Nulle part. Les relevés sur la scène de crime n'ont rien donné : pas la moindre empreinte, aucun fragment d'origine humaine…

— Même pas de traces de pas ?

— Non. Le tueur a pris soin de balayer la terre dans un rayon de deux ou trois mètres. Au-delà, c'est comme s'il s'était volatilisé. Selon le légiste, Jürgen a été tué le dimanche matin à l'aube. Il a plu ensuite, des feuilles sont tombées… Peut-être que le tueur a attendu que le vent se lève pour quitter les lieux, ou bien il a grimpé aux arbres…

Niémans sentit une crispation. Cette morsure qui ressemblait déjà à une curiosité ambiguë à l'égard de ce prédateur plus proche de la nature que de la civilisation moderne. En tout cas, cela allait avec ses premières intuitions – le brin de chêne, la mutilation de la région anale. *La ferme*...

— Les gendarmes ont interrogé les aristos ?

— Ils y ont passé leur dimanche. Personne n'a rien vu, rien entendu : les chasseurs étaient focalisés sur leur proie. Après tout, ils n'étaient qu'une cinquantaine de gars et une centaine de chiens pour traquer un cerf...

Connaissant les convictions sans nuance d'Ivana, Niémans redoutait cette enquête dans le milieu de la chasse. Mais l'heure n'était pas à la polémique : ils traversaient maintenant une forêt éblouissante. Un somptueux incendie de flammes vertes sous un ciel absolument pur.

— Objectivement, l'assassin pourrait se trouver parmi les invités des Geyersberg ?

— Dans ce cas, il a traversé le Rhin en pleine nuit pour gagner la forêt de Trusheim, puis il est rentré en Allemagne pour ensuite repartir avec toute la troupe le lendemain matin en France.

— Pourquoi pas ?

— Pourquoi pas, en effet. Mais compliqué. La vraie question est : que foutait le comte dans cette forêt en pleine nuit ?

— On lui avait peut-être donné rendez-vous ?

— Son dernier appel remonte à samedi, 15 h 23.

— À qui ?

— Sa sœur. Le coup de fil n'a duré que quelques secondes.

— Les fadettes des invités, les appels dans toute la zone ?

— Ç'a été vite fait. La forêt, des deux côtés de la frontière, appartient aux Geyersberg. Durant le week-end, les téléphones sont interdits. La chasse à courre demande une concentration maximale, paraît-il. Du reste, les portables ne passent pas sur tout ce territoire.

— Pourquoi ?

— Les Geyersberg ont installé des brouilleurs : leur forêt doit rester pure. C'est une nature protégée, au sens fort du terme.

Ivana parcourait maintenant des procès-verbaux de la LKA.

— Tu parles allemand ? demanda Niémans, surpris.

— C'était ma deuxième langue au lycée.

— On n'a pas dû aller à la même école. L'anglais était ma première et tu vas pas être déçue du voyage. Côté mobile, qu'est-ce qu'on a ?

— Ça ratisse large : argent, jalousie, rivalité professionnelle. Encore une fois, la famille pèse plus de dix milliards de dollars. Depuis la mort de leurs parents, le frère et la sœur dirigent le groupe d'une main de fer.

— Qui va hériter ?

— On n'en sait rien pour l'instant mais a priori, c'est Laura, la sœur, qui va ramasser le gros lot.

— Elle a quel âge ?

— 32 ans.

— On l'a interrogée ?

— Elle a un alibi pour la nuit de samedi à dimanche. Elle couchait avec un gars de sa boîte. De toute façon,

Jürgen et Laura étaient inséparables. On doit la voir tout à l'heure. On jugera par nous-mêmes.

— Qui d'autre ?

— Des groupes rivaux, d'autres membres de la famille, des actionnaires... VG est une vraie nébuleuse, ceux qui ont intérêt à cette mort sont légion.

Une victime décapitée en pleine forêt, des entrailles et des organes génitaux volés : le mode opératoire ne collait pas vraiment avec l'univers feutré des conflits industriels et des intérêts financiers.

— Y a plus exotique, reprit Ivana. Le petit comte était porté sur le SM. Il fréquentait des boîtes spécialisées à Stuttgart et faisait venir des pros à Fribourg.

— Je doute qu'il ait fini décapité parce qu'il aimait se faire fouetter le cul. On connaît toi et moi ce genre de milieu. Le touche-pipi du crime.

Il s'en voulait déjà d'avoir utilisé ce ton condescendant. D'abord, en matière de désir, chacun est libre chez soi. Mais surtout, pourquoi mépriser ce qui n'était pas *réellement* violent ? C'était comme toujours faire la part belle à la vraie criminalité, avec ce mélange de fascination et d'admiration qui empoisonnait nos sociétés.

— Je suis pas d'accord, rétorqua Ivana. Jürgen a pu tomber sur le mauvais numéro. Par ailleurs, c'est dans ces moments-là qu'il était le plus vulnérable...

Imaginer un tel scénario ne répondait pas à la question principale : pourquoi en forêt ? Comme un début de réponse, la route surplombait maintenant la Forêt-Noire, une chaîne de montagnes entièrement couverte d'une fourrure étincelante dont on disait, pour peu qu'on l'observe à bonne distance, qu'elle virait au noir.

Pour l'instant, dans le soleil vif de l'après-midi, cette suite infinie de collines, de vallées, de lignes sinusoïdales qui évoquaient une mer végétale était bien verte. C'était là-dedans qu'ils allaient se perdre. Un gigantesque labyrinthe de routes et de sentiers enfouis sous une végétation en érection, où se cachait un prédateur.

— Quelque chose d'autre ?

— L'attentat politique, murmura Ivana.

Niémans sut immédiatement que ce mobile avait ses faveurs.

— Il faisait de la politique ?

— Non. Mais c'était un grand chasseur, comme tous les membres de sa famille.

— Et alors ?

— Les Geyersberg possèdent des milliers d'hectares de forêt uniquement dédiés à cette activité. Ils ont racheté des terres, fait passer des décrets, interdit l'agriculture, tout ça pour simplement posséder un plus vaste terrain de jeu.

— Tu viens de me dire qu'ils étaient obligés de venir en France pour chasser.

— La chasse à courre est interdite mais les Geyersberg pratiquent toutes les autres disciplines, à l'affût, en battue…

— On dit « à la battue ».

— J'y connais rien, fit-elle avec un mélange de dégoût et de fierté. Dans tous les cas, Jürgen représentait le chasseur dans toute son horreur, ne respectant que sa soif de sang.

— Il se serait donc fait dessouder par des activistes antichasse ou des agriculteurs en colère ?

Elle sourit avec l'air de quelqu'un qui a une idée derrière la tête. Niémans l'adorait quand elle jouait à l'espiègle, le cou enfoncé dans son col en bord-côte.

— Les activistes antichasse sont plutôt virulents dans la région.

— De là à lui couper la tête…

— Ils auraient pu mettre en scène sa mort comme celle d'un gibier, pour faire un exemple.

Niémans préféra revenir aux bons vieux fondamentaux :

— Et le tueur fou ? Celui qui agit sans connaître sa victime, au nom de sa démence personnelle ? Cela aurait pu tomber sur Jürgen…

— Les gendarmes ont ratissé les fichiers, côté Alsace et côté Bade-Wurtemberg. Pas d'autres meurtres de ce type ni de cinglés évadés. Si c'est un tueur psychopathe, c'est sa première fois. Mais un détail plaide pour cette hypothèse.

— Lequel ?

— La pleine lune. L'astre était au pic de son cycle quand le milliardaire s'est fait éventrer.

Sa came habituelle. Du sanglant, du dément, de l'inexplicable… Il fut pris d'un frisson qui se transforma en tremblements. Depuis qu'il avait traversé la mort, il avait tout le temps froid, comme si son corps n'avait jamais retrouvé ses facultés premières.

— La famille, qu'est-ce qu'elle dit ?

— Les flics allemands ont à peine osé les interroger. C'est aussi pour ça qu'on nous envoie là-bas : on sera plus à l'aise pour s'attaquer au clan. Vous prenez la première à droite.

— On va où au juste ?

— Voir le médecin qui a suivi l'autopsie.

— « Suivi » ? Qu'est-ce que tu veux dire ?

— Les Geyersberg ont exigé que leur médecin de famille assiste à l'autopsie.

— Qu'est-ce que c'est que ces conneries ?

— Mesure spéciale. Schengen, ça marche aussi pour les cadavres, et les Geyersberg ont le bras long. Prenez à gauche maintenant.

Niémans braqua et se retrouva sur un sentier caillouteux brutalement ombragé. Les arbres brun-vert réunissaient leurs cimes et semblaient se faire la courte échelle pour monter jusqu'au ciel.

— Je comprends pas. On va pas dans un hosto ?

— Tout droit.

# 4

Soudain, le sentier bifurqua et le lac apparut en contrebas. Un gigantesque miroir scintillant au soleil, dont les contours se perdaient sous une frange de sapins noirs. La couleur des flots, oscillant entre acier et ardoise, évoquait une masse dure, contractée, impénétrable.

— Le lac Titisee, annonça Ivana, fière de son effet.

Niémans apercevait les chalets accrochés aux flancs des collines autour de l'étendue d'eau. Des baraques en bois toutes neuves, mais à l'air très ancien, donnaient une impression d'intemporalité chaleureuse. Une image pour tablettes de chocolat.

Il revint au chrome parfait de la surface. On aurait dit une carrière d'un minerai particulier, celui dans lequel avaient été forgées les bombes de la Luftwaffe.

Le chemin tourna encore et le lac disparut. De nouveau, le tunnel de conifères… Niémans ne comprenait vraiment pas où ils allaient.

— Philipp Schüller, expliqua Ivana, vit en

communauté dans un centre affilié à la société Max-Planck, l'équivalent de notre CNRS. Ces chercheurs vivent en autonomie quasi complète. Leurs laboratoires sont alimentés par l'énergie solaire, ils cultivent leurs potagers et fabriquent leur propre savon.

— Génial.

Niémans ne pouvait s'empêcher d'adopter un ton persifleur quand on lui parlait d'écologie et de ses défenseurs. Il savait pourtant qu'ils étaient du bon côté de l'avenir.

Comme une confirmation, le paysage ne présentait plus maintenant aucun signe de modernité, pas le moindre pylône, pas la moindre installation humaine. La nature occupait désormais tout le cadre, du haut de son indifférence glaçante.

Le sentier se mit à descendre en direction d'un petit vallon où se nichait un ensemble de fermes ceinturées par un mur d'enclos couvert de vigne vierge.

— T'es sûre de l'adresse ? demanda-t-il, de plus en plus désorienté. Ils font du fromage de chèvre ou quoi ?

— Pas de sarcasme, Niémans. Ces gars-là appartiennent au futur.

— Regarde, remarqua-t-il, y a même un des sept nains qui vient à notre rencontre.

L'homme en avait la barbe et la bedaine, mais, à mesure qu'il s'approchait, il révélait plutôt une taille d'homme ordinaire. Des lunettes rondes, un bâton à la main, un air réjoui sur sa face rouge, il aurait pu appartenir à la bande à Blanche-Neige en effet, mi-Prof, mi-Joyeux.

— Ralentissez, fit Ivana. Ça doit être Schüller. Je l'ai prévenu de notre visite.

Niémans obtempéra, stoppant à hauteur de l'hôte qui les attendait devant le portail de l'enceinte.

— Désolé, dit-il en se penchant vers la fenêtre du conducteur, pas de voiture à l'intérieur du hameau.

Il parlait un français parfait avec, à tout prendre, un léger accent allemand ou alsacien.

— C'est une zone protégée, ajouta-t-il, puis, en indiquant un carré de terre battue : Le parking maison.

En sortant de la Volvo, Niémans remarqua que les longères qu'on apercevait à l'intérieur, le mur de ceinture et les multiples essences d'arbres qui entouraient le hameau dessinaient un jardin à l'harmonie japonaise – les couleurs, la disposition, l'équilibre, tout semblait avoir été pensé pour inspirer un sentiment de sérénité.

Une fois les présentations faites, les flics suivirent Schüller. Tous les signaux étaient au vert : du lichen, des fougères, des orties jouaient les ornements autour du porche et une forte odeur de purin gagnait en intensité à chaque pas. Les recherches du futur ? Sans blague ?

Dans la cour, l'incrédulité de Niémans redoubla : des femmes lavaient leur linge à la main dans des bassines en zinc, des hommes portaient des brouettes de compost, d'autres, tous barbus, assis autour d'une longue table de bois, écossaient des petits pois…

— Vous fiez pas aux apparences, fit Schüller en souriant. Nos chercheurs sont parmi les meilleurs d'Europe. On a même un Prix Nobel !

— Sur quoi vous travaillez au juste ? demanda Niémans avec scepticisme.

— Biologie. Physique. Génétique. On cherche des solutions aux problèmes écologiques.

Ivana intervint :

— Mais vous êtes aussi le médecin de famille des Geyersberg ?

— C'est la même chose, non ? rétorqua-t-il sur un ton malicieux.

Il parut aussitôt regretter cette réflexion.

— Excusez-moi, reprit-il, c'est pas le moment de plaisanter. Pauvre Jürgen… Je l'ai vu naître, vous savez ? Par ici, s'il vous plaît.

Schüller se dirigea vers le bâtiment principal, dont la porte était surmontée d'une cloche et d'une cigogne en fer forgé. Niémans ne pouvait quitter du regard ces scientifiques d'élite qui ressemblaient à une bande de babas des années 70.

Le médecin poussa une lourde porte tout en se débarrassant de ses bottes en caoutchouc sur le perron de pierre. À l'intérieur, des chaussons de feutre étaient alignés en rangs serrés.

— Ça ne vous dérange pas de vous déchausser ? Entrez.

# 5

Ils pénétrèrent dans une pièce d'un autre siècle : sol carrelé de tommettes, cheminée haute comme une arche, étagères chargées de casseroles en cuivre. Une grande table trônait au centre de la salle, surplombée par des petites lampes aux abat-jour en verre sablé. Les volets, à demi fermés, laissaient reposer l'ensemble dans une pénombre mordorée.

Ayant enfilé leurs chaussons, les deux flics s'avancèrent.

— Bière ? Schnaps ?

Schüller venait d'ouvrir un réfrigérateur géant avec distributeur de glaçons qui tranchait avec le décor. La lumière de l'engin s'insinuait dans la barbe du bonhomme et la faisait pétiller à la manière d'une pinte de brune.

— Va pour la bière, fit Niémans.

— Allez, dit Ivana.

Ils s'attablèrent en silence. Une odeur de cire et de pierre humide planait dans l'air : plus agréable que les effluves du purin.

Ils décapsulèrent leur binouse et laissèrent encore passer quelques secondes. Avec un peu d'imagination, on aurait pu se croire dans une taverne du Moyen Âge.

— Qu'est-ce que vous voulez savoir au juste ? demanda enfin Schüller. J'ai remis mon rapport aux policiers français y a deux jours. J'ai aussi été interrogé par les gars de la Landespolizei. Croyez-moi : un Geyersberg assassiné, ici, ça fait beaucoup de bruit !

— D'abord, attaqua Niémans, je voudrais éclaircir un détail. Pourquoi avez-vous assisté à l'autopsie de Jürgen ? Qui vous l'a demandé ?

Schüller fit claquer sa langue. Un avant-bras posé sur la table, sa bière dans l'autre main, il paraissait sortir d'un tableau de Brueghel l'Ancien.

— C'est Franz qui me l'a demandé.

— Qui ?

— Le frère du père de Jürgen et Laura, dit Ivana.

Schüller tendit sa bouteille en direction de la rouquine, comme pour acquiescer.

— L'oncle de Jürgen et de Laura souhaitait que je rédige mon propre rapport. Le procureur de Colmar a même accepté de le prendre en compte officiellement.

— Franz se méfiait du médecin légiste français ?

Schüller haussa une épaule.

— Défiance héréditaire. Un Geyersberg est censé suspecter tout le monde…

— Dans ce document, enchaîna Ivana, vous dites n'avoir aucune certitude sur la cause exacte de la mort.

Schüller s'enfila une nouvelle rasade et fit une petite grimace.

— Avec la décapitation, impossible d'être sûr.

— Mais vous pensez qu'il a été égorgé ?

— Sans doute, répondit-il d'une voix éteinte. Pauvre gosse…

Il semblait au fil de l'échange renouer avec le cauchemar de l'autopsie – ou avec celui du martyre de Jürgen.

— Une chose est sûre…, reprit-il. L'assassin lui a tranché la tête au couteau. Je ne pourrais pas jurer du modèle mais je parierais pour un couteau de chasse. Le cou porte des marques de coups de cisaille. Il ne s'agit ni d'une scie, ni d'une machine quelconque.

Ivana avait sorti un calepin et notait à toute vitesse – pour être plus efficace, elle avait appris une technique en voie de disparition : la sténographie.

— Le tueur lui a ouvert l'abdomen et il a prélevé des organes. Pourquoi à votre avis ?

Schüller se leva et attrapa une nouvelle bière dans le réfrigérateur.

Il la décapsula d'un coup de paume sur un coin de table et revint s'asseoir.

— Un réflexe de chasseur. C'est ce qu'on fait pour libérer les gaz et éviter le gonflement des organes.

— La mutilation de l'anus a aussi quelque chose à voir avec la chasse ?

— Bien sûr. On sort les entrailles par l'incision verticale du ventre, mais pour les organes génitaux, on les extrait par le cul pour ne pas risquer de souiller la viande avec l'urine et les selles.

La jeune Slave jeta un coup d'œil furieux à son mentor. Depuis le début, Niémans savait cela et il n'avait pas moufté.

— Le tueur est donc un adepte de la chasse ? reprit-elle, crayon en main.

— Pas n'importe laquelle : la pirsch.

— La quoi ?

— La chasse à l'approche, répondit Niémans.

Schüller acquiesça d'un sourire.

— Ici, il y a la chasse que tout le monde connaît, au fusil, et celle que tout le monde déteste, la chasse à courre. Et puis il y a la pirsch... (Il baissa la voix comme pour partager un secret :) La traque silencieuse et solitaire. Approcher sa proie au plus près et décider si elle est digne de mourir.

— Je ne comprends pas.

— On recherche seulement un mâle en parfaite possession de ses moyens. Un « mâle armé », comme on dit, avec de longues défenses s'il s'agit d'un sanglier ou de hauts bois si on a affaire à un cerf. C'est l'approche qui compte. La prouesse de se trouver à quelques pas de son adversaire le plus aguerri...

— Qu'est-ce qu'on fait alors ? On laisse la bête repartir ?

Schüller éclata de rire.

— On voit bien que vous n'êtes pas chasseur ! On l'abat d'une seule balle, tirée selon des règles très strictes. On appelle ça « la balle propre ».

— Mais Jürgen n'a pas été tué par balle, remarqua Niémans.

— Non. Votre homme s'inspire de la pirsch, mais pour tuer, il revient à une autre tradition : l'arme blanche.

— Jürgen von Geyersberg avait un brin de chêne

entre les dents, ça correspond à la tradition de la « bouchée », non ?

Schüller pointa cette fois sa bouteille en direction de Niémans : il appréciait d'avoir affaire à un connaisseur.

— Exactement. Quand la bête est tuée, on lui offre son dernier repas. En général, on trempe le brin dans son sang avant de lui fourrer dans la gueule. Certains chasseurs en boivent même un peu…

— Et vous, demanda Ivana d'un ton provocant, vous êtes amateur de ce genre de raffinements ?

Schüller ne parut pas se formaliser de l'agressivité de la fliquette. Il lorgna du côté de Niémans, l'air de dire : « Pourquoi avez-vous amené cette gamine ? »

— Non. Pas assez de patience. Je suis plutôt du genre à poursuivre le gibier avec mon chien. (Il leva encore sa bouteille.) Je suis même un spécialiste des races canines dans ce domaine !

Ivana gribouilla quelque chose dans son carnet puis releva le museau. *Laissons-lui la main.*

— Selon votre rapport, poursuivit-elle, le tueur n'a pas seulement extrait les organes, il en a volé d'autres : boyaux, œsophage, estomac…

— Il ne les a pas volés, il les a enterrés. Encore une règle de la pirsch.

— Pourquoi ?

— D'abord, ces parties sont immangeables. Mais surtout, c'est une zone taboue. (Le médecin reprit sa voix de comploteur :) La source profonde de la chaleur de l'animal, là où réside son sang noir, sa nature sauvage…

— Dans le cas présent, on n'est pas sûr qu'il les ait enterrés.

— Bien sûr que si.

— Pourquoi cette certitude ?

Schüller prit un air étonné.

— Mais… parce qu'on les a retrouvés un peu plus loin ! Je comprends pas, vous n'avez pas contacté vos collègues français ?

Ivana et Niémans échangèrent un regard : les cruchots leur avaient joué un sale tour. Ou bien avaient carrément oublié de les prévenir.

La fliquette, histoire de ne pas s'attarder sur les « dysfonctionnements internes de la police française », enchaîna aussitôt :

— Dans la pirsch, on coupe aussi la tête du gibier ?

— Si on veut en faire un trophée, oui. Ce qu'on appelle un « massacre ».

Niémans repéra le sourire en coin d'Ivana – voilà un terme qui lui semblait approprié.

— L'assassin a des connaissances physiologiques ? demanda-t-il. Il pourrait être un boucher ? un chirurgien ?

— Un chasseur, ça suffit largement. Un gars qui connaît son boulot. Je vous donne un autre exemple : pour extirper les viscères, il a scié les côtes au ras du sternum, exactement comme le fait un pro dans la forêt après avoir tué sa proie.

Le flic songeait à Jürgen von Geyersberg. Il n'avait pas les détails mais il pouvait imaginer la jeunesse et la formation de cet héritier. Grandes écoles, sports d'élite, vacances de luxe… Rien, absolument rien ne le prédestinait à mourir ainsi, à la manière d'un vulgaire sanglier.

Qu'essayait de leur dire le tueur ?

— Je vous remercie, professeur, ça sera tout pour l'instant.

— Pour l'instant ?

Niémans s'inclina en manière de politesse.

— Je veux dire que nous allons lire votre rapport avec attention et que nous aurons peut-être ensuite d'autres questions.

— Et mon témoignage d'aujourd'hui ? Je ne dois pas signer une déposition ?

— Aujourd'hui, tout cela restera *off the record*.

Ivana tiqua face à cette formulation grotesque de journaliste, mais elle avait sans doute capté le message souterrain : à 600 kilomètres de Paris, hors des frontières françaises, ils n'allaient pas se faire chier avec la paperasse.

Niémans était décidé à avancer à l'instinct, sans laisser de traces. Il ne risquait pas de lire le rapport de Schüller, écrit en allemand. En revanche, il voulait garder le professeur sous le coude à titre de consultant. C'était un chasseur doté d'une sacrée expérience.

Or il s'était déjà fait une religion : leur assassin était un pirscheur.

# 6

— La prochaine fois que vous avez des infos, cingla Ivana alors qu'ils traversaient la cour du centre de recherche, ça serait sympa de m'en parler avant d'interroger le témoin.

— Calme-toi. C'était juste une intuition.

— Vous voyez très bien ce que je veux dire. J'aime pas passer pour une conne.

Ivana n'avait surtout pas apprécié d'être cernée par deux machos évoquant l'art et la manière d'abattre des bêtes sans défense.

Mais elle se trompait : Niémans n'était pas un expert, ni même un chasseur occasionnel. Il possédait simplement quelques notions, collectées au gré de son expérience des armes à feu.

— Faut rappeler les cruchots, dit-il alors qu'ils franchissaient le portail principal.

— Ça servira à rien, ils nous font la gueule.

— Je crois que c'est pire que ça : ils nous ont carrément zappés.

Tandis qu'ils s'approchaient de la Volvo, la petite

Slave sortit son portable. Il devait être 17 heures et le jour amorçait déjà son recul, le fond du ciel prenant un étrange ton de soufre.

— Espérons que les flics allemands seront plus coopératifs, dit-elle en se coulant à l'intérieur de la voiture.

*Rien de moins sûr*... Cette première enquête démarrait sous de mauvais auspices. Un jeune milliardaire sacrifié comme un cerf. Une investigation en terre étrangère. Des gendarmes qui considéraient sans doute avoir achevé leur boulot. Quant aux Teutons, ils n'attendaient pas deux Français pour leur donner des conseils...

Le flic ferma les yeux. Quelque part dans les cimes, des légions d'oiseaux faisaient un vacarme d'enfer – des retardataires qui n'avaient pas encore migré.

À l'instant où il rouvrit les paupières, une volée de minuscules volatiles noirs s'éparpilla dans le ciel comme de la grenaille au sortir d'un double canon de fusil.

Niémans s'ébroua de cette brève absence et pénétra à son tour dans le véhicule.

— Qu'est-ce que tu fous ? demanda-t-il en s'installant derrière le volant.

— J'écris tout de même aux cruchots. Il nous faut le dossier complet.

— Sois aimable.

— Toujours. Vous me connaissez.

— La suite du programme, c'est quoi ? demanda-t-il en démarrant.

— On passe aux choses sérieuses, dit Ivana en

se connectant à une application de géolocalisation. Laura von Geyersberg, la sœur de Jürgen. Sa villa n'est qu'à quelques bornes d'ici. Prenez à droite en sortant du sentier.

Ils repassèrent devant le lac Titisee. Le miroir d'eau s'était assombri au point d'évoquer cette fois un gisement de charbon ou une nappe de mazout. Un matériau froid et noir, capable de nourrir des combustions dantesques.

Ivana ouvrit sa fenêtre et alluma une cigarette – ils avaient un deal : permission de fumer à condition de baisser la vitre. À l'idée que ses sièges en cuir s'imprègnent de l'odeur du tabac froid ou qu'elle brûle son tableau de bord en ronce de noyer, Niémans en crevait mais il se refusait à censurer un vice solitaire. Il vomissait la société d'aujourd'hui prétendant tout interdire au nom du bien. Jamais il ne contribuerait à cette dictature larvée, écœurante, la pire de toutes : celle de la bonne conscience.

Tout en conduisant, il observait la petite Slave du coin de l'œil – elle tirait sur sa clope comme sur un masque à oxygène. Les paradoxes de Mademoiselle. D'un côté, elle se soignait aux petits oignons (elle était végane, bio, yoga et on en passe...). De l'autre, elle se dévastait au quotidien : fumant comme un condamné à mort, elle n'avait arrêté la drogue et l'alcool que pour éviter de justesse l'overdose ou le coma éthylique. Par ailleurs, elle ne jurait que par la nature et l'avenir de la planète mais elle n'avait jamais foutu un pied à la campagne et ne se sentait bien qu'en zone urbaine, à biberonner du $CO_2$.

— Quel âge déjà, la comtesse ? reprit-il.
— 32 ans. De deux ans la cadette de Jürgen. À la disparition des parents, le frère et la sœur ont hérité de la direction du groupe VG. Laura va maintenant devoir se débrouiller seule.
— De quoi sont morts les parents ?
Ivana avait ressorti son iPad.
— Suicide pour la mère, cancer pour le père, 2012 et 2014.
— Il n'y avait personne d'autre que ces gamins pour prendre la relève ?
— La génération précédente était composée de trois frères, Ferdinand, le père de Jürgen et de Laura, Herbert, son frère, mort prématurément après avoir donné naissance à deux garçons, et Franz, dont on a déjà parlé, toujours vivant mais sans enfant.
— Celui-là, il n'aurait pas voulu reprendre le flambeau sur le tard, en éliminant le neveu ?
— J'en sais rien. Faut vérifier son alibi.
— Et les cousins, les enfants de Herbert ?
— Pareil. Mais les actionnaires du groupe ont toujours fait confiance à Jürgen et Laura et les résultats de VG sont au top. Il n'y a aucune raison de penser que Jürgen sera remplacé par un autre Geyersberg.
— Et entre le frère et la sœur, une rivalité était possible ?
— Faut voir. Elle pourrait être au contraire la prochaine de la liste…
De part et d'autre de la route, les deux murailles de sapins n'offraient aucune faille. Pas l'ombre non plus d'un pylône électrique ni d'un panneau de

signalisation routière. La civilisation semblait avoir été engloutie par la forêt.

— C'est encore loin ?

— On est déjà sur les terres des Geyersberg.

Niémans prit d'un coup la mesure de cette famille qui devait posséder des milliers d'hectares en Forêt-Noire. C'étaient eux qui avaient éliminé toute trace de civilisation dans leur domaine seigneurial. Pour mieux chasser, pour mieux respirer. Après les babas qui vivaient dans une bulle non polluante, ils passaient aux aristos qui préservaient jalousement leur terrain de jeu.

Le flic se concentra sur ses réflexions. La conduite lui stimulait les neurones. Les premiers renseignements sur le mode opératoire du meurtre ne cessaient de le tarauder et éveillaient déjà des théories contradictoires. On pouvait se dire que le meurtrier était un pirscheur et qu'à ses yeux, sacrifier un homme comme on le ferait d'un cerf ou d'un sanglier était un acte de toute beauté. Une sorte d'hommage.

Mais on pouvait aussi supposer le contraire : l'homme haïssait la pirsch, il la vomissait. Il avait reproduit ce mode opératoire pour simplement exprimer sa haine ou le mobile d'une vengeance – un accident de chasse ?

— Ralentissez, s'écria soudain Ivana. On va arriver au parc proprement dit de la propriété.

À cet instant précis, deux vigiles apparurent sur la route. Le fait bizarre est qu'il n'y avait ni portail, ni signalisation : cette voie bitumée appartenait aux Geyersberg et ne devait mener qu'à un seul endroit, le château de la comtesse.

Avec un temps de retard, Niémans réalisa que les arbres autour d'eux s'étaient resserrés encore et assombris au point de mériter, enfin, le nom de la région.

Ivana sortit de la voiture et s'entretint avec les sbires en allemand. En toute mauvaise foi, Niémans se dit qu'il avait sans doute été plus facile pour elle d'apprendre cette langue puisqu'elle était d'origine croate. Une réflexion débile : Ivana ne parlait pas sa langue paternelle et l'allemand n'avait sûrement rien à voir avec les langues slaves.

Ivana revint à sa place et ils roulèrent encore dix minutes. La forêt ne semblait avoir ni fin ni limite. Pourtant, soudain, une immense clairière s'ouvrit devant eux, tranchant le décor avec la netteté de crop circles. De longues pelouses tapissaient cette ouverture comme une moquette impeccable. C'était comme si une civilisation inconnue s'était imposée d'un coup, au cœur des bois, sans demander l'avis de personne.

Alors, tout au fond de cette clairière artificielle, Niémans aperçut la demeure de Laura von Geyersberg.

Ce n'était pas du tout un château imposant mais une villa moderne datant sans doute du début du XXe siècle. Un grand rectangle en verre scintillant comme un cristal sous les derniers feux du soleil.

Le flic aimait l'architecture, même s'il ne s'y connaissait pas trop. Il avait acheté une petite usine désaffectée à Cachan, se prenant au passage un crédit de vingt ans, justement pour disposer de ce genre de surface d'un seul tenant, ce que l'architecte Mies van der Rohe appelait des « espaces libres ».

Ils trouvèrent un parking à quelques mètres de la villa où était garé un 4 × 4 noir en mauvais état. D'instinct, Niémans reconnut là le snobisme des riches qui aiment se traîner dans des vieilles bagnoles ou porter des pulls troués, parce que justement ils peuvent tout s'acheter.

Sortant de la Volvo, Niémans détailla la baraque. Les baies du premier étage étaient voilées par de longs rideaux blancs – sans doute les chambres –, mais le rez-de-chaussée vivait en transparence : miroitant, aéré, chaque surface de verre étant soutenue par une structure d'acier couleur rouille qui évoquait un cadre de sang brun et coagulé.

Le plus frappant était que la maison paraissait comme appuyée sur le fond de la forêt. Les sapins en peuplaient le vide et les éclats des vitres se projetaient sur les flancs de la pinède. Tout se mélangeait, fusionnait, s'intégrait. Ce n'était pas une habitation mais un partage, une splendide symbiose.

Malgré lui, Niémans émit un sifflement d'admiration.

— Attendez de voir la patronne, dit Ivana.

# 7

Ivana savait que la comtesse plairait à Niémans.

La légende voulait que le cador de la PJ ne s'intéresse pas aux femmes. C'était tout le contraire : il était fasciné par elles mais n'avait jamais accédé à cette aisance qui vient avec l'âge et permet de faire face à l'adversaire. Coincé le père Niémans, vraiment.

Comme tous les vieux machos, il était tétanisé par les femmes, dont la force différait de la sienne, comme un boxeur craint les gauchers, à la frappe oblique. Cette force, il ne la comprenait pas et il la redoutait, source unique à ses yeux de défaites et de souffrances. Ce handicap n'allait pas s'arranger face à la comtesse.

Ivana avait trouvé pas mal d'articles dans la presse people sur Laura von Geyersberg. Laura dans des soirées de charité vêtue de robes longues aux étoffes inconnues. Laura assise au premier rang des défilés de mode les plus branchés. Laura en livrée noire, bombe sur la tête, raide sur son cheval blanc, en pleine chasse à courre…

À se demander quand elle trouvait le temps de diriger son empire. Pourtant, aucun doute là-dessus : c'était bien ce qu'elle faisait, et d'une main de fer encore, aux côtés de son frère. Tous les articles insistaient là-dessus : depuis que VG, leader allemand de l'ingénierie automobile, était dirigé par Jürgen et Laura von Geyersberg, les résultats n'avaient cessé de progresser – pour le plus grand bonheur des actionnaires, cousins et parents compris. De ce point de vue, aucune raison d'éliminer Jürgen. C'était tuer la poule aux œufs d'or.

Ils montèrent les quelques marches qui couraient le long de la façade. Ivana n'y connaissait rien en architecture mais elle savait reconnaître, à l'instinct, une réussite dans ce domaine. Cette espèce d'aquarium géant avait de la gueule.

Niémans sonna, rajusta par réflexe lunettes et manteau, puis attendit, stoïque. Ivana restait en retrait, piétinant le sol, incapable de s'immobiliser. Elle avait le trac. La comtesse était belle – les photos l'attestaient –, riche et brillante. Tout ce qu'elle n'était pas, en gros, même si on pouvait la trouver, dans ses bons jours, mignonne ou charmante.

C'est Laura von Geyersberg en personne qui ouvrit la porte.

La version *real life* faisait oublier la version papier glacé. La créature somptueuse mais hautaine des photographies n'avait rien à voir avec la femme souriante qui se tenait sur le seuil. Presque aussi grande que Niémans, elle arborait une opulente tignasse noire bouclée et un corps filiforme qui semblait fait pour se glisser dans les vêtements les plus élégants – les robes de marque, comme dans les magazines, ou un jean slim, un pull et des ballerines, comme aujourd'hui.

La revue de détail ne dura qu'un clin d'œil mais les femmes n'ont pas besoin de beaucoup plus pour évaluer les forces en présence. Laura von Geyersberg avait un cou très long à la Uma Thurman, des sourcils à l'indienne, un regard sombre, mais étrangement brillant. Un nez droit et doux, des lèvres sensuelles, mais discrètes, complétaient le tableau. Cette magnificence impliquait pourtant une sorte de réserve, comme si, sous cette tignasse très années 80, le visage voulait se la jouer modeste.

Ne portant aucun maquillage ni bijou, Laura n'était pas au mieux de sa forme. Traits tirés, yeux cernés : ces faiblesses semblaient renforcer encore sa beauté, comme le corps d'un athlète n'est jamais plus beau qu'au sommet de l'effort, dans l'adversité absolue.

— Bonsoir, dit-elle en tendant une main blanche suspendue à un poignet d'une extrême finesse. Je suis Laura von Geyersberg.

— Commandant Pierre Niémans, annonça le visiteur d'une voix trop assurée, le genre qui a répété devant son miroir. Voici le lieutenant Ivana Bogdanović, ma coéquipière.

Ivana fit presque une révérence. En cet instant, elle se sentait à peu près aussi séduisante qu'une blatte sortant de sous un évier.

— C'est moi qui vous ai téléphoné cet après-midi, dit-elle d'une voix sourde, histoire de prouver que même les cafards ont le droit d'exister.

Elle ne parvenait pas à quitter des yeux la chevelure de Laura : un véritable crève-cœur pour elle qui avait toujours l'impression de porter des extensions en poils de balai.

Laura glissa ses paumes à plat dans ses poches de jean et promena son regard de l'un à l'autre.

— Je ne comprends pas très bien, prononça-t-elle doucement. (Elle parlait français sans le moindre accent.) Les gendarmes m'ont déjà interrogée…

Niémans s'inclina avec une raideur toute militaire.

— Eh bien, disons… qu'en l'absence de progrès rapides, on nous a envoyés en renfort…

Laura s'effaça pour les laisser entrer. La pièce principale était d'un seul tenant. Aucun point porteur à l'horizon : pas un mur, pas une colonne. Tout l'espace baignait dans une lumière teintée au henné.

De prime abord, l'ensemble paraissait vide mais, en regardant mieux, on distinguait quelques éléments : un coffre, un piano à queue, un canapé, tenus à distance par une cheminée suspendue, au centre, qui évoquait un énorme périscope inversé. Tout autour, à travers les surfaces vitrées, les sapins bruns et verts veillaient…

— La Villa de Verre ! annonça Laura. Mon arrière-grand-père était un fanatique du Bauhaus. Il l'a fait spécialement construire dans les années 30. J'adore ce lieu.

— Quel architecte ?

— Un disciple de Ludwig Mies van der Rohe. Un ami de la famille. Il était même en avance sur le maître, qui n'a conçu la maison Farnsworth ou le Crown Hall que dans les années 50…

La femme prononçait ces noms comme s'il s'agissait de références très ordinaires. Ivana avait à peine compris le nom de l'architecte.

La comtesse se dirigea vers le « coin salon », formé par un canapé de couleur ocre et des tabourets dont l'assise était tendue de bandes de cuir. Le tout était posé sur un tapis de fourrure.

— Jürgen vivait aussi ici ? demanda Niémans en lui emboîtant le pas.

La comtesse se retourna. Elle avait toujours les mains dans les poches, ce qui lui donnait un curieux air juvénile.

— Non. Pourquoi ? Jürgen habitait un hôtel particulier à Fribourg.

D'un coup de menton, elle désigna les deux tabourets : ce n'était pas une invite, plutôt un ordre. Les deux flics s'assirent sans broncher.

— Que voulez-vous savoir ? dit la comtesse en s'installant face à eux, au milieu du canapé.

Elle prit une pose calculée, plantant ses paumes entre ses cuisses serrées et relevant les épaules, comme si elle avait soudain froid.

Ivana scrutait ses yeux noirs, qui semblaient toujours au bord des larmes. Ils avaient une profondeur liquide qui vous tenait à distance et vous foutait le vertige, un peu comme un ciel étoilé, à la fois d'une précision pointilliste et d'une distance inaccessible.

Un coup d'œil vers Niémans pour confirmation : il était déjà perdu dans cette Voie lactée.

# 8

— Nous sommes désolés de réveiller encore ces souvenirs si douloureux…, commença Niémans avec une douceur qui ne lui ressemblait pas.

C'était la première fois qu'ils menaient un interrogatoire ensemble et Ivana ne se serait pas attendue à tant de précautions. S'était-il ramolli avec l'âge ? Ou fondait-il comme une noix de beurre dans une poêle face à la belle comtesse ?

En guise de réponse, Laura von Geyersberg se contenta d'esquisser un geste de la main qui signifiait : « Accélérez, mon vieux… »

— Quand avez-vous vu Jürgen pour la dernière fois ?

— Comme tout le monde, le samedi midi. Il y avait un déjeuner avec nos invités au pavillon de chasse. Il est passé en coup de vent. Il détestait ce genre d'événements.

— La chasse à courre ? intervint Ivana.

— Non, les mondanités qui la précèdent. Moi non plus je n'en raffole pas mais c'est une tradition qui nous permet de garder le contact avec nos partenaires commerciaux et les notables de la région…

Niémans reprit la parole :

— Ensuite, plus aucune nouvelle de Jürgen ?

— Aucune.

— Ni appel, ni message ?

Laura von Geyersberg eut un bref sourire, plutôt un coup de trique :

— Pourquoi posez-vous la question ? Vous avez la réponse, non ?

La comtesse savait qu'ils possédaient déjà les fadettes de Jürgen.

— Justement. Son dernier appel a été pour vous.

— C'est exact. Vers 15 heures, le samedi après-midi.

— Que vous a-t-il dit ?

— Rien de spécial. Il voulait savoir si tout se passait bien du côté des invités. Il m'a promis de passer pendant le dîner au pavillon.

— Son absence ne vous a pas inquiétée ?

Laura sortit les mains de ses cuisses et les ouvrit comme des feuilles de lotus.

— Jürgen avait l'habitude de disparaître… mais jamais plus de vingt-quatre heures. D'ailleurs, je savais qu'il serait à la chasse, le lendemain matin. Il ne l'aurait manquée pour rien au monde.

Ivana s'aperçut que sa propre jambe droite trépidait, signe manifeste de nervosité. Depuis longtemps, elle luttait contre son complexe de petite banlieusarde miséreuse. C'était une sourde blessure, profonde, qui s'était infectée avec le temps et avait donné la plupart de ses gangrènes – rage, haine, honte…

— Mais il n'était pas là le dimanche matin, cingla-t-elle, presque sadique.

Laura leva les yeux vers le plafond et prit un ton vague, comme si elle rejoignait un univers parallèle, celui de ses rêves, de ses désirs.

— Je me disais encore qu'il allait apparaître dans la forêt. (Elle baissa la voix :) Jürgen aimait les surprises…

Niémans reprit la main, comme pour stopper cette soudaine langueur et surtout empêcher Ivana de devenir plus agressive :

— Et côté vie privée ? Il voyait quelqu'un ?

Laura attrapa un paquet de cigarettes et en proposa à ses visiteurs. Niémans refusa. Ivana, surprise à la fois par le geste et par le fait qu'on puisse fumer à l'intérieur d'une telle baraque, accepta.

Les deux femmes allumèrent leur cigarette sans se presser, soudain complices. Ivana révisa d'un coup son jugement – la comtesse n'était pas si hautaine et elle, Ivana, eh bien, elle n'était pas juste bonne à foutre à la poubelle.

Elle se rassit à sa place et profita quelques secondes du goût du tabac. Soudain, la pièce se mit à ressembler à une église arménienne, avec ces meubles qui brillaient comme des icônes et les volutes de fumée dans le rôle de l'encens.

— On a dû vous parler de ses tendances… exotiques, dit enfin Laura. Mais ce n'est pas parce que Jürgen fréquentait des boîtes sado-maso qu'on lui a coupé la tête…

— Il aurait tout de même pu y faire une mauvaise rencontre.

— Non. Contrairement à ce qu'on peut imaginer, c'est un milieu inoffensif.

Niémans ne prit pas la peine d'acquiescer.

— Vous le fréquentez vous aussi ?

— Quoi ?

— Le milieu SM.

Laura eut un sourire, un vrai sourire qui exprimait un franc amusement. Plus les minutes passaient, plus cette créature extraordinaire se rapprochait et se révélait, non pas inaccessible, mais au contraire humaine, chaleureuse, avec un je-ne-sais-quoi qui entrait en totale contradiction avec son statut et son éducation. Son charme s'en trouvait redoublé… si c'était possible.

— On voit que vous n'êtes pas de la région, répliqua-t-elle.

— Pourquoi ?

— Parce que personne ne m'a parlé aussi directement depuis… Depuis pas mal de temps.

Niémans s'inclina en manière d'excuse : pas facile quand on est déjà assis.

— Je suis maladroit, excusez-moi.

— Aucun problème. Non, je ne fréquente pas ce genre de clubs. J'ai des goûts plus… classiques. Mon frère me traitait de « petite-bourgeoise ».

Ivana reprit la parole – le fait de fumer la mettait plus à l'aise :

— Jürgen avait des ennemis ?

Laura von Geyersberg se leva et fit quelques pas autour du canapé. Derrière elle, au fond, les conifères s'emplissaient de ténèbres.

— Notre famille pèse dix milliards de dollars. Cela suscite des jalousies, des rivalités et toutes sortes de pulsions agressives…

Niémans et Ivana se regardèrent : ils se sentaient stupides, assis sur leur tabouret bandé de cuir.

Ivana se résolut à quitter son siège et demanda :

— Vous avez déjà reçu des menaces ?

— Au contraire, tout le monde est toujours tout sourire avec nous. Mon père disait : « Avec des amis comme ça, plus besoin d'ennemis… »

— Vous vous sentez en danger ?

— Je devrais ?

Niémans se leva à son tour, un vrai ballet de l'Opéra Garnier.

— Ni vous ni Jürgen n'avez d'enfants, reprit-il. S'il vous arrivait malheur, qui hériterait ?

— Notre patrimoine serait réparti entre les autres membres de notre famille, notamment mes cousins les plus proches, Udo et Max.

À cet instant, Ivana surprit le parfum de Laura – une fragrance simple, naturelle, quelque chose de doux et de végétal, avec une touche de féerie.

— Pourraient-ils souhaiter votre disparition ? demanda-t-elle brutalement, comme pour stopper le sortilège.

Laura lui lança un petit regard par-dessus son épaule et sourit de sa naïveté.

— Non. Ils sont presque aussi riches que nous et ils ne pensent qu'aux filles et à la chasse.

— Ils participaient à celle de ce week-end ?

— Bien sûr, mais, encore une fois, vous pouvez les

oublier. Ils sont totalement inoffensifs, sauf si vous avez 25 ans et un joli petit cul.

Ivana recula – elle passait la balle à Niémans qui se tenait maintenant face à la comtesse.

— Vous parlez de chasse…, commença-t-il de sa voix grave. Que pensez-vous de la mise en scène du corps de Jürgen ?

Le regard de Laura changea radicalement. Plus question de sourire ni d'ironie. Mais pas de tristesse non plus. Juste une colère froide, plus concentrée que la calotte glaciaire.

— Une sordide imitation de la pirsch…

— Voyez-vous une raison à cette mise en scène ?

Laura contourna Niémans et se dirigea vers les baies vitrées de la façade. Elle leur tournait le dos maintenant.

— Notre passion pour la chasse est connue. Nous avons beaucoup fait pour cette activité dans la région. Cela pourrait être une provocation.

Niémans la rejoignit près du mur de verre. Ivana resta en retrait. Le trio était devenu un duo.

— Vous chassez à l'approche vous-même ? demanda-t-il.

— Dans mon enfance, je l'ai beaucoup pratiquée avec mon frère. Maintenant, je n'ai plus le temps de chasser… malheureusement.

— Sauf en Alsace.

— C'est ce que je veux dire : nous organisons quelques chasses à courre en France et aussi des battues sur nos terres allemandes, mais il s'agit plutôt de réunions mondaines. Rien à voir avec ce que nous vivions avec Jürgen durant notre adolescence…

Comme en écho à ces paroles, Ivana repéra un râtelier fixé sur un mur de pierre qui encadrait l'entrée d'un couloir – finalement, il devait exister une partie de la maison construite dans d'autres matériaux que le verre.

Ivana avait toujours été nulle en balistique mais elle était capable d'établir que les fusils exposés là constituaient le nec plus ultra de leur catégorie. Sans doute même des pièces inestimables. Des crosses d'un bois si précieux qu'elles paraissaient en or, des canons et des poignées finement ornés…

— Et Jürgen, insista Niémans, il pratiquait encore la pirsch ?

— Jürgen, oui, je crois. Il était très secret à ce sujet…

— Où étiez-vous dans la nuit de samedi à dimanche ?

Niémans venait brutalement de changer de ton, sans aucune raison apparente.

— Mais… ici.

— Seule ?

— Non. Je suis rentrée avec un de mes directeurs commerciaux.

— Vous savez lequel, au moins ?

Maintenant qu'il essayait d'être ferme, il basculait dans la grossièreté inutile.

— La bonne vieille arrogance française… Vous êtes parfait dans votre rôle, commandant. Demandez son nom à vos collègues alsaciens, c'est la première chose qu'ils ont vérifiée. Je…

— Stefan Griebe, intervint Ivana en s'adressant

directement à Niémans. L'alibi de Madame la comtesse a déjà été vérifié.

— L'alibi ? répéta Laura en croisant les bras. Vous ne trouvez pas que vous allez trop loin ?

— C'est une façon de parler, essaya de tempérer à son tour Niémans.

Ivana remarqua, posées sur le couvercle du piano à queue, des photos encadrées qui brillaient dans les derniers rayons du soleil. Elle s'approcha et découvrit des portraits de famille réduits à un garçon et une fille, dont on pouvait suivre, au fil des images, l'évolution. Elle en saisit une au hasard : deux adolescents, entre 12 ans et 14 ans, debout dans la cour d'un château digne de Walt Disney.

On reconnaissait sans peine Laura. À ses côtés, le gamin roux et grassouillet devait être Jürgen. Il ne ressemblait pas à l'homme dont elle avait vu les portraits dans le dossier. Passé la trentaine, l'héritier avait acquis des traits sûrs et un corps d'athlète. Rien à voir avec le culbuto rouquin de la photo.

Le détail qui la frappa à cet instant : tous deux, sérieux comme des papes dans leur loden, tenaient un fusil de chasse immense. Le frère et la sœur avaient grandi avec une balle de cuivre dans la bouche.

Une main vint saisir la photo et l'enlever du champ de vision d'Ivana.

— On était comme des jumeaux, dit Laura en considérant l'image qu'elle venait d'attraper. On éprouvait, au même instant, les mêmes sentiments. C'était… organique.

La comtesse paraissait – enfin – émue.

— Et dans le travail, demanda Ivana, vous vous entendiez bien ?

Le visage de Laura se crispa.

— Je viens de vous dire que nous ne faisions qu'un ! répondit-elle d'un ton où éclatait enfin son mépris à l'égard de ces questions stupides, et accessoirement pour ceux qui les posaient.

Elle se passa la main sur le visage.

— Excusez-moi… En perdant Jürgen, j'ai perdu toute raison de vivre…

À cet instant, un halo bleuté et le bruit d'une voiture interrompirent cette pause douloureuse. Laura marcha aussitôt vers la baie vitrée. Dans la cour, plusieurs voitures bleu et blanc sérigraphiées « POLIZEI » faisaient crisser le gravier.

— Vos collègues allemands, commenta Laura en séchant ses larmes. Votre arrivée n'a pas dû passer inaperçue.

# 9

La nuit prenait racine dans les bois. Et avec elle, le froid – le froid sans pitié de la campagne, avec sa putain d'humidité qui vient vous chercher la moelle au fond des os.

Fermant son blouson, Ivana lança un coup d'œil à Niémans qui, fidèle à lui-même, semblait n'avoir rien remarqué. Le mâle alpha, avec sa coupe en brosse grise et ses lunettes d'instituteur de la dernière guerre, marchait simplement vers son alter ego allemand, prêt pour la bagarre.

Elle se concentra sur les arrivants et apprécia le tableau : les BMW garées en quinconce, les phares au xénon légèrement bleutés, les silhouettes noires de la LKA agrémentées d'écussons d'or, beaucoup plus soldats que simples flics. Pas mal…

En tête du bataillon, se détachait un homme. Taille moyenne, carrure étroite : dans son anorak siglé « LKA Bade-Wurtemberg », il ne pesait pas lourd. Un peu dégarni, lunettes rondes à la Niémans, barbichette qui lui donnait l'air d'un professeur Tournesol. Vraiment pas de quoi s'arracher les collants.

Pourtant, un petit frisson la prit à rebours.

En regardant mieux, on discernait un front noble, un regard intense, un visage énergique encadré par un bouc qui rappelait plutôt un mousquetaire. Les pieds plantés dans les graviers, l'homme faisait office de point de gravité parmi les autres flics. Il était le chef et, malgré sa corpulence réduite, il dégageait une vraie puissance.

Ivana devina immédiatement deux vérités. Cet homme lui plaisait mais il allait les faire chier comme pas possible.

— Je suis le Polizeioberkommissar Fabian Kleinert, de la Landeskriminalamt du Bade-Wurtemberg, annonça-t-il en tendant sa carte à Niémans. L'équivalent de votre police criminelle.

Kleinert parlait lui aussi français. À croire que la langue de Voltaire était au programme de toutes les écoles du Bade-Wurtemberg.

Niémans fourra la carte dans sa poche sans la regarder.

— Commandant Pierre Niémans, lieutenant Ivana Bogdanović. Nous appartenons à l'OCCS, l'Office central contre les crimes de sang. L'équivalent de rien du tout.

— C'est-à-dire ? demanda Kleinert en fronçant les sourcils.

— L'OCCS vient d'être créé pour aider les forces de police ou de gendarmerie dans les affaires difficiles.

— Nous n'avons pas besoin d'aide.

— Notre expérience pourrait apporter un éclairage supplémentaire sur la mort de Jürgen von Geyersberg.

— Quelle expérience ?

Ivana craignit une vanne cinglante de la part de son chef, mais Niémans souriait – il semblait disposé à ne pas s'énerver et, dans ces cas-là, c'était pire encore qu'une bonne grogne.

— L'expérience du crime, répondit-il calmement. À Paris, il y a plus de monde que n'importe où ailleurs en France. Ce qui veut dire plus de dingues et par là même plus de tueurs cinglés. Ces gars-là ont composé mon quotidien pendant trente ans.

Le flic allemand hocha la tête avec réticence.

— Le procureur de Colmar m'a déjà expliqué tout ça.

Puis il parut se rappeler la vraie raison de son irritation :

— Vous comptiez nous prévenir quand de votre présence ?

— Laissez-nous le temps d'arriver.

— Vous avez déjà interrogé Philipp Schüller, et maintenant la comtesse Laura von Geyersberg…

— Les nouvelles vont vite.

Kleinert accorda un bref regard à Ivana et revint à Niémans.

— Vous êtes ici sur mon territoire. Nos supérieurs se sont entendus au nom de je ne sais quel accord européen mais tout se fera sous mes ordres.

— Certainement pas. On est saisis de…

Kleinert l'arrêta d'un geste, exprimant tout à coup une sorte de lassitude :

— De toute façon, vous arrivez trop tard. On tient le coupable.

— Quoi ? s'étonna Ivana. Personne ne nous a rien dit !

— Vos collègues alsaciens ne sont pas encore au courant.

— Qui c'est ?

— Thomas Krauss, un activiste antichasse.

— Un Français ?

— Un Allemand. Il est en garde à vue à Offenbourg. Il a avoué ce matin.

Ivana avait vu passer ce nom : un des suspects les plus chauds dans la catégorie « attentat politique ».

— On peut l'interroger ? demanda Niémans.

— Demain. Il sera transféré ce soir à la Kriminalpolizeidirektion, à Fribourg. Nous l'interrogerons ensemble avant de remplir les formalités d'extradition.

— Il a donné son mobile ? demanda Ivana.

— Il a dit que le meurtre de Jürgen von Geyersberg était un acte humanitaire et que, s'il était libre, il irait pisser sur sa tombe. Ça vous va comme motivation ?

Niémans lança un coup d'œil à Ivana. Son sourire semblait dire : « Tu vois, ma chérie, faut toujours un faux coupable pour bien démarrer une enquête. » Elle était d'accord : bien qu'elle ait elle-même mentionné cette piste, aucune chance pour qu'on ait coupé la tête à Jürgen parce qu'il aimait la chasse. Krauss ne devait être qu'un fanatique qui voulait jouer aux martyrs.

— D'ici là, je compte sur vous pour épargner la comtesse, reprit Kleinert sur un ton solennel. Inutile de lui annoncer la nouvelle tant que nous n'avons pas de certitude… C'est le procureur qui l'appellera.

Les flics acquiescèrent. L'Allemand voulait protéger la comtesse – et pas seulement parce qu'elle pesait une dizaine de milliards.

Cette note l'humanisait mais il s'empressa d'ajouter :

— J'attends demain la transcription détaillée de vos interrogatoires.

Niémans blêmit, au sens propre du terme : la rédaction du moindre rapport lui donnait la jaunisse. En acceptant ce job, Ivana savait qu'elle se faderait toute la paperasse.

— On vous transmettra ça quand on sera rentrés en France et…

— Non. Toute audition sur le sol germanique doit être validée par mon service dans les vingt-quatre heures. C'est la règle.

Kleinert fit un signe à l'un de ses hommes, qui s'approcha avec un dossier sous le bras. La chemise passa de main en main jusqu'à atterrir dans celles de Niémans.

— Nous avons fait traduire les grandes lignes de nos investigations. Nous les avons également envoyées à vos collègues de Colmar.

Niémans ne desserrait pas les lèvres.

— Merci, commissaire, se sentit obligée de dire Ivana.

— Vous savez où dormir ce soir ? demanda-t-il à Niémans, comme s'il ne l'avait pas entendue.

— On va se débrouiller.

Le flic pivota sans les saluer et rejoignit sa voiture. On lui ouvrit aussitôt la portière. Un vrai petit escadron à l'allemande, réglé comme une marche militaire.

À l'instant où il montait dans la BMW, Kleinert tourna la tête en direction d'Ivana – presque un déclic, un réflexe d'oiseau. Puis il disparut comme un caillou dans un puits.

— Tu lui as tapé dans l'œil, ricana Niémans.

— Il m'a pas calculée une seconde.

— À ce point-là, c'est un aveu.

Ivana se sentit rougir. Elle avait travaillé là-dessus mais rien n'y faisait : au moindre compliment, elle passait en mode bouillotte.

— Alors, ce premier contact avec nos forces de l'ordre ?

Ils se retournèrent. Laura se tenait devant eux, un pull en cachemire noué sur les épaules. Derrière elle, les lumières de la Villa de Verre s'étaient allumées : un vaisseau spatial prêt à décoller.

Ivana considéra encore la comtesse : en voilà une qui ne devait pas rougir souvent…

— Plutôt raide, répondit Niémans du bout des lèvres.

— Ici, c'est le modèle standard. Vous savez pourquoi les pompiers ont laissé brûler le Reichstag en 1933 ?

— Non.

— Parce que des panneaux indiquaient : « Interdit de marcher sur les pelouses. »

— Très drôle, fit le flic sans conviction.

— C'est de l'humour allemand. J'ai fait préparer vos chambres.

Les deux flics marquèrent leur surprise.

— C'est une tradition dans notre famille, l'hospitalité. J'ai même invité mes cousins à dîner. Vous pourrez les interroger sans avoir à vous déplacer.

Laura rentra dans sa grande demeure, alors que Niémans et Ivana s'interrogeaient en silence : hospitalité ou embuscade ?

# 10

Ivana n'avait jamais vu une chambre aussi spacieuse, elle devait faire près de cinquante mètres carrés et disposait de deux parois entièrement vitrées. La fliquette s'avança pour regarder le parc qui s'ouvrait sous ses pieds – les chambres étaient au premier étage. Elle ouvrit les grands rideaux blancs et eut l'impression que l'espace se déversait dans le vide comme des chutes d'eau transluscide.

Elle les tira à nouveau puis se retourna. La pièce n'était pas seulement grande, elle était féerique. Les murs étaient lambrissés et rappelaient un chalet de montagne. Des petits coffres courts sur pattes, en teck, offraient au regard leur forme très simple, couleur de miel, sans le moindre ornement. Planait dans cette pièce une odeur de Noël et de songe paisible.

Son premier réflexe fut de retirer ses chaussures et de marcher pieds nus sur les larges lattes du parquet. À la douceur de ce contact, ses yeux se fermèrent de plaisir. Elle goûtait la richesse des matériaux de qualité, les sensations bienheureuses du luxe.

Elle s'ébroua de cette ivresse passagère et ouvrit son sac en se demandant s'il n'y avait pas ici conflit d'intérêts : pouvait-on, en pleine enquête, dormir chez un témoin ? La comtesse n'essayait-elle pas, d'une manière ou d'une autre, de les amadouer ?

Son téléphone sonna. Elle jeta un coup d'œil sur l'écran et sut ce qui l'attendait.

— Allô ?

Pas de réponse.

— Allô ?

Rien.

Elle considéra à nouveau le portrait qui s'affichait, ce jeune homme qu'elle chérissait, fomenteur de ses cauchemars, hantise de ses pensées. Elle raccrocha sans essayer de lui tirer la moindre syllabe.

Au fond, elle méritait ce silence. Ces coups de fil malfaisants qui détraquaient ses jours et ses nuits.

Elle se laissa tomber sur le dos en travers du lit, les bras en croix. Que foutaient-ils ici, nom de Dieu ? Elle ferma de nouveau les yeux et s'interrogea, comme elle le faisait à tout instant de sa vie, pour savoir si elle avançait sur la bonne route. Elle n'avait jamais modifié le sens de sa marche : s'éloigner le plus possible de son passé, fuir à toutes jambes le trou noir qui l'avait crachée au monde à la manière d'un noyau de prune.

Comme les voitures, Ivana était d'origine hybride. Un père croate, une mère française, une naissance à la Grande Borne, à Grigny, dans l'Essonne, une cité d'habitat social devenue une zone de non-droit.

Mais pour la petite Ivana, le vrai danger, c'était chez elle.

Son père répétait souvent un proverbe soi-disant croate qu'il devait avoir inventé : « Plutôt rompre que plier ! » Ivana ne savait pas s'il avait plié ou rompu une fois dans sa vie, mais elle l'avait toujours vu bourré et titubant. Sa mère ne valait guère mieux. Les souvenirs de ses géniteurs étaient flottants, comme leur démarche : ils s'aboyaient dessus, picolaient en chœur et finissaient par se foutre sur la gueule, laissant Ivana gérer sa vie en solitaire.

À six ans, elle se débrouillait pour se nourrir, s'habiller et aller à l'école. Pas vraiment *La Petite Maison dans la prairie*, mais elle n'était pas la première à faire avec, ou plutôt sans. En 1991, son père avait décrété qu'il fallait retourner au pays : « La Croatie est indépendante ! » Sa terre d'origine allait lui donner une nouvelle chance. Il avait dû mal regarder les news, parce que le référendum de l'indépendance avait surtout déclenché un conflit qui allait durer cinq ans. Tout ce qui les attendait à Vukovar, c'était des tirs d'obus et des snipers aux aguets.

Ils étaient partis en voiture, une Panda, Ivana s'en souvenait encore. Avec innocence, elle se réjouissait de ce départ – des vacances inattendues. Mais quelque chose était survenu sur la route. Alors qu'ils avaient passé la frontière (son père possédait toujours un passeport yougoslave) et qu'ils roulaient plein est, le pater, déjà cuit, avait piqué une crise, frappé sa mère et perdu le contrôle de la voiture.

Quand Ivana s'était réveillée, la bagnole avait deux roues dans un fossé et l'habitacle était vide. Elle avait dû sortir par la portière à l'opposé du bas-côté et découvert l'horreur : son père, les deux pieds dans la boue, achevant sa mère à coups de cric.

Ivana s'était mise à courir sur la route, poursuivie par son géniteur qui avait décidé d'en finir aussi avec sa petite *ljubav*. L'assassin allait la rattraper quand la guerre l'avait sauvée. Une rafale des avions de la JNA avait coupé en deux son père, alors même qu'il levait le bras pour lui broyer le crâne. Ivana était restée sidérée, assourdie par les tirs autour d'elle, aveuglée par le bitume en flammes, la terre noire de Croatie qui partait en geysers de part et d'autre de la route.

La suite n'avait pas d'importance. Casques bleus, rapatriement sanitaire, hospitalisation. Elle n'avait pas réussi à parler durant une année. Progressivement, elle avait retrouvé sa voix et une enfance à peu près normale. Foyers, familles d'accueil, écoles, Ivana avait vécu tout ça avec distraction, exclusivement concentrée sur son désir de mort et de destruction. Anorexie, automutilations, tentatives de suicide, elle n'avait rien raté du catalogue. Plus on part de bas, plus il faut s'arracher, mais elle avait choisi une autre ligne : elle avait creusé encore, s'épanouissant dans la drogue et la violence…

Alors, un ange était venu la sauver.

Son ange avait une drôle de gueule : la quarantaine, coupe en brosse, petites lunettes de prof, il ressemblait à un instructeur militaire.

Trois fois, elle l'avait croisé sur sa route.

La première, c'était de nuit, sur un parking d'Aulnay-sous-Bois, tandis qu'elle vidait un chargeur sur son dealer – elle avait quinze ans. La deuxième, c'était de jour, quand elle était sortie diplômée de Cannes-Écluse, l'école des officiers de police. Sur le campus, alors qu'elle venait de choisir son affectation, elle avait posé sa casquette de flic sur la tête de son mentor et s'était prise en photo à ses côtés. Le selfie le plus précieux de son portable. La troisième, c'était sous la pluie, quand il l'avait attendue à la sortie du commissariat de Versailles où elle traînait déjà depuis trois années.

« Ça te dirait de bosser avec moi ? »

Autour d'un café, Niémans lui avait expliqué ce projet improbable : une brigade nationale libre de rayonner sur tout le territoire, aidant flics et gendarmes confrontés à des crimes de sang d'exception. Ivana s'était bien gardée de lui demander ce qu'il entendait par « d'exception ». Elle avait entendu parler de l'affaire de Guernon. Niémans y avait perdu la vie, ou presque. Un autre flic, un jeune Arabe, s'en était sorti, mais avait refusé d'expliquer la malédiction qui pesait sur cette ville universitaire des Alpes. Bref, en matière de crimes inhabituels, Niémans en savait plus que beaucoup d'autres.

Ivana n'avait pas hésité une seconde. Après Cannes-Écluse, elle s'était fait muter à Louis-Blanc, l'un des commissariats les plus chauds de Paris. Tout ce qu'elle avait récolté, c'était des patrouilles lénifiantes et de la paperasse mortelle. Alors on l'avait envoyée à Versailles, « eu égard à ses bons états de service ». Elle était passée lieutenant et était devenue une vraie petite fonctionnaire. Encore un peu et elle se prenait un studio sur l'avenue de Paris. Elle n'aurait plus eu qu'à promener son chien après sa série Netflix et à prendre son café le matin en face du château…

Elle se redressa sur son lit et se frotta le visage. Verdict sans appel : oui, elle marchait dans la bonne direction. Une fois encore, Niémans l'avait sauvée en lui donnant l'opportunité d'arrêter des vraies ordures. Ils allaient plonger dans la noirceur la plus totale, identifier ces tueurs et faire justice.

Au fond de sa petite cervelle de rousse, elle avait toujours pensé que ses malheurs l'avaient prédestinée à ce job spécial : traquer les assassins, sonder leur cerveau et leur faire rendre gorge. Pas besoin de s'appeler Freud pour comprendre qu'à chaque fois, c'est son père qu'elle arrêtait. On a les exorcismes qu'on peut.

Ivana se décida pour une douche. Nouvel émerveillement. La salle de bains était revêtue de carrelage façon paillasse, mais les meubles et les supports des vasques étaient en teck noir, jouant à fond le contraste avec la blancheur clinique des murs.

Elle s'arrêta un instant sur les formes cubiques des poignées de robinet : elle n'avait jamais approché un lieu où chaque détail était à ce point pensé, dessiné, peaufiné. Une âme vibrait derrière chaque élément, celle d'un artiste qui avait hissé la vie quotidienne au rang d'œuvre d'art.

Les larmes lui montèrent aux yeux et, pour en finir avec cette sensiblerie, elle plongea sous le jet, réglant l'eau à la température maximale. Elle se lavait toujours à la japonaise, 42 degrés sinon rien, et ne sortait de là qu'une fois rose comme un cochon de lait sur sa broche.

Quelques minutes plus tard, la pièce n'était plus qu'un hammam constellé de gouttelettes, dont les miroirs étaient brouillés de vapeur. D'un geste, elle effaça la buée devant elle et observa son propre visage dans la glace du lavabo.

Une panique vint aussitôt la saisir.

Qu'allait-elle pouvoir se mettre sur le dos pour ne pas être totalement ridicule face à la comtesse ?

# 11

En culotte et soutif, Ivana s'aperçut que d'une, elle n'avait emporté qu'une petite robe noire, « au cas où », et que de deux, elle était en avance d'une heure sur le dîner, qui commençait à 21 heures.

Elle enfila un pull et un pantalon de jogging puis se plongea dans le dossier de Kleinert. Elle connaissait les grandes lignes de l'affaire et se concentra plutôt sur tout ce qui concernait Jürgen von Geyersberg de son vivant, regroupé dans une chemise.

Né en 1984, Jürgen avait suivi l'éducation parfaite du petit aristocrate allemand : pensionnat suisse près de Bâle, Universität Konstanz, l'une des plus réputées d'Allemagne en « Politik und Verwaltungswissenschaft », et HEC en France. Enfin, il avait atterri à l'Institut d'études supérieures de commerce (IESE Business School de l'université de Navarre) qui était, paraît-il, l'un des établissements les plus réputés dans le domaine.

Jürgen ne semblait pas pressé de rentrer dans la vie active mais la mort prématurée de son père, en 2014, l'avait obligé à prendre les rênes du groupe VG avec sa sœur, qui elle-même semblait plus se préoccuper de littérature française et de philosophie grecque.

Sur la réussite du frère et de la sœur à la tête du groupe, Ivana avait déjà lu plusieurs articles, mais certains du dossier, plus détaillés et en français, l'intéressèrent : la gestion des deux Geyersberg était plutôt vacharde, leur père, Ferdinand, n'ayant pas non plus été tendre avec son personnel. Les deux héritiers avaient réussi en quelques années à se faire des ennemis innombrables, au sein de la boîte et en dehors. Mais, comme disait Niémans, difficile d'imaginer un employé licencié ou le patron d'une société rivale derrière cette mise à mort sauvage.

Elle passa à l'histoire de la famille. Nouvelle chemise. À l'intérieur, attention spéciale de Kleinert, un article du magazine *Point de vue* qui racontait par le menu la saga de la dynastie.

Les Geyersberg remontaient aux Carolingiens, à une époque où les peuples germaniques avaient donné leur identité au royaume de France. Ivana enchaîna les siècles, passant du Moyen Âge à la Renaissance, de la guerre de Trente Ans au siècle des Lumières : les Geyersberg étaient toujours là. Ils avaient même joué un rôle important au début du XIXe siècle dans l'établissement du grand-duché de Bade, qui rejoindrait plus tard le Land du Bade-Wurtemberg.

Ivana glissa sur les ancêtres illustres pour se concentrer sur le père de Jürgen, Ferdinand, dont certains articles évoquaient le destin – pas facile, car en allemand, mais enfin, Ivana se concentra, armée de son dictionnaire en ligne.

Né après la guerre, Ferdinand von Geyersberg avait marché sur les traces de son propre père, lui-même capitaine d'industrie ayant contribué à l'essor industriel de l'Allemagne de l'Ouest dans les années 60. Ferdinand avait repris le flambeau durant les eighties, faisant prospérer le groupe VG grâce à une gestion sans pitié de ses usines et à la multiplication de brevets électroniques, transformant VG en passage obligé pour la plupart des constructeurs automobiles, notamment la marque Porsche, fleuron du Bade-Wurtemberg.

Ferdinand ne se souciait pas de son image publique. Homme discret, voire secret, c'était un Allemand à l'ancienne : froid, rigoureux, austère, il riait quand il se brûlait et portait toujours des gants. Il était mort d'un AVC en 2014, deux ans après la disparition de sa femme, à 68 ans.

Pas un mot sur Madame. Ou presque : quelques années après son décès, un magazine suisse s'était fendu d'un long papier hommage. Née Sabine de Werle, d'une famille noble souabe (région voisine de l'ancien grand-duché de Bade), avocate de formation, elle n'avait jamais exercé. Mariée à Ferdinand à 24 ans, elle n'avait qu'une passion : l'équitation. Toute sa vie avait gravité autour de cette discipline. Sabine avait été une femme sportive, dynamique, pétante de santé, dirigeant un haras qui avait abrité jusqu'à cinquante chevaux.

Avec tout ça, pas vraiment le temps d'élever ses enfants ni de s'occuper de son mari, par ailleurs fort occupé par son travail. Encore moins de se soucier de tous ceux qui gravitaient à ses pieds. Née en haut de l'échelle, elle ne s'intéressait pas aux barreaux inférieurs, et certainement pas à ceux qui devaient bosser pour vivre, « les malheureux ».

Ça, c'était la vitrine. En réalité, Sabine souffrait de troubles mentaux que la famille avait soigneusement cachés. En 2012, elle s'était rendue à Manhattan pour une vente aux enchères d'art contemporain. Descendue au St. Regis, sur la Cinquième Avenue, elle avait choisi une des suites du onzième étage. Elle avait visité chaque pièce, fait ouvrir les fenêtres du salon principal, remercié le garçon d'étage. Une fois seule, elle s'était jetée dans le vide.

Avec de tels parents, quelle avait été l'enfance de Jürgen et de Laura ? Des « jumeaux », avait-elle dit. Ivana pouvait imaginer à quel point ils s'étaient tenu les coudes dans ce grand vide affectif. Parents absents, gouvernantes indifférentes, loisirs de luxe – et une passion commune, la chasse. Les deux gamins étaient devenus des bêtes à diplômes, des figures de magazine et des tireurs d'élite, le cœur glacé comme un mécanisme de culasse.

Le dossier contenait pas mal de photos de Jürgen adulte. Avec les années, il était devenu un athlète à la beauté pâle et rousse. Mais son visage exprimait une sorte de langueur diaphane, quelque chose d'indolent, d'ambigu, qui devait fasciner les femmes. À l'évidence, il avait su transformer sa particularité capillaire – la rousseur – en atout, ce qu'Ivana n'avait jamais réussi à faire.

D'autres photos lui passèrent dans les mains : Jürgen sur son yacht à Saint-Tropez, en tuxedo doré à Ibiza… Le jeune héritier savait profiter de la vie. Beau mec de noble extraction, richissime, dirigeant son empire technologique avec l'aide de sa petite sœur, il ne dédaignait pas les joies du clubbing et des palaces. Un vrai héros des temps modernes. Quand il n'était pas occupé à gagner des milliards ou à sauter des top models, il s'enfonçait dans la forêt pour faire couler le sang.

Tout ça était, encore une fois, une vitrine. Jürgen avait tout pour être heureux, mais ce qu'il aimait, c'était être malheureux. Il attirait l'amour et la lumière, mais ce qui l'excitait, c'était l'ombre, le tourment. Kleinert et ses adjoints avaient déjà interrogé les patrons des clubs très privés qu'il fréquentait à Stuttgart et les « maîtresses », au sens dur du terme, qui le dominaient. Pas d'ambiguïté à ce sujet : Jürgen était ce qu'on appelle un « soumis ». Il aimait le fouet, les brûlures et pas mal d'autres tortures (le rapport d'autopsie faisait état de nombreuses blessures « cicatrisées »). Il aimait aussi être insulté, humilié, asservi.

Le Big Boss avait une âme d'esclave.

N'en déplaise à Niémans, Jürgen flirtait avec le risque et il aurait très bien pu tomber sur un « dominant » à l'imagination fertile. Mais les alibis de tous ces aficionados avaient été vérifiés. On pouvait fermer ce dossier et retourner au « Monde Vanille », comme disaient les SM à propos du sexe ordinaire.

La dernière chemise, la revue de presse très riche en articles portant sur le meurtre lui-même, des centaines de papiers, de blogs, de tweets, en allemand, en français, en anglais…, était la moins intéressante. Des torrents de textes, d'hypothèses, de théories, dont les auteurs partageaient un point commun : ils ne savaient rien et racontaient n'importe quoi.

Son téléphone portable sonna. Pas un appel, une alarme. Elle l'avait réglé pour 20 h 45, le temps d'enfiler sa robe fripée et de souffler sur son visage un voile de make-up. Elle bondit dans la salle de bains, fit ce qu'elle pouvait pour affronter la concurrence, puis revint fermer son ordinateur, ranger ses photos et ses feuillets.

Pour l'instant, pensa-t-elle, on en était plutôt au stade du Cluedo classique : un pavillon de chasse, des invités prestigieux, pas de portable ni de voiture (une autre particularité de cette partie de chasse : on devait se garer à l'entrée du domaine des Geyersberg, soit à plus de dix kilomètres de la zone de chasse), et sans doute un meurtrier parmi ce beau monde.

Allez, ma grosse, se dit-elle en lissant sa robe du plat des mains, pas question de te laisser impressionner. Elle ouvrit sa porte en évitant de penser qu'elle allait dîner avec les trois héritiers d'une des plus grosses fortunes d'Europe.

## 12

Niémans aurait pu se croire dans une télésérie à l'ancienne.

Après l'accueil ambigu de la comtesse et son invitation incompréhensible à rester dormir, les voilà qui prenaient l'apéritif au coin du feu comme dans un roman d'Agatha Christie.

Alors que le champagne croustillait dans les coupes, Niémans et Ivana se tenaient raides comme des cierges, plus ou moins pomponnés. Ivana avait revêtu une robe chiffonnée qui pouvait passer pour une tenue de soirée. Elle n'avait pas de trou à ses collants, c'était déjà ça. Quant à Niémans, il avait opté pour la veste et la cravate, mais il n'avait pas renoncé à son .45 glissé dans son holster. Ses vêtements tombaient beaucoup mieux que la robe d'Ivana mais c'était sa gueule qui était froissée – il avait profité de ces deux heures libres pour piquer un roupillon. Et voilà le travail : Niémans, le redoutable chef de la Crime, violent et imprévisible, était devenu un vieux flic de 58 ans qui pouvait s'endormir à la première occasion et avait du mal à se baisser pour lacer ses chaussures.

Maintenant, engoncé dans sa veste, étranglé par sa cravate, tenant sa coupe au creux de la paume comme s'il s'agissait d'un petit oiseau vivant, il déblatérait des banalités du genre :

— Vous parlez parfaitement le français. Où l'avez-vous appris ?

— Vous devriez lire ma bio, commandant, répondit la comtesse. J'ai fait une partie de mes études à la Sorbonne, à Paris.

— Je vous aurais plutôt imaginée dans une grande école.

— De mon point de vue, la Sorbonne est la plus grande de toutes. J'y ai étudié la philosophie et la littérature française.

Il acquiesça en sentant son col de chemise lui gratter la gorge.

— Je voulais dire… une école de commerce.

— Le commerce ne s'apprend pas, fit-elle avec un sourire plus tranchant que la bordure de sa coupe. Quand on est une Geyersberg, on l'a naturellement dans le sang.

— Vous avez déjà repris le travail ?

— Je ne l'ai jamais arrêté.

Côté look, la comtesse battait tout le monde à plate couture. La robe noire qui lui moulait la taille comme une combinaison zentai découvrait son dos très pâle et faisait briller ses épaules mouchetées de grains de beauté.

Niémans eut envie de porter un toast à la noblesse

et à son aptitude à donner le change. À l'heure où son frère venait d'être assassiné, Laura von Geyersberg était encore capable de jouer son rôle d'hôtesse, vêtue comme Maléfique, en équilibre sur des talons de douze.

Il chercha Ivana du regard, qui s'était écartée et observait chaque meuble de la pièce, histoire de se donner une contenance. Elle ressemblait à une inspectrice des impôts évaluant les biens d'une riche contribuable.

— Kleinert vous a annoncé la nouvelle ? lança Laura sur un ton badin. On a arrêté le meurtrier de mon frère.

— Qui vous l'a dit ?

— « Pas une feuille ne tombe ici sans que j'en sois averti. »

— Ça ne vous gêne pas de citer le général Pinochet ?

— C'est pour abonder dans votre sens, sourit-elle avec malice.

— Quel sens ?

— Vous pensez sans doute que tous les riches sont des salauds et tous les Allemands des fachos. Voilà pourquoi vous me trouvez irrésistible.

Niémans éclata de rire, sans se forcer.

— Thomas Krauss, vous y croyez ?

— Pas une seconde. C'est un vieil ennemi de la famille mais je n'arrive pas à l'imaginer en assassin.

— Pourtant, il a avoué.

— Les aveux ne signifient rien.

— En effet. Mais pourquoi s'accuserait-il ?

— Par provocation, par goût du martyre. Krauss

n'a qu'une raison de vivre, sa haine des chasseurs. Malheureusement, il n'a rien compris.

Malgré lui, Niémans baissa les yeux sur les bras de la comtesse : la pureté de sa peau, son éclat étaient presque inadmissibles. Cette chair envoyait des signaux contradictoires, entre marbre et vélin, dureté et transparence.

Il leva les yeux pour se libérer de sa fascination mais il tomba sur un réseau de veines bleutées, très légèrement dessinées sous ses clavicules – elles couraient, il s'en voulut d'avoir de telles idées clichés, comme des herbes folles sous la surface d'une rivière gelée.

— Il n'a rien compris à quoi ? répéta-t-il en essayant de se concentrer.

— Il croit protéger la nature mais c'est la chasse qui protège la nature, en régulant les populations. La nature se nourrit de la mort. C'est une machine aveugle où la sensiblerie n'a pas sa place.

Niémans connaissait par cœur ce genre d'arguments.

— Je suis d'accord mais y a une façon de faire.

Elle lui décocha un clin d'œil amical.

— Comme en amour.

Il ne sut comment prendre cette réflexion. Dans une autre bouche, dans un autre contexte, une vraie provocation d'allumeuse, mais ce soir ?

À cet instant, Laura parut remarquer quelque chose. Il suivit son regard et découvrit Ivana, toujours dans son rôle d'inspectrice du fisc, observant de près le râtelier de fusils que Niémans avait déjà remarqué quelques heures auparavant.

— Les armes à feu vous intéressent ? demanda Laura en la rejoignant.

— Pas du tout.

Ivana ne faisait aucun effort pour être aimable, ni même pour feindre le moindre respect. La Slave détestait les flingues et Niémans en connaissait la raison.

Lui en revanche était passionné par les armes – de toute époque, de toute nature. À ses yeux, elles correspondaient à une expression très particulière de l'activité créatrice de l'homme. Et si cette activité débouchait, in fine, sur la mort, eh bien, confusément, cela ajoutait à leur beauté.

— Je peux ? demanda-t-il en tendant la main vers une carabine à verrou munie d'une lunette de précision.

— Allez-y, souffla la comtesse en s'effaçant.

Niémans saisit l'arme et la soupesa, sous le regard curieux de Laura. D'un coup, une complicité feutrée se forma entre eux. L'air dégoûté, Ivana recula et retourna à son inventaire.

Le flic admirait les ornements ciselés dans l'acier de la poignée et de la bascule : des frises de feuilles de chêne, des scènes de chasse... Il devait se faire violence pour ne pas épauler l'arme et viser la forêt à travers la baie vitrée.

— Je ne vois pas de marque.

— Chacun de nos fusils est une pièce unique, conçue et fabriquée à Ferlach.

Cette ville autrichienne abritait quelques-uns des meilleurs armuriers du monde. N'y tenant plus, il brandit le fusil, le cala au creux de son épaule et plongea son œil dans la lunette de visée.

— À quelle distance l'avez-vous réglée ?

— Cent mètres.

— Comme pour la pirsch.

Il avait déjà baissé son canon. Laura le fixait d'un air dur.

— N'essayez pas de me piéger, Niémans. Je vous ai dit que je ne pratiquais plus cette chasse. Je n'utilise plus ce fusil depuis longtemps.

Niémans le reposa sur son support avec précaution.

— Lequel est votre favori alors ?

Elle attrapa une autre arme, la soulevant du râtelier comme si elle pesait quelques centaines de grammes.

— Pour la chasse à la battue, celui-ci.

Toujours aussi magnifique, mais avec ce petit quelque chose de patiné qui prouvait qu'en effet, cette arme servait souvent.

— C'est un fusil à un coup ?

— Mon père disait : « Si une balle n'a pas suffi, c'est que vous êtes mort. Et si vous êtes toujours là, c'est que votre vie ne vaut rien. »

— Il avait l'air sympa.

Elle lui tendit l'objet.

— Très.

Il fit jouer la culasse et fut surpris par le silence du mécanisme. Encore un prodige de virtuosité.

— Quel calibre ?

— 270 Winchester.

— Quelles cartouches ?

— Je les fabrique dans mon atelier.

Niémans leva les yeux.

— Des balles à pointe molle, continua-t-elle. J'insère le plomb par l'avant, après avoir fondu moi-même l'alliage du cuivrage selon le gibier que je vais chasser. Vous savez comme moi que tout dépend de l'équation vitesse-distance-matériau-résistance…

Niémans connaissait ces problèmes par cœur : l'extrémité en plomb se déformait à l'impact et s'écrasait en champignon, propageant l'énergie dans les tissus et provoquant la mort. Mais la balle devait pénétrer d'abord la chair, et donc être revêtue d'un manteau de cuivre prêt à se désintégrer ensuite.

— Il est rare que je puisse parler de ce genre de chose avec une femme.

— Les femmes ne sont plus ce qu'elles étaient, dit-elle en feignant un air désolé.

Elle lui reprit le fusil des mains et le remit soigneusement en place.

— Tout se perd, ajouta-t-elle, même l'ignorance.

— Et celui-là ? demanda Niémans en désignant sur le râtelier supérieur une carabine anthracite dont la lunette de visée paraissait forgée dans le même matériau – l'ensemble semblait sculpté dans une seule pièce de marbre noir.

— Celui-là, dit-elle en reculant d'un pas, on n'y touche pas. C'était le fusil de mon père. Un très grand tireur, capable d'atteindre l'œil d'un cerf à deux cents mètres.

Niémans hocha la tête en signe d'admiration, bien que lui-même puisse faire bien mieux. Mais ce n'était pas le moment de se vanter.

Des crissements de pneus se firent entendre sur le gravier.

— Mes cousins arrivent, dit Laura en tournant la tête. C'est l'heure de passer à table.

Le jeu de mots était assumé – et la comtesse parlait assez bien le français pour l'avoir exprimé sciemment. De nouveau, elle lui fit un clin d'œil espiègle.

Niémans la regarda traverser l'immense pièce pour aller ouvrir. Il ne savait vraiment pas sur quel pied danser avec cette femme.

Elle aurait dû être prostrée dans sa chambre, gavée d'antidépresseurs, mais elle était là, en robe de soirée, à faire claquer des culasses de fusil, à badiner avec lui, à jouer son rôle d'hôtesse haut la main.

Il sentait que cette invitation était un leurre. Elle feignait de les accueillir, de leur présenter sa famille, de leur faire découvrir ses traditions, mais il était certain que c'était le contraire : elle était en train de leur cacher le principal.

Une autre idée vint lui crisper l'estomac. Une telle femme ne comptait pas sur les flics pour trouver l'assassin de son frère. Elle allait elle-même l'identifier et lui régler son compte.

Oui, elle ne les invitait pas pour dormir mais pour les endormir.

Parce qu'une course contre la montre était engagée. Le premier qui trouverait le meurtrier de Jürgen lui logerait une balle dans le cœur.

Une balle propre.

Comme dans la pirsch.

## 13

La trentaine, Max von Geyersberg avait le visage étroit et les oreilles décollées. Sa figure creuse était hantée par des yeux sombres alors que sa bouche se contentait de tracer un trait à travers sa figure d'os à ronger. Sa pâleur était encore accentuée par ses cheveux noirs, si gominés qu'on les aurait dits peints sur son crâne.

Udo était plus jeune – 25 ans peut-être – et beaucoup plus beau. Tignasse à l'emporte-pièce, front bombé surplombant une petite gueule de chat. Ce gaillard devait tomber toutes les filles. Niémans en éprouva une pointe de jalousie et se mit à chercher des défauts dans le tableau : une bouche trop molle, peut-être, un rire nerveux qui découvrait ses gencives, et une expression narquoise, vitreuse, qui lui donnait l'air d'un défoncé en manque.

Voilà une demi-heure qu'il les écoutait parler, en français bien sûr, et il en concluait que ces deux héritiers étaient tout ce que la comtesse n'était pas : des fins de race bons à rien, se reposant sur leurs origines et ne parvenant pas à exister par eux-mêmes. Si la comtesse l'impressionnait par la vigueur de son sang, les deux cousins semblaient anémiés, essorés, et incapables d'autre chose que d'évoquer leurs illustres aïeux.

La surprise de Niémans ne venait pas des convives mais de la salle où le dîner se déroulait : plus question de murs de verre ni de design moderne. Ils étaient attablés dans une petite pièce tapissée de velours rouge, rehaussée de plusieurs dizaines de têtes d'animaux empaillées – les fameux « massacres ». Les flammes dans la cheminée claquaient comme des mâchoires implacables et le cliquetis des fourchettes rappelait le bruit de chaînes au fond du pire des cachots. Bonjour l'ambiance…

Mais, à la lueur des chandelles sur la table, Niémans jubilait, heureux de se trouver « au creux du nid », au plus près de cette famille milliardaire qui venait d'être frappée par la pire des violences. Plus que jamais, il était convaincu que le mobile du meurtre se trouvait ici, parmi ces héritiers, au fil de leur histoire ou dans un angle mort de leur présent.

La conversation avait commencé d'une manière lugubre – un panégyrique de feu Jürgen avec l'accent allemand – et était restée dans les clous. Maintenant qu'on était au milieu du repas et que le trollinger, vin rouge couleur de rubis, faisait son effet, le ton montait, les esprits s'échauffaient.

— Quand on aura trouvé celui qu'a fait le coup, dit Udo, on s'occupera de lui.

Niémans fit mine de ne pas comprendre :

— C'est-à-dire ?

Udo éclusa son verre puis resservit tout le monde avec largesse.

— Vous pensez qu'on va laisser un salopard s'en prendre à notre famille ?

— J'ai l'impression que vous avez perdu pied, Udo. Ça fait déjà pas mal de siècles que la justice est l'affaire des tribunaux. Les vendettas personnelles sont punies par la loi.

Udo ricana. À travers ses mèches noires qui lui balayaient les yeux, son regard se voulait pénétrant mais ne prouvait qu'une seule chose : le seuil d'étanchéité du bonhomme était largement dépassé.

— Le temps passe mais la terre reste, fit-il comme s'il avait lâché la phrase du siècle. Nous sommes ici chez nous. Nous chassons les bêtes, nous pouvons chasser les hommes…

Laura posa la main sur le bras de son cousin.

— Udo plaisante, commandant. Personne ici ne se croit au-dessus des lois. Reprenez donc un peu de coq. Il est cuisiné dans un vin qui vient de chez vous. Je veux dire : de France.

Niémans hocha lentement la tête. Le dîner était délicieux. Des saucisses rutilantes, un coq mitonné, accompagnés de spätzle baignées dans une sauce au munster. A priori rien de très léger. Pourtant, tout ça s'avalait comme des petits nuages, dans un halo mordoré et un fumet doucereux.

Le flic s'exécuta – pas de larbins à l'horizon, on était entre nous. Il avait à cœur de montrer qu'il se régalait, sans doute pour excuser sa voisine, Ivana, qui n'avait pas touché à son assiette.

Miss Végane les sortit de l'impasse en changeant de sujet :

— Y a un truc que je comprends pas, déclara-t-elle en portant furtivement à sa bouche un morceau de pain de seigle (il fallait bien qu'elle se nourrisse). Pour chasser à courre, vous êtes obligés de traverser la frontière…

— Et alors ? demanda Max en souriant, beaucoup plus calme que son frère.

— Pourquoi ne pratiquez-vous pas la *Schleppjagd* ?

Niémans la regarda avec surprise : d'où sortait-elle un mot pareil ?

— C'est l'alternative que nous propose le Landtag, expliqua Laura. Chasser un leurre imprégné d'odeurs animales au lieu d'une proie vivante…

Udo éclata de rire, Max se contenta de fixer Ivana avec ses yeux en forme de cavernes.

— Essayez donc de faire l'amour avec une poupée gonflable, dit-il d'une voix tempérée. C'est ce que nous proposent ces imbéciles du Landtag.

— Je pensais que vous aviez voix au chapitre, intervint Niémans.

— Bien sûr, mais la plèbe est toujours majoritaire. C'est même à ça qu'on la reconnaît.

Le flic acquiesça machinalement. Max était plus dangereux que son frère, tout aussi stupide mais sobre et lucide.

Soudain, Udo leva son verre en direction de la cheminée dont les flammes produisaient une chaleur âpre et virevoltante.

— La chasse, c'est le sang !

Les deux cousins ricanèrent. Leurs visages, chauffés par le vin et les bougies, paraissaient maquillés, leur expression exacerbée, comme dans un tableau grotesque du Moyen Âge. Surtout, ils semblaient avoir oublié la mort de Jürgen – ou bien alors, cette disparition devait justement donner lieu à ce festin païen, à base de vin et de sang.

— C'est ça qui vous excite ? demanda Ivana.

Udo se recula dans son fauteuil, à la fois affalé et accoudé, menton planté entre les clavicules, dans la posture du poivrot qui va roter.

— J'irai pas sur ce terrain avec vous, mam'zelle Sainte-Nitouche, mais faut que vous compreniez une chose : c'est le même sang qui coule dans les veines de la bête et dans celles du chasseur. Le sang qui s'échauffe, le…

— Le sang noir, intervint Niémans, oui, je connais.

Dans le monde cynégétique, on faisait souvent référence à ce tabou obscur, celui de la sauvagerie pure, qui vous faisait traquer la bête, appuyer sur la détente, prendre le risque de mourir aussi…

— Dans mon boulot, ajouta-t-il, on appelle ça « l'instinct criminel ».

Laura, qui ne semblait plus craindre l'altercation, en rajouta :

— Mais après tout, les flics sont aussi des chasseurs, non ?

Niémans prit le temps de savourer une gorgée de trollinger – il avait bu juste assez pour se sentir à l'aise sans perdre les pédales.

— Il y a une grande différence entre la chasse dont

vous êtes si fiers et celle que nous pratiquons chaque jour. Face aux assassins, nous luttons à armes égales. Et même inégales. Le gibier, c'est souvent nous.

— Mais vous survivez, répliqua Laura. Mon frère n'a pas eu cette chance.

Tout le monde masqua, comme rappelé aux circonstances dramatiques qui les réunissaient autour de cette table. Pendant plus d'une minute, on ne perçut plus que le crépitement de l'âtre et le grésillement des mèches des bougies.

Niémans se dit qu'il était temps de demander leur alibi aux deux débiles.

Tout ce qu'il obtint comme réponse, ce furent de nouveaux ricanements et des regards en coin entre les frangins.

— Qu'est-ce qu'il y a de drôle ? interrogea-t-il.

Max se redressa sur sa chaise et secoua sa tête de quille peinte.

— Disons qu'on a enfreint quelque peu les règles du week-end.

— C'est-à-dire ?

— On a fait venir de jeunes personnes dans nos chambres au lieu de nous coucher tôt, comme le veut la tradition.

Il avait vu passer cet alibi, il s'en souvenait maintenant.

— Vous avez leurs coordonnées ? demanda-t-il.

— Bien sûr. Je peux aussi vous donner leur tarif.

Niémans leva les yeux et aperçut le blason des Geyersberg suspendu au mur : deux ramures de cerf croisées sur fond d'or. Tout ça pour ça, se dit-il.

Des siècles de guerres, de combats politiques, de luttes sociales, de privilèges jalousement défendus, pour obtenir deux clowns appelant des putes avant de traquer un cerf dans la forêt. L'évolution darwinienne n'était pas avare de déceptions.

La comtesse avait disparu. Le temps qu'il s'interroge, elle réapparaissait, portant à deux mains un large plat de porcelaine de Gjel, orné de délicates fleurs bleues.

Le tableau de cette femme à la chevelure foisonnante, glissée dans sa robe comme un couteau dans son fourreau, posant son plat de grand-mère sur la table, alors que ses mains étaient englouties dans des moufles antichaleur, émut Niémans. Dans cette contradiction, il voyait un abîme d'humanité qui lui fit monter les larmes aux yeux.

— Le strudel maison ! clama-t-elle, alors que Max resservait du vin à tout le monde.

Si c'était une veillée funèbre, elle avait vraiment un drôle d'air… Niémans glissait au fond d'une délicieuse chaudière : anormalement euphorique, brûlant de partout, il se sentait au plus près de la comtesse…

Mais à cet instant, Udo piqua du nez et Max ne fut pas assez rapide pour le rattraper. Le bel héritier tomba droit dans son assiette, ses cheveux de poète se mélangeant avec les spätzle et la sauce au munster.

Max et Laura s'efforcèrent de rire, mais le spectacle était lamentable. Niémans vit alors que la comtesse lançait un coup d'œil à Ivana, qui ne riait pas et contemplait ce pauvre petit con avec un air de mépris insondable.

Le visage de Laura se métamorphosa : sa chair se durcit, ses yeux se voilèrent de dégoût. En une fulgurance, le flic surprit dans cette expression toute la haine de l'aristocrate pour le peuple, les couches inférieures de la société, les gens normaux qui n'ont ni ancêtres ni blason pour leur donner une quelconque valeur.

# 14

— Je crois qu'on a fait le plein de conneries pour ce soir… T'as sommeil ?

— Non.

Niémans et Ivana se tenaient sur le perron de la Villa de Verre. Tant bien que mal, on avait porté Udo jusqu'à la voiture de Max. Dans la nuit froide, les adieux avaient été plutôt laconiques. La bagnole des cousins s'était fondue dans les ténèbres et la comtesse, sans un mot, était rentrée dans ses appartements.

— Alors gratte sur le groupe VG, ordonna Niémans. Rapports annuels, directoire, actionnaires. Je ne crois pas à la piste financière mais autant s'en débarrasser le plus vite possible. Essaie aussi de voir si le frère et la sœur s'entendaient si bien que ça… On est pas obligés de croire Laura sur parole.

— Laura… Vous en êtes déjà au prénom ?

— Je t'emmerde.

Déclic du briquet, visages éclairés le temps d'une flamme. L'odeur du tabac grillé vint se mêler aux effluves de feuilles et de résine. Derrière eux, les lampes de la maison transparente s'éteignaient une à une.

Niémans savourait cet instant qui lui rappelait les soirées de son enfance, ses séjours heureux chez ses grands-parents, à la campagne, avant que tout ne vire au cauchemar.

— Et vous, sur quoi vous allez bosser ?

— La pirsch.

Ivana fit une grimace.

— Je préfère encore me farcir les chiffres…

Ils revinrent vers la Villa de Verre, dont seules quelques lumières indirectes vacillaient encore au rez-de-chaussée.

— Vas-y mollo avec les chasseurs, prévint tout de même Niémans.

— Vous n'avez pas été spécialement aimable non plus.

— D'une façon ou d'une autre, ce meurtre est lié à la pirsch, éluda-t-il. On va baigner là-dedans pendant des jours. Je ne veux pas me farcir une militante bornée à mes cotés.

— Parce que vous aimez la chasse, vous ?

— La question n'est pas là. Notre enquête ne doit pas être parasitée par des convictions approximatives.

— Approximatives ?

— Tu es assez intelligente pour comprendre que l'homme s'est débarrassé des prédateurs naturels de la forêt. Partant de là, il doit faire le boulot lui-même.

— Vous allez me sortir les sempiternels clichés sur la gestion nécessaire de la faune et de la flore ?

N'oubliez pas celui-ci : les vrais écologistes sont les chasseurs.

— C'est la vérité. Le danger qui menace la forêt, c'est la surpopulation.

Ils se tenaient en haut des marches, sur le deck qui cernait la maison, éclairés par des projecteurs invisibles incrustés dans le plancher de bois. Il révisa son jugement sur son adjointe. Dans sa robe chiffonnée, Ivana avait été ce soir aussi élégante qu'un sac postal mais elle avait quelque chose qui manquait à la comtesse. Quelque chose d'écorché, de dissonant, une beauté à vif qui pouvait coller le frisson à n'importe quel mec.

— Ce n'est pas ça qui me choque, murmura-t-elle.

Chaque fois qu'elle le fixait avec ses yeux clairs, il ressentait une vive émotion. La couleur d'eau pâle de ses iris, bleue, verte, dorée, impossible de dire, lui rappelait les agates de son enfance. À l'époque, ces billes lui paraissaient être de purs trésors, recéler des mondes entiers dans la complexité de leurs reflets.

— Ce qui me choque, reprit-elle, c'est le plaisir qu'ont ces imbéciles à abattre les animaux.

— Le plaisir n'est pas dans l'acte de tuer mais dans la traque. Et aussi dans la prouesse technique.

— Super prouesse, abattre des bêtes sans défense.

— Je renonce, soupira-t-il. Mais on voit bien que tu n'as jamais eu un brocard dans ta ligne de mire.

— Un quoi ?

Niémans secoua la tête en souriant.

— Tu n'y connais rien. Allez, il est temps de mettre la viande dans le torchon.

Disant cela, il ouvrit la baie vitrée d'un grand geste latéral.

— C'est ce que le tueur s'est dit, murmura Ivana en balançant sa clope dans la nuit.

— Quoi ?

— En éliminant Jürgen, il a rétabli l'équilibre du monde.

Ivana avait raison : l'assassin avait « prélevé », comme disent les chasseurs, un élément qui menaçait l'harmonie de son univers. Mais quel univers au juste ? Et qu'avait fait Jürgen pour gêner un ordre quelconque ?

— Tu as la liste des invités de la chasse à courre ? demanda-t-il brusquement.

— Je vous l'ai déjà donnée.

— On les a tous interrogés ?

— Bien sûr, le lendemain de la découverte du corps.

— Combien étaient-ils ?

— Une quarantaine. Tout le monde a juré n'avoir pas quitté le pavillon. Impossible à vérifier. Je vous rappelle que les portables étaient interdits.

Niémans pénétra à l'intérieur de la maison.

— Bosse une heure ou deux et dors un peu. Demain, on interroge ton pote.

— Quel pote ?

— Thomas Krauss, le militant écolo, le grand martyr de la cause.

# 15

« Quand on progresse en forêt, il n'est plus question de penser, d'analyser, de prévoir. Il faut juste observer. On est seul, on est lent, on se fond dans les bois. 100 % focus sur l'instant. Le bruit qu'on peut provoquer, le bruit que la proie va faire… C'est la seule chose qui compte. »

« Tous les pirscheurs connaissent ça : vous marchez, vous cherchez, mais vous êtes déjà relié à votre cible. Une sorte de vibration, un courant électrique vous connecte à elle… »

Allongé sur son lit, ordinateur sur les genoux, Niémans regardait sur YouTube des témoignages sous-titrés de pirscheurs allemands. Ils étaient tous vêtus en loden. Question camouflage, il existait plusieurs écoles. Mais en Allemagne, le loden, tissu souple et silencieux, semblait remporter les suffrages.

« On perd la notion du temps et de l'espace. On est désincarné. On flotte dans les bois. C'est une transe… »

Face à Ivana, Niémans s'était fait l'avocat du

diable mais lui non plus ne comprenait pas la jouissance de la chasse. Les chasseurs comme son grand-père qui pouvaient passer une soirée à vous expliquer la beauté d'un grand cerf immobile dans le couchant et qui n'avaient comme réaction immédiate que de lui tirer dessus lui faisaient penser à un mélomane qui, ému aux larmes après avoir écouté le *Requiem* de Mozart, n'aurait rien de plus pressé que d'en brûler la partition.

Le flic cliqua sur son clavier et suivit un nouveau sujet sur les techniques de la pirsch : camouflage, maîtrise du vent, analyse des traces, prise en compte de la lune qui influence le comportement de l'animal… De ce genre de trucs, Niémans était preneur. De vraies techniques qu'il comprenait et qu'il admirait, lui qui était flic et passait son temps à traquer le gibier le plus dangereux de tous.

Ces informations renforçaient sa conviction profonde : l'homme qui avait tué Jürgen n'était pas un militant antichasse mais au contraire un grand chasseur. Voilà pourquoi il avait réussi à attirer et à surprendre l'héritier sur son terrain, la forêt. Voilà pourquoi il était parvenu à ne pas laisser de traces. Seul un prédateur en osmose complète avec la nature pouvait s'être volatilisé de cette façon. D'ailleurs, il en était certain, le brin de chêne laissé entre les dents de Jürgen était un hommage.

Par association d'idées, Niémans fit une recherche sur les « honneurs ». Des éléments déposés par le chasseur lui-même sur le cadavre de sa proie. La dernière bouchée mais aussi la « brisée » – un rameau d'une essence noble qu'on casse et qu'on dispose sur l'épaule de la bête tuée. Selon sa direction, sa place sur le corps ou la manière dont on l'a rompue, cette branche peut revêtir des significations différentes. Dans le cas de Jürgen, aucune trace de brisée mais le vent l'avait peut-être emportée, ou un animal était passé par là.

Il fallait montrer les photos de la scène de crime à un pirscheur : peut-être que la position du corps, ou un autre aspect de la mise en scène, n'avait pas été entièrement déchiffrée.

À cet instant, le flic perçut un bruit sourd à l'extérieur. Il tendit l'oreille. Aussitôt, un autre claquement, plus feutré encore, se fit entendre. Il bondit et attrapa son calibre, se précipita vers la vitre et plissa les yeux pour voir ce qui se tramait en bas – son feeling était qu'on essayait d'entrer dans la Villa de Verre.

Pas moyen de voir et il ne trouvait pas le mécanisme d'ouverture de la fenêtre. Enfilant veste et chaussures, il sortit de la chambre et emprunta l'escalier en essayant de faire le moins de bruit possible.

Il traversa le salon et ouvrit la baie vitrée. Passé la surprise du froid – quelques degrés s'étaient encore fait la malle –, le flic observa les longues pelouses et les murailles noires qui les entouraient. Rien. Pas une ombre, pas un mouvement.

Niémans se détendit. La nuit était magnifique, mélange de précision (on distinguait le givre s'insinuant dans l'écorce, la rosée sur chaque aiguille des épicéas) et de flottement vague : des nappes de brume voyageaient à l'horizontale, à un mètre du sol.

Le flic respira à pleins poumons l'air humide, comme s'il voulait s'imprégner d'un coup de toute cette beauté. Les odeurs de résine et de feuilles frottées le prenaient à la gorge et lui montaient directement au cerveau. Il en ressentit une ivresse immédiate. Il vacillait sur le deck, ses doigts relâchant la crosse de son Sig Sauer, quand il la vit.

Laura von Geyersberg marchait le long des sapins, sur la droite, vêtue d'un jean et d'un manteau sombre, se serrant les épaules, comme quelqu'un qui cherche à se réchauffer. Sa chevelure noire passait sur les pins telle une brosse de laque sur une toile sombre.

Niémans glissa son flingue dans son dos et se mit en marche. Juste à cet instant, Laura von Geyersberg disparut entre deux ramures obscures. Il se mit à courir.

# 16

Il ne lui fallut qu'une minute pour rejoindre la faille entre les arbres empruntée par Laura. Un sentier de terre rouge désignait une direction dans les ténèbres comme un long doigt gelé.

Niémans ralentit, pour ne pas faire de bruit. Sous la lune claire, le paysage, saisi par le froid, semblait en verre, prêt à éclater. À la fois fragile et capable de vous trancher la gorge.

Aucune trace de la comtesse.

Il réaccéléra sur le chemin, essayant de se faire léger, sa lourde carcasse lui paraissant au contraire faire trembler le sol. Merci le trollinger…

Mais où était Laura ?

Niémans évitait les branches de pin, se prenait des gouttes de rosée dans les yeux. Il n'avait pas l'impression de marcher dans des bois mais dans un conte, une légende. « Schwarzwald » : voilà le mot qui battait sous son crâne. La Forêt-Noire, région d'esprits et de sortilèges, territoire bourré d'angles morts et de plis de cape, où reposait la part la plus sombre de l'âme…

Alors seulement, il la repéra.

Elle marchait sur un sentier oblique, à couvert de lourds ramages. Niémans prit aussitôt cette direction, coupant parmi les arbres noirs. Encore une fois, tout le décor lui paraissait vitrifié. Le ciel ressemblait à un lac gelé, les sapins à des stalagmites, pointes dressées en l'air. La brume montait elle aussi, attirée comme la marée par la lumière de la lune. Lui-même crachait, il s'en rendait compte maintenant, des panaches de buée argentée qui le reliaient mystérieusement au brouillard.

La comtesse marchait vite, les bras toujours serrés autour des épaules. Les pans de son manteau accrochaient les branches les plus basses, provoquant un sillage de gouttelettes et de fétus d'aiguilles.

Plié en deux, Niémans essayait toujours de faire le moins de bruit possible – l'humidité était son alliée : l'herbe trempée, les feuilles mortes ployant en silence, les fougères alourdies s'écartant comme des rideaux de velours. Plus il marchait, plus il se sentait pénétré par la féerie ambiante. La lune, circulaire comme un mandala, était en nacre. Les arbres, cernés de givre, avaient l'air d'être surlignés à la craie.

Niémans n'était plus qu'à deux cents mètres de Laura quand un bruit feutré retentit sur la droite. Il tourna la tête par réflexe et vit la masse noire propulsée dans leur direction – un caillot sombre aux muscles saillants dont la vitesse paraissait saccadée à cause des couches de vapeur déchirées par sa puissance.

Avant même de comprendre, Niémans se sentit intégralement saisi, au-dehors et au-dedans, par un effroi indicible. Une peur reptilienne qui le paralysa sans que la moindre pensée intelligible vienne effleurer sa conscience. La seconde suivante, son cerveau atterré constatait : un chien monstrueux galopait vers eux, la gueule ouverte, baveuse de silence.

Le flic n'eut que le temps de dégainer – ça non plus, ça n'était pas réfléchi. Un mètre encore et le chien était sur lui. La flamme du canon l'éclaira comme un Cerbère jailli des Enfers. La bête, au moins cinquante kilos lancés à la vitesse d'un marteau, vint s'écraser sur Niémans qui se prit une giclée de sang sur le visage avant de tomber les deux épaules au tapis. La masse brûlante s'écrasa sur lui, lui coupant la respiration.

D'un mouvement réflexe, Niémans tourna la tête pour vomir et vit la comtesse qui courait dans sa direction. La suite fut un geyser acide et fumant qui se déversa sur l'herbe craquante. Un jet brûlant de coq au vin, de spätzle au munster et de toutes ces merdes qu'il avait avalées quelques heures avant avec le sourire.

Sous le chien, Niémans se situait dans un au-delà de la répulsion. Il était une carcasse au fond d'un abattoir, une masse de viande écorchée sous un linceul de sang, de peau et de poils. Se tournant à demi, il trouva la force de soulever la masse noire pour se libérer. Il se recroquevilla, genoux au sol, et se prit la tête dans les mains.

— Ça va ?

Il planait à des années-lumière de cette clairière aux effluves de résine. Il était en Alsace, au fond de son pire souvenir, sentant les crocs aigus de Réglisse dans sa chair. Il allait dégueuler encore…

— Ça va ?

Il leva les yeux et se passa la manche sur le visage. La comtesse se tenait debout devant lui, l'air effaré. S'il avait eu, à un moment quelconque, des velléités de vivre une aventure avec Laura von Geyersberg, on pouvait considérer que l'affaire était définitivement close à cet instant.

Il s'essuya encore la figure en insistant au point de s'arracher la peau.

— Qu'est-ce qui s'est passé ?

Niémans se redressa avec difficulté et, toujours assis par terre, s'écarta du chien inerte. Il le visait encore avec son arme, au cas où le clébard aurait eu un sursaut. Mais non : d'une seule balle, il lui avait emporté la moitié du crâne, cervelle comprise.

— Vous allez me répondre, oui ?

Enfin, il considéra la comtesse.

— C'est à vous ce chien ?

Il ne reconnut pas sa voix. Une barre appuyait sur sa gorge. Laura lui tendit la main pour l'aider à se relever mais il l'ignora. Humilié, à bout de souffle, son cœur tapant quelque part au fond de lui, il parvint à se dresser sur ses jambes. Aussitôt, il fut pris d'un vertige et chercha son équilibre tout en essayant de glisser son arme engluée de sang dans son dos.

À cet instant, il aperçut une silhouette, à cinquante mètres environ, parmi les arbres serrés qui bordaient la clairière.

— Là-bas !

Il avait trouvé la force de tendre l'index. Laura suivit la même direction du regard.

— Quoi ?

L'ombre avait déjà disparu. Pourtant, c'était certain, il venait d'apercevoir un homme, couleur d'écorce, portant une casquette et un curieux masque de toile fendu à hauteur des yeux et tendu par un cône durci pour le nez.

— Qu'est-ce que vous avez vu ? demanda Laura.

Il préféra ne pas répondre – il aurait pu s'élancer vers l'ombre mais pas dans son état : ses jambes le soutenaient à peine, ses mains étaient secouées de convulsions.

Il préféra revenir au chien étendu à ses pieds. Un molosse au poil ras et au corps musculeux. Un sac de peau noire surtendue par des muscles saillants et un squelette de compétition.

Se faisant violence, il s'agenouilla pour mieux le détailler. Pas la moindre idée de la race. Le corps aurait pu appartenir à n'importe quel terrier à poil court mais la gueule était particulière. Carrée comme une enclume, luisante comme un missile, elle paraissait à la fois lourde et agressive, prête à s'ouvrir sur une chiée de dents meurtrières.

— Vous m'avez pas répondu, grogna Niémans qui retrouvait son souffle. Ce chien, il est à vous ?

— Je n'ai pas de chien.

— Même pour la chasse ? demanda-t-il en se relevant.

— Ceux que j'utilise ne sont pas ici. Je n'ai jamais vu cet animal. Pourquoi l'avez-vous tué ?

— Il allait vous attaquer.

La comtesse ne répondit pas et mit un genou au sol

pour l'observer à son tour. Niémans discerna dans son attitude une compassion et une bienveillance qui déclenchèrent sa colère. Il ne comprenait pas cette tendresse de l'humain pour les clébards, surtout pour celui-là, cette merde monstrueuse qui leur aurait arraché la gorge avec plaisir.

— Qu'est-ce que vous foutiez dehors à cette heure-ci ? reprit-il du ton du flic qui vous demande vos papiers.

La comtesse se remit debout et retrouva sa contenance naturelle :

— On se calme, Niémans. Je suis encore chez moi ici.

— D'accord, admit-il en s'essuyant une nouvelle fois le visage (toujours cette odeur de sang et de viande qui lui saturait les pores de la peau). Mais où vous alliez en pleine nuit ?

Laura lança un regard par-dessus son épaule.

— À la chapelle, au fond du parc. C'est là-bas que Jürgen est enterré. Je voulais me recueillir. (Elle baissa la voix :) Lui parler…

Niémans sortit son portable et composa le numéro de Kleinert. Il savait qu'Ivana, ayant entendu le coup de feu, allait se précipiter. Ses mains tremblaient toujours.

Laura l'observait du coin de l'œil – elle semblait beaucoup plus effrayée par lui que par le chien des Enfers.

# 17

— Vous êtes sérieux ?

Niémans venait de décrire la silhouette qu'il avait aperçue parmi les sapins.

— J'ai l'air de déconner ? rétorqua-t-il avec mauvaise humeur. Il avait une sorte de cagoule. Avec une arête sous le tissu pour protéger le nez…

Kleinert hochait la tête. À l'évidence, il ne croyait pas un mot de ce témoignage. Son front nu, astiqué comme une boule de bowling, renvoyait les éclairs bleus des voitures de police qui avaient envahi les belles pelouses de la Villa de Verre.

Toute la scène était irréelle. Les rais lumineux des LED se frayaient un passage parmi les arbres et les feuilles, s'irisant au contact des fûts, s'insinuant dans la texture des brumes, formant un ballet de feux follets psychédéliques.

Le Polizeioberkommissar écarta la bâche qui couvrait le cadavre du chien.

— Vous êtes sûr qu'il allait vous attaquer ?

— C'était lui ou moi. Il était là pour la comtesse, mais quand il m'a vu, il m'a visé à la gorge.

Drapé dans un ciré noir au col relevé, Kleinert évoquait, avec sa barbichette et ses cheveux courts devant, longs derrière, un conspirateur du XVII^e siècle.

— Justement, reprit-il d'un ton sceptique, où est la comtesse ?

— Rentrée chez elle. Elle a été vraiment secouée par cette histoire.

L'Allemand eut un bref sourire.

— Elle n'est pas habituée aux méthodes de la police française.

Sa diction parfaite – il prononçait chaque « n » de négation et ne perdait jamais une syllabe en route – le rendait plus agaçant encore.

Niémans ignora la provocation.

— La comtesse est menacée, insista-t-il. Il faut placer dès cette nuit des hommes autour de la villa.

Le ton du flic avait fait sursauter son interlocuteur.

— Que les choses soient bien claires, commandant, ici, c'est moi qui donne les ordres.

— Pas de problème. Mais on est d'accord, non ? À l'évidence, après Jürgen, c'est Laura qui est maintenant visée.

Kleinert secoua encore la tête.

— Selon mes gars, il n'y a aucune trace de pneus ni de pas autour du parc. (Le flic allemand désigna un groupe d'hommes vêtus de noir qui se tenaient derrière le ruban de non-franchissement.) Et les vigiles de la propriété n'ont rien vu, rien entendu.

Niémans leur lança un coup d'œil – des baraques qui se chuchotaient à l'oreille les uns des autres.

— Ces gars-là savent quelque chose.

— Non, fit Kleinert sur un ton catégorique.

— Ils ont pourtant l'air d'avoir des commentaires à faire.

— Ce sont des gars du pays. Ils croient encore à de vieilles légendes.

— C'est-à-dire ?

— Un homme à cagoule, accompagné d'un chien noir ? Vous avez déjà trop parlé, mon vieux. La moitié des légendes du coin mettent en scène ce style de personnage… Le truc original, c'est qu'on continue de croire ici à ce genre de fadaises, même à l'âge adulte.

Niémans aurait voulu prendre autant de hauteur que Kleinert, balayant ces croyances naïves d'un coup d'épaule. Mais depuis qu'il avait franchi la frontière, il était pris en otage par la forêt et ses ombres. Et puis, il avait vu ce masque parmi les aiguilles de pin…

Comme pour s'achever, il jeta un regard au chien étendu dans l'herbe. On aurait dit une sculpture de granit, lourde et compacte. La mort lui avait retroussé les babines, révélant des crocs de taille préhistorique.

— Il faut le montrer à Schüller, dit Ivana, qui revenait de son propre état des lieux.

Sa présence suffit à sauver Niémans : dès qu'elle était là, il avait chaud, il se sentait fort et vivant. Avec Ivana, tout allait mieux.

— Le médecin des Geyersberg ? demanda Kleinert. Pourquoi ?

— Il nous a dit qu'il était spécialiste des chiens de chasse.

— Rien ne nous dit que c'est un chien de chasse.

— Vous connaissez cette espèce ?

— Non. (Kleinert fut forcé de sourire.) En fait, je n'y connais rien.

— Nous non plus, sourit en retour Ivana.

Cette complicité soudaine entre ces deux-là excéda Niémans mais il y avait plus urgent que de jouer au mâle jaloux.

— D'après les premières constatations, poursuivit Ivana, il n'a ni collier ni tatouage. Aucun signe distinctif. On doit partir de l'espèce.

— Je vais dire à mes hommes de le transférer à l'institut Max-Planck, acquiesça Kleinert.

Il salua Ivana en s'inclinant brièvement et tourna les talons.

Au bout de quelques mètres, il lança par-dessus son épaule à Niémans :

— Je vous attends demain tous les deux au poste de Fribourg.

— Pour ma déposition ?

— Non. Pour interroger Krauss.

Il l'avait complètement oublié, celui-là. Avec l'attentat perpétré contre la comtesse, ses aveux ne signifiaient vraiment plus rien. Mais Kleinert avait raison : il fallait boucler chaque piste avant de passer à la suivante.

— Qu'est-ce que vous en pensez ? demanda Ivana, une fois qu'ils furent seuls.

— Jürgen pratiquait la pirsch et il a été tué selon ses règles. Laura pratique la chasse à la battue et on lui a lâché un chien aux basques.

— Et alors ?

— Le tueur a décidé d'éliminer les Geyersberg en

choisissant chaque fois la technique que sa victime pratique le plus souvent.

— Pourquoi ?

— Trop tôt pour le dire. Mais je pencherais pour une vengeance.

— Un accident de chasse ?

— Ou autre chose. En tout cas, si le tueur se venge, il veut le faire sous le signe de cette activité.

Ils marchaient maintenant vers la maison qui brillait de nouveau de toutes ses lumières. Sur la pelouse bleue, elle paraissait en lévitation.

— Il faut chercher de ce côté : un événement lié aux chasses des Geyersberg. Il ne faut pas oublier que le tueur a choisi de frapper la veille d'une chasse à courre, afin sans doute que tous ses participants découvrent le corps en pleine cérémonie…

La froideur de la nuit lui faisait du bien. Il retrouvait ses sens, sa lucidité, sa profonde volonté de vivre. Il avait cru crever, il avait vacillé, mais c'était fini.

— Commence cette nuit sur Internet, ordonna-t-il. Les journaux locaux, les sites spécialisés… Demain, on ira fouiller les archives de la police. Un fait divers implique peut-être les Geyersberg. Il faut voir aussi s'il n'y a pas un chasseur réputé cinglé ou incontrôlable dans la région.

Ils n'étaient plus qu'à quelques mètres de la villa quand Niémans, mû par un pressentiment, leva les yeux. Au premier étage, la comtesse, debout, face à la baie vitrée, les observait. Elle se tenait dans la même position que dans la forêt, mais cette fois drapée dans un châle.

Le flic réprima un nouveau frisson, et le froid n'avait rien à voir là-dedans.

— T'as pu avancer sur la situation économique du groupe ?

— Rien d'intéressant, on s'en parle demain. Et vous, la pirsch ?

— Même chose.

Ils montèrent les marches mais Niémans ne parvint pas à ouvrir la baie vitrée – il tremblait comme un alcoolo en manque.

— Niémans…, murmura Ivana.

Le flic s'arrêta dans ses vaines tentatives et la jeune Slave glissa simplement la main dans le mécanisme qui libérait le châssis de la vitre de son chambranle.

— C'est quoi votre problème avec les chiens ?

Niémans étouffa un juron. Son malaise disproportionné n'avait échappé à personne.

— Je t'expliquerai un jour… Ça presse pas.

Elle hocha brièvement la tête et se glissa à l'intérieur sans un mot. Niémans la regarda traverser la pièce et disparaître dans l'escalier qui menait à l'étage.

Il se retrouva seul, glacé à nouveau, sentant sur son visage le sang du chien qui coagulait et lui tirait la peau comme le sel de la mer quand il sèche. Il pénétra dans le salon à son tour et verrouilla la baie vitrée.

Quand il monta l'escalier, il n'était plus ici et maintenant. Il était dans une petite chambre à coucher, au lit, au premier étage de la bicoque de ses grands-parents, âgé d'à peine douze ans.

Dans le lit voisin, son frère aîné lui susurrait ses

menaces de sa voix de cinglé, faisant soigneusement siffler les *s* :

*« Réglissssssse… Réglisssssse… T'entends ? Il arrive ! Réglissssssse… Réglisssssse… Il va venir te tuer ! »*

## 18

7 h 30 du matin.

La veille au soir, pendant que Niémans roucoulait auprès de la comtesse, Ivana était discrètement remontée au premier et s'était glissée dans la chambre du flic pour lui piquer ses clés de bagnole.

Elle roulait maintenant à bord de la sacro-sainte Volvo, direction Bad Krozingen. D'après ses calculs, elle disposait d'environ deux heures pour interroger la femme dont elle avait décroché le nom dans la soirée. Alors que les convives péroraient sur les mérites de tel ou tel fusil en sirotant leur liqueur, Ivana avait rejoint les cuisines. Elle y avait découvert un vieux cuistot qui semblait avoir été fondu dans le même moule que ses casseroles en cuivre.

« Qui a réellement élevé Jürgen et Laura ? » Telle était la question qu'Ivana avait réussi à glisser dans sa conversation maladroite avec l'Allemand. La réponse avait fusé sans la moindre hésitation : Loretta Kaufman, gouvernante d'origine bavaroise, femme sportive et polyglotte dont la réputation était solidement établie – souple comme un canon scié, aimable comme une machine à composter. Elle avait assuré l'éducation des petits de leur entrée à la maternelle jusqu'à leur départ à l'université.

Voilà à qui elle voulait parler ce matin-là. Le cuistot lui avait expliqué, dans une langue proche du dialecte, que la nounou était restée dans le coin et qu'elle officiait maintenant dans le principal centre thermal de Bad Krozingen, à vingt kilomètres du royaume des Geyersberg.

Ivana suivait la route grise et admirait le décor. Elle n'avait jamais vu une forêt aussi dense, aussi brune – pas une jungle, non, mais un biotope rectiligne, constitué de millions de conifères au garde-à-vous. Elle avait l'impression d'être le couteau qui tranchait un grand corps noir saturé de sève et veiné de rivières…

Une heure auparavant, elle s'était réveillée l'esprit de travers et avait renoncé à se faire un café dans cette grande baraque aux allures d'aquarium. Elle avait simplement traversé le salon, chaussures à la main, et s'était carapatée avec la Volvo du chef.

Maintenant, grignotant les graines qui ne la quittaient jamais, elle essayait de mettre de l'ordre dans sa tête. Elle ne pensait pas à l'agression du chien ni même à ce dîner grotesque avec les deux cousins arriérés. Elle conservait seulement une image de la soirée : cette photo de deux enfants en manteau gris tenant des fusils disproportionnés, l'air soudés comme les deux coquilles d'une huître.

Sa conscience de classe lui avait tout de suite

inspiré une pure détestation pour ces deux enfants à papa qui ne trouvaient rien de mieux le week-end que d'abattre des animaux. Il restait que les gamins sur la photo ne respiraient pas la joie de vivre. Elle voulait en savoir plus.

Aux abords de Bad Krozingen, un panneau indiquait les thermes Juventas. Il fallait prendre à droite et éviter la ville proprement dite. Tant mieux, les villes thermales lui avaient toujours filé le cafard. Un vrai monde inversé : la vie sous la terre, la mort au-dessus, avec tous ces gens qui se soignaient à coups de flotte.

Après avoir traversé quelques champs de patates – c'est du moins l'impression que le paysage lui inspirait –, elle découvrit une petite ville préfabriquée en rase-mottes (pas plus d'un étage ou deux par bâtiment). Aucune ambiguïté sur la vocation de la cité : hôtels, cliniques, thermes… Tout était consacré aux eaux profondes et à ceux qui voulaient s'y baigner.

Ivana se gara sur le parking des thermes et contempla le bâtiment portant les lettres « Juventas » gravées dans le stuc de la façade. L'édifice avait la taille d'un siège social de grande compagnie d'assurances et l'air austère d'un temple mormon.

Longeant une galerie ouverte en direction de l'entrée principale, Ivana jeta un œil aux vitrines. Des bars à eaux, des boutiques de maillots de bain, des pharmacies… Juventas ressemblait à un centre commercial destiné exclusivement aux personnes souffrant d'arthrose et de rhumatismes. D'ailleurs, elle devait éviter les béquilles et les fauteuils roulants à chaque terrasse de café.

Le hall gigantesque lui confirma qu'on jouait ici dans la cour des grands. Les portillons d'accès et les baies s'ouvrant sur les bassins renseignaient sur l'ampleur du programme. Pas de l'artisanat, de l'industriel.

Transpirant déjà dans la touffeur ambiante, elle s'approcha des caisses tout en lorgnant du côté des piscines découvertes – malgré l'heure et la température du dehors, elles affichaient toutes complet.

Ce qui la surprenait, c'était la joie de vivre qui débordait des bains : beaucoup d'enfants – sans doute des classes d'école – et des adultes à l'air ravi s'agitaient sous les jets, barbotaient dans les remous avec entrain et gaieté.

Ivana s'adressa à la première caissière et demanda à voir Loretta Kaufman. Pas la peine de montrer son badge de flic, il n'avait aucune valeur ici et aurait seulement compliqué les choses.

— C'est pour quoi ? demanda la femme en allemand.

— Personnel, répondit Ivana dans la même langue.

La femme baissa les yeux sur son ordinateur.

— À cette heure-ci, elle est en soins.

— Je ne peux pas la voir ?

— Vous avez un maillot ?

## 19

On lui avait dit « au bout du couloir, à gauche ». Dans le petit une-pièce noir qu'on lui avait prêté, coiffée d'une charlotte transparente, la fliquette avançait, une serviette à l'épaule, ses pieds nus collant aux carreaux du sol.

Dans cette galerie aveuglante – d'un côté le soleil qui se levait bien droit et passait par les baies vitrées, de l'autre un mur de faïence qui réfléchissait la lumière au point de devenir phosphorescent –, elle ne pouvait s'empêcher d'observer les bassins dehors.

À y regarder de près, chacun d'eux avait une particularité : l'un propulsait des jets puissants qui retombaient dans la flotte comme des feux de Bengale, un autre multipliait les cascades d'eau et les jacuzzi bouillonnants, dans un autre encore, en forme de couloir circulaire, un fort courant poussait les baigneurs à toute vitesse comme des canards en plastique dans un jeu de fête foraine.

Elle trouva enfin sur sa droite une porte coupe-feu et entra sans frapper. À première vue, c'était un hammam standard, carrelé serré et empli de vapeur. À y regarder de plus près, des espèces de sarcophages s'égrenaient le long des murs, séparés entre eux par des paravents de bois.

L'odeur d'eucalyptus – elle avait toujours trouvé que les spas sentaient le cannabis – était si forte que ses narines se crispaient et sa gorge la brûlait. En avançant, elle repérait des patients dans chaque bassin, immobiles comme des phoques épanouis, coiffés d'un bonnet de bain rouge.

Au bout de la salle, enfin, elle trouva sa walkyrie. La femme, elle-même en maillot de bain noir (dans lequel on aurait pu glisser deux ou trois Ivana), avait un genou au sol et déversait des sels minéraux translucides comme de gros diamants dans l'eau des cercueils. Ivana imagina le soufre, le magnésium, les oligo-éléments se fondant dans les bulles et se dit que ça ne devait pas être désagréable de barboter là-dedans.

— Loretta Kaufman ?

La femme se remit debout et se posta face à Ivana, gardant son seau en bois sous le bras. Elle devait avoir dans les soixante-dix ans et mesurait près d'un mètre quatre-vingts. Même à son âge, c'était encore une athlète à la silhouette impressionnante. Une vraie beauté germanique, pupilles d'acier et mâchoires de fer. Sous sa poitrine proéminente, le ventre refusait de céder le passage et ce buste en forme de tonneau avait l'air planté sur des jambes fuselées comme un château d'eau sur ses pilotis.

— C'est moi, dit Loretta en français. Journaliste ?

— Flic.

L'ex-gouvernante ne paraissait pas surprise : depuis la mort de Jürgen, elle avait déjà dû recevoir pas mal de visites. En quelques mots, Ivana se présenta. En maillot de bain visqueux et charlotte ruisselante, elle n'était pas au top de son autorité. Elle préféra la jouer visite de courtoisie.

Tout en parlant, elle détaillait la Fräulein. C'était surtout son visage qui la fascinait. Loretta n'accusait presque aucune ride – une sculpture à peine effleurée par le temps. Sa peau pâle, veinée de bleu, rappelait les galets blancs des plages, incisés de fines algues et délavés par le sel.

— Attendez un instant, ordonna-t-elle.

Elle posa son seau et attrapa un fagot de branches au feuillage vert pâle dans un bac de flotte. Elle repartit au bout de la salle puis revint sur ses pas, en prenant soin de fouetter à droite et à gauche les épaules des baigneurs. Avec une nounou pareille, pas étonnant que Jürgen soit devenu SM – on ne change pas une équipe qui gagne.

— Et voilà, déclara Loretta en balançant son fagot dans son bac. Suivez-moi.

Derrière une autre porte, un nouveau couloir donnait sur une pièce aveugle. Impossible de dire d'où la lumière provenait mais tout était blanc : un Rubik's Cube de faïence saturé de fumée.

Loretta désigna un banc solidarisé au mur où Ivana s'assit sans moufter. Il n'y avait plus qu'à se laisser fondre lentement comme un glaçon dans une main fiévreuse.

— Gommez-vous les peaux, ordonna Loretta en lui tendant une pierre à la surface rugueuse.

— Non, merci.

— Vous avez tort. La beauté ne cesse de se renouveler, de se régénérer. Il faut l'aider à faire peau neuve. Ne laissez pas les années tisser leur toile d'araignée sur votre corps…

Depuis combien de temps ne s'était-elle pas fait un gommage, ou même appliqué une crème hydratante ? « Prendre soin de moi » ou « arrêter de fumer » étaient toujours sur sa liste mais cette litanie n'était qu'un hommage à la procrastination.

La plupart des gens pensent qu'ils seront « complets » ou deviendront enfin ce qu'ils sont quand ils auront réalisé leurs projets, mais ce sont au contraire ces promesses jamais tenues qui les constituent, qui les fondent en profondeur. Nous sommes tous des mutilés de nos rêves.

Loretta s'assit à côté d'Ivana et attrapa un gant de crin noir.

— Qu'est-ce que vous voulez savoir ? demanda-t-elle en se frottant les mollets. J'ai envoyé paître tous les journalistes qui m'ont retrouvée mais une policière française, tout de même, c'est du pas courant…

Ivana donna seulement quelques lignes d'intention et laissa la parole à l'ancienne gouvernante, qui ne se fit pas prier pour dérouler l'histoire des « faux jumeaux ».

# 20

— Quand je suis entrée au service des Geyersberg, Jürgen avait 4 ans, Laura 2. Je suis partie quand ils ont rejoint leurs universités respectives. Mission accomplie !

— Vous avez passé près de vingt ans auprès d'eux. Vous ne semblez pas particulièrement bouleversée par la mort de Jürgen.

— Ne croyez pas ça. Mais ça veut pas dire non plus que j'étais attachée à eux.

— Non ?

— Non. Les nounous, c'est comme les flics.

— Qu'est-ce que vous voulez dire ?

— Si vous mettez de l'affect dans votre boulot, vous perdez toute impartialité. Vous devenez faible, vous faites du mauvais boulot.

Cette femme avait l'air de confondre le rôle de gouvernante et celui de maton, mais bon.

— Quand vous avez été engagée, vous aviez déjà une expérience dans ce domaine ?

— Pas du tout. J'étais une sportive de haut niveau

en fin de course. Natation, aviron… Pour mon âge, j'avais déjà pas mal voyagé. Je parlais français, italien, anglais. J'entraînais aussi l'équipe féminine de volley du Bade-Wurtemberg. Le groupe VG était sponsor. C'est comme ça que j'ai connu Ferdinand von Geyersberg.

Ivana eut une idée facile – elle était payée pour savoir que la vie aime les idées faciles :

— Vous avez été…

— Sa maîtresse ? Non. J'étais pas son genre. Trop vieille.

À voir ce beau visage qui avait fièrement tenu tête à l'âge et ce corps qui ne s'en laissait pas conter, Ivana se dit que Loretta, à 40 ans, devait être une vraie bombe.

La nourrice parut lire dans son regard.

— Le comte avait un goût prononcé pour les forces fraîches et vives de son groupe. Surtout les ouvrières.

Ivana n'insista pas – pas le sujet.

— Parlez-moi de l'éducation que vous avez donnée aux enfants.

— Je restais auprès d'eux tous les jours de l'année, sans exception. Je m'accordais juste quelques heures d'entraînement par jour. Le comte mettait à ma disposition les infrastructures du château. À l'époque, il y avait un gymnase en sous-sol, un terrain d'athlétisme, un court de tennis. Je pouvais aussi pratiquer l'aviron sur le lac. Parfait pour moi.

« Le château », c'était la première fois qu'elle en entendait parler.

— Qui vit là-bas aujourd'hui ?

— Franz von Geyersberg. Il a fait détruire tous ces terrains et ces infrastructures. (Elle eut un bref haussement d'épaules.) Évidemment.

— Pourquoi « évidemment » ?

— Il est en chaise roulante.

Ivana nota ce détail dans un coin de sa tête – toujours pas le sujet.

— Vous étiez responsable à 100 % de l'éducation de Jürgen et de Laura ?

La femme abandonna son gant de crin et attrapa une serviette blanche qui semblait porter dans ses plis des grains de gros sel.

— 100 %, c'est le mot, reprit-elle en frottant son bras gauche. Pour leur père, l'éducation était juste un passage obligé pour parvenir à la seule chose qui comptait, le groupe VG. L'affection, la tendresse, c'était vraiment du superflu.

— Et leur mère ?

— Pas le temps non plus.

— On m'a dit qu'elle était très active, très sportive.

— Du flan.

— Je ne comprends pas.

— Sabine était dépressive. Elle s'agitait, s'étourdissait avec ses compétitions d'équitation, ses marathons, ses descentes à ski, mais c'était surtout pour ne pas contempler l'angoisse qui l'habitait. Elle était comme le coyote dans les dessins animés qui court au-dessus du vide avant de chuter.

— Vous voulez parler de son suicide à New York ?

— Du flan aussi.

— Que voulez-vous dire ?

— Les Geyersberg ont soigneusement entretenu cette légende du suicide au St. Regis. Ça sonnait plus Geyersberg que la vérité.

— Qui était ?

— Sabine est morte de faim.

— Je vous demande pardon ?

— Elle s'est laissée mourir de faim, toute seule dans le grand appartement qu'ils possédaient sur la Cinquième Avenue.

Une comtesse se livrant à une grève de la faim dans son palais de Manhattan : de son point de vue de petite prolo, ça sonnait pas mal romantique aussi.

— Et ses enfants ? Ils n'auraient pas pu… la distraire d'elle-même ?

— Au contraire. Ces gamins lui rappelaient à quel point elle n'était pas à la hauteur. Tout juste bonne à sauter des obstacles avec son canasson ou à fendre les flots avec ses rames. Mais embrasser ses enfants le soir dans leur lit ou leur lacer leurs chaussures, ça, c'était au-dessus de ses forces.

On attaquait donc avec quelques bons vieux clichés – du genre dc ceux qui plaisaient à Ivana –, comme l'argent qui ne fait pas le bonheur ou les aristocrates forcément dénués de cœur.

— Parlez-moi de la personnalité de Jürgen et de Laura.

— Aucune différence entre eux. Ils ne constituaient qu'une seule et même personne.

Loretta passa sa serviette dans la main gauche et s'attaqua au bras droit. Sa peau blanche, sans l'ombre d'une pilosité ni d'une imperfection, brillait comme de l'albâtre. Elle devait pratiquer ce récurage tous les jours, les peaux n'avaient même pas le temps de repousser.

Ivana se sentait au contraire molle et alanguie. Sa peau n'était ni serrée, ni régénérée, ses pores ouverts à tous les vents.

— Ils avaient les mêmes goûts, les mêmes pensées, les mêmes gestes. Pour moi, c'était plutôt pratique : un seul gamin pour le prix de deux…

— Vous voulez dire…

— Vous voyez très bien ce que je veux dire. Face à l'adversité, Jürgen et Laura se tenaient les coudes et faisaient corps contre les autres.

La photographie posée sur le piano de la Villa de Verre lui revint à l'esprit.

— Ils ne se ressemblaient pas physiquement…

— Le jour et la nuit. Jürgen était petit, roux, grassouillet. À l'école, on le surnommait « Tannenzapfen », « Pomme de pin ». D'autres l'appelaient « Lebkuchen », « Pain d'épices ». Voyez le genre… Laura, c'était tout le contraire. Grande, élégante, superbe. À 12 ans, elle avait déjà ce port de tête et cette tignasse invraisemblable. Sa beauté s'est tout de suite épanouie, alors que celle de Jürgen n'a émergé qu'à l'âge adulte.

Ivana demanda plus de précisions sur Laura, curiosité féminine.

— Dès le collège, hautaine, inaccessible. En réalité, elle en voulait aux autres de ne pas respecter son frère. Se moquer de lui, c'était se moquer d'elle. Elle leur faisait payer cher, surtout aux garçons qui étaient tous à ses pieds.

— Ils avaient de bons résultats scolaires ?

— Jürgen était plutôt poussif mais il travaillait dur. Laura avait plus de facilités. Condamnés tous les deux à la perfection. Jürgen parce qu'il était le garçon, l'héritier légitime. Laura parce qu'elle était une fille et qu'elle devait prouver qu'elle était plus que ça.

— Ils avaient des activités extrascolaires ?

Loretta eut un rire qui ressemblait à un roucoulement d'évidence.

— Équitation, escrime, musique… Laura se débrouillait pas mal au piano, Jürgen essayait de jouer du violon. Ils s'enfermaient dans le salon de musique et travaillaient pendant des heures. Les couinements horribles de Jürgen déclenchaient leur hilarité.

Ivana parut surprise.

— Ils avaient le rire très facile. Leur complicité se traduisait par un regard amusé sur le reste du monde. Même lorsqu'ils étaient punis, même lorsqu'ils devaient affronter la morgue de leur père ou l'indifférence de leur mère, ils riaient. Au fond, tant qu'ils étaient ensemble, ils étaient heureux.

L'image des gamins tenant fièrement leur fusil ne la quittait pas.

— Et la chasse ?

— La chasse…, répéta rêveusement Loretta. C'était pour cette activité qu'ils étaient parfaitement, absolument, indiscutablement doués. À égalité totale. Il suffisait qu'on leur donne un fusil et qu'on les lâche en forêt pour qu'ils trouvent leur mesure. Des tireurs d'exception, qui sentaient la forêt de l'intérieur.

Chaque dimanche, dans les bois du château, ils se livraient à de vrais carnages.

Ivana essayait d'imaginer Pomme de pin et sa sœur cadette qui le dépassait d'une tête, capables sans doute d'abattre n'importe quelle bête à plusieurs centaines de mètres. Elle en conclut un peu vite que les gamins se vengeaient ainsi de leur détresse, mais Loretta la vit venir :

— On a beaucoup dit qu'ils se défoulaient de cette manière de leur solitude, de leur malheur, mais ce n'est pas vrai. Ils partaient à la chasse le sourire aux lèvres, le cœur léger. Ils tuaient d'une manière très saine, sans arrière-pensées. Rien à voir avec tout ce que leur éducation leur inculquait à coups de marteau…

— Quels types de chasse pratiquaient-ils ?

— Un peu de tout.

— La pirsch ?

— Non, pas la pirsch. Ils étaient trop jeunes, trop impatients.

— À cette époque, il n'y a jamais eu d'accident de chasse ? Ils n'ont jamais blessé personne ?

— Certainement pas. En Allemagne, on ne rigole pas avec la sécurité. Et encore moins chez les Geyersberg. Du reste, je vous le répète, le frère et la sœur étaient des tireurs d'exception. Et cela, dès l'âge de 12 ans.

Loretta avait enfin lâché ses engins à gratter. Affalée, écorchée, ruisselante, les fesses au bord du banc, les jambes étendues comme deux perches à l'abandon, elle se détendait – ses yeux si bleus fixaient le vide, ou plutôt ses souvenirs au fond des flaques.

— À vous entendre, la provoqua Ivana, ils n'avaient pas l'air si malheureux.

— C'est que je me suis mal exprimée. Ils étaient très malheureux. Ils étaient dénués de tout et grandissaient comme des orphelins.

— D'un point de vue affectif peut-être, mais matériellement…

— Vous ne comprenez pas. Leur père les a élevés dans une extrême pauvreté. Il payait les études, les vêtements, la nourriture, rien d'autre. Même lorsqu'ils ont été adolescents, ils n'ont jamais eu le moindre argent de poche. L'été, ils devaient arracher les mauvaises herbes du parc pour gagner quelques pfennigs. L'hiver, ils déblayaient la neige des terrasses du château.

Pas la moindre idée de ce qu'était un pfennig. Sans doute une monnaie ancienne, avant l'euro.

Loretta était lancée sur le sujet de l'argent de poche :

— Plus tard, durant les vacances d'été, ils ont dû travailler dans les entreprises de VG. Pas dans les bureaux, dans les usines. Des semaines à se brûler les yeux sur des circuits de composants électroniques, à respirer les alliages d'étain et de plomb qui grillent au bout du fer à souder… Ils ne touchaient qu'un salaire de misère et leur père leur répétait : « Vous êtes en stage. Vous ne rapportez pas d'argent, vous en coûtez. »

Ivana avait du mal à plaindre les petits Geyersberg.

Ils avaient grandi sans l'amour de leurs parents, certes, ni le moindre argent de poche, mais avec le pactole au bout du tunnel et le fusil à la main.

— Vous avez dit tout à l'heure que Ferdinand était dur avec Jürgen parce qu'il était l'héritier et avec Laura parce qu'elle était une femme. Mais à l'arrivée, ils ont tous les deux hérité de l'empire VG, non ?

— Non. Ferdinand était très clair, seul Jürgen devait diriger le groupe.

— Il était plus brillant que sa sœur ?

— Plutôt moins. Il était l'homme, voilà tout. Mais Jürgen n'a pas lâché sa sœur. En fait, il n'avait pas le choix. Il n'aurait jamais pu prendre les rênes sans elle. Ils ne formaient qu'une seule personne, je vous le répète. Et à eux deux, ils étaient les maîtres absolus du pays de Bade. Rien ni personne ne pouvait les arrêter.

Ivana consulta sa montre : elle ne l'avait plus. On lui avait demandé de la retirer avant de pénétrer dans les thermes. Quelle heure était-il ? Plus que jamais, elle se sentait emplie d'eau et de vapeur, à la manière d'une éponge dégoulinante.

Elle tenta de rassembler ses idées et de prendre une autre direction :

— Et ces dernières années, vous avez entendu parler d'eux ?

— Dans la région, tout le monde entend toujours parler des Geyersberg.

— Qu'est-ce qu'on disait par exemple ?

Loretta se cambra sur son banc et lissa ses cheveux en arrière : son front lisse offrait une terrible déculottée à tous les Botox du monde. Pas une ride, pas la moindre impureté, l'âge avait glissé sur ce front comme l'eau d'un puits sur une margelle.

— On parlait beaucoup des mœurs du petit Jürgen.

— Ses activités SM ?

— On en parlait à voix basse. Il ne s'en cachait pas, et vous savez comment sont les gens, toujours trop heureux de surprendre le mal chez l'autre, c'est-à-dire de n'être pas tout seuls au purgatoire…

Pour Ivana, ce vice était l'arbre qui cachait la forêt. Si Pomme de pin avait des secrets, ils étaient soigneusement dissimulés derrière cette perversité trop officielle pour être dangereuse.

— On murmurait aussi de drôles de choses…, reprit Loretta, comme si elle avait senti qu'elle devait donner d'autres biscuits à son interlocutrice. On disait par exemple que Jürgen et Laura se refilaient leurs amants…

Captant l'expression d'Ivana, Loretta sourit.

— Vous ne saviez pas ? Jürgen était bisexuel. Encore un fait qui ne cadrait pas avec la dynastie VG. Mais on lui pardonnait tout, à cause du bilan de fin d'année. Ce n'est pas la musique qui adoucit les mœurs mais l'argent.

— Laura est aussi bisexuelle ?

— Je ne crois pas, non.

— Mais vous, vous croyez à ces histoires d'échange ?

— Depuis leur enfance, Jürgen et Laura partageaient tout. Pourquoi pas aujourd'hui leurs partenaires ?

— Ils ne voulaient pas fonder une famille, voler de leurs propres ailes ?

— À mon avis, ils vivaient encore dans l'instant, et surtout dans l'excitation de leur nouvelle situation. À l'âge où les jeunes diplômés font encore les photocopies, ils dirigeaient l'une des plus grandes boîtes du Bade-Wurtemberg.

Laura et Jürgen partageaient le fric, le pouvoir, le sexe… Ce n'était sans doute pas suffisant. Ivana imaginait quelque chose de plus intime encore, de plus chaud, de plus risqué.

— Ils chassaient toujours ensemble ?

— Non. Le temps de leurs virées solitaires était révolu. Ils devaient organiser des chasses à courre en France, des chasses à la battue sur leurs terres, et inviter tout un tas de relations. À mon avis, tout ça devait les ennuyer à mourir.

Ivana avait gardé pour la fin la question principale :

— À votre avis, qui a pu assassiner Jürgen ?

— Comment voulez-vous que je le sache ? Je ne sais pas si Jürgen avait des ennemis mais le groupe VG a des adversaires redoutables. Cette mort est sans doute une aubaine pour eux. D'ailleurs, de ce point de vue, le boulot n'a été fait qu'à moitié.

— Expliquez-vous.

— L'assassin, quel que soit son mobile, doit maintenant tuer Laura. Il est impossible d'avoir éliminé Jürgen sans vouloir se débarrasser aussi de sa sœur.

Ivana songeait au chien noir gisant parmi les

herbes. Cette bête avait-elle été vraiment lâchée sur la comtesse ? Devait-elle mourir sous les crocs de ce chien horrible ?

Un peu de provoc pour la route :

— Laura, ça ne pourrait pas être elle qui a fait le coup ?

Loretta attrapa un fagot de bouleau et se fouetta sauvagement les épaules, ce qui était bon pour les autres était aussi bon pour elle.

— Je crois que vous ne posez pas le problème d'une façon juste.

— Dites-moi.

— Même si on ne cherchait pas à la tuer, ça serait un miracle qu'elle survive à la mort de son frère.

## 21

— Nom, prénom, adresse.

Niémans était d'une humeur massacrante. Il se retrouvait à interroger un suspect dont il n'avait rien à foutre, dans le bureau de Kleinert, qu'il détestait – et pas la moindre Ivana à l'horizon. Elle avait tout simplement disparu. Avec sa bagnole !

Sa fameuse Volvo 240 break, surnommée la « brique suédoise », qu'il n'aurait jamais osé appeler en public « voiture de collection », mais c'était bien comme ça qu'il la voyait.

Pas une seconde il ne s'était inquiété pour Ivana. D'abord, elle lui avait laissé un mot. Un putain de mot de fugueuse. Ensuite, c'était une grande fille qui pouvait encore se balader seule dans la forêt du grand méchant loup.

Mais sa voiture… Ses lignes à la fois pures et massives, sa calandre striée, son arrière carré comme une idée bien arrêtée. Une voiture si solide qu'elle avait traversé toute la fin du XX$^{e}$ siècle et qu'on pouvait la retrouver encore aujourd'hui dans l'arrière-cour d'une ferme, faisant fonction de bétaillère. La sienne était la version supérieure du modèle : 155 chevaux pour la puissance, finitions en ronce de noyer et intérieur cuir pour l'élégance… Et voilà qu'une merdeuse qui n'avait jamais conduit que des Twingo et des Autolib' était au volant de son joyau.

Niémans s'ébroua de ses idées noires et revint à l'instant présent.

Thomas Krauss avait décliné son identité mais il n'avait pas écouté. Seule bonne nouvelle : le suspect étant d'origine alsacienne, on allait mener l'interrogatoire en français. Tant qu'à parler pour ne rien dire, autant qu'on n'ait pas à traduire.

— Je m'appelle Pierre Niémans, se présenta-t-il à son tour. Je suis commandant de la police française. Et voici mon collègue allemand, Fabian Kleinert, Polizeioberkommissar de la Landeskriminalamt du Bade-Wurtemberg.

Kleinert lui avait laissé la place du chef – ou de l'aïeul –, derrière le bureau, face au suspect, et s'était installé à sa droite, tapant sur son ordinateur comme un simple greffier. Entre eux, une petite caméra dardait son œil rouge sur le tueur autoproclamé.

— On est là pour recueillir officiellement tes aveux, continua-t-il.

Thomas Krauss les regardait d'un œil sombre, ses mains menottées posées sur ses genoux.

Le moins qu'on puisse dire, c'est qu'il avait la gueule de l'emploi. Hirsute, pas rasé, amaigri jusqu'à l'os, ses traits tourmentés rappelaient les poètes maudits du XIXe siècle : le genre génie incompris, mort avant 40 ans de la syphilis ou d'un excès d'absinthe.

D'un autre point de vue, il ressemblait à un animal, ou plutôt à une créature de légende, genre faune à poils durs et pieds fourchus. Un satyre de la mythologie grecque égaré dans les temps modernes, dont les cheveux en épis lui dessinaient deux cornes au-dessus du crâne.

Niémans avait toujours éprouvé un sentiment ambivalent face aux fanatiques : il ne les craignait pas, il les plaignait. Ils étaient des victimes aliénées, arrachées à elles-mêmes par une chimère, une obsession, qui les réduisait en pièces et les aveuglait jusqu'à la mort.

— Tu nous racontes ta petite histoire, poursuivit-il, on l'écrit, tu la signes et chacun rentre chez soi. T'auras plus qu'à passer devant le juge à Colmar et à t'enfiler vingt ans au trou.

Le ton léger de Niémans paraissait déstabiliser le suspect. Ce qu'il voulait sans doute, c'était du pathos, de la tragédie, du passage à tabac. Et voilà qu'il se retrouvait face à deux fonctionnaires à peine intéressés par ses révélations.

— C'est moi qui l'ai fait, murmura-t-il.

— Quoi ? dit Niémans en se penchant au-dessus du bureau. J'ai rien entendu.

— C'est moi qui l'ai fait. Je l'ai tué.

Le flic acquiesça d'un hochement de tête puis fit un signe à Kleinert. Le festival commençait. Le décor était aussi d'équerre : un bureau neutre, compact, parfaitement rangé, constitué de matériaux facilement lavables.

— Comment tu t'y es pris ?

— Je l'ai surpris dans la forêt.

— Attends un peu. C'était à quelle heure ?

Krauss dressa le cou hors de son pull camionneur.

— Je sais pas. 23 heures.

— Il faisait donc nuit ?

— 23 heures, répéta Krauss, comme s'il avait affaire à un simple d'esprit.

— Il était à pied, à cheval ?

— À pied, marmonna Krauss.

— Comment il était habillé ?

Pas de réponse.

— Comment il était habillé ? répéta Niémans. En costard de ville ? En livrée de chasse à courre ? En tenue de camouflage ?

Le suspect leva la tête et ses pupilles harponnèrent l'éclat du soleil qui filtrait par la fenêtre. Une belle journée pour des aveux.

— En livrée, finit-il par lâcher.

— Quelle couleur ?

— Rouge.

Krauss se mordit les lèvres – il avait répondu trop vite. En réalité, les vestes de l'équipage du week-end étaient noires.

— Donc, le comte se baladait à pied, en pleine forêt, en costume de vénerie ?

— C'est ça.

— Il avait perdu son cheval ou quoi ?

Les mots résonnaient de toute leur invraisemblance.

— J'en sais rien, répondit-il d'un ton buté. Et j'en

ai rien à foutre. Peut-être qu'il faisait des repérages… Pour mieux piéger sa victime du lendemain…

Niémans secoua la tête, comme pour dire qu'on pouvait admettre cette explication.

— Tu le suivais ?

— Non.

— Qu'est-ce que tu foutais toi-même dans la forêt en pleine nuit ?

— Je voulais bloquer la chasse à courre.

— Tout seul ?

— Quand on a la foi, on peut déplacer des montagnes.

Niémans se permit de rire, un rire amical, presque attendri.

Le flic changea soudain d'expression pour demander :

— Comment tu l'as tué ?

— Je l'ai égorgé, répondit l'autre avec soulagement. (On attaquait enfin le cœur du problème, c'est-à-dire les faits divulgués par la presse.)

— Ensuite ?

— Je lui ai coupé la tête et je l'ai étripé.

— Tu avais des armes ?

Brève hésitation, puis :

— Des couteaux, une machette.

— D'où tu les sortais ?

Krauss recula et échappa d'un coup aux rayons du soleil. Dans l'ombre, ses yeux prirent une lueur frémissante.

— Des trophées de guerre.

Niémans ne releva pas la vantardise.

— La décapitation. Tu savais comment faire ?

Krauss ouvrit la bouche puis se ravisa. Niémans remarqua qu'il avait de la salive coincée aux commissures des lèvres. Une sorte d'écume d'amertume, qui allait bien avec l'expression de sa bouche, répugnée, répugnante.

— Passons. Pourquoi tu l'as tué de cette manière ?

— C'est ce que ces salopards font aux animaux.

— Pas à la chasse à courre. Pourquoi t'as imité la méthode de la pirsch ?

— Faut toujours respecter son ennemi.

— Décapité et éviscéré, c'est ta notion du respect ?

— C'est bien ce que disent les pirscheurs, non ?

— Un point pour toi, camarade. On a pas retrouvé les viscères de Jürgen, où tu les as planqués ?

— Je les ai jetés dans la rivière.

Kleinert leva les yeux de son ordinateur. Des aveux, ça ne s'invente pas…

— Et ses fringues, où tu les as mises ?

— Je les ai brûlées, répondit Krauss après une nouvelle hésitation.

Il avançait à l'aveugle – un quiz lugubre auquel il répondait au petit bonheur.

Niémans se leva et éteignit la caméra. Puis il vint s'asseoir sur un coin du bureau et se pencha vers Krauss, adoptant un ton de confidence :

— On va passer au plus important, ton mobile. Pourquoi t'as fait ça ?

Krauss, qui n'en menait pas large, baissa la tête, fixant un point invisible sur le sol. Niémans surprit son odeur, mélange d'herbes frottées, d'épices cendrées, d'essence mal raffinée. Cette odeur le prit lui-même à revers : elle lui rappelait son grand-père, toujours à arpenter les bois, à réparer sa vieille 404. Il se sentit tout à coup cerné par les forêts foisonnantes de son enfance qui se mêlaient dans un vertige à celles du Bade-Wurtemberg.

— Quand j'étais gosse, commença Krauss, j'ai suivi une chasse à courre… à pied. Je trottinais sur les traces des salopards avec leurs cors, leurs chiens, leurs chevaux… La parade des assassins. Lorsqu'ils ont réussi à acculer le cerf au bord d'un étang, la bête se tordait dans tous les sens, rendue folle par la peur, ne sachant choisir entre la mort dans l'eau glacée ou celle infligée par des connards habillés en grooms…

Niémans soupira afin de faire sentir à l'homme des bois qu'il aurait du mal à les convaincre avec ses souvenirs émus.

— Finalement, poursuivit l'autre, le cerf s'est jeté à l'eau. Les chasseurs l'ont traqué en barque jusqu'au milieu du lac et l'ont poignardé des dizaines de fois alors que la bête essayait de maintenir la tête à la surface. J'entends encore son brame, je vois ses yeux… J'avais jamais vu une telle détresse, une telle horreur…

Ses lèvres faisaient un bruit de papier froissé.

— Tu savais que quand une bête s'en sort après une chasse à courre, demanda-t-il en plantant ses pupilles dans les yeux de Niémans, il faut tout de même l'abattre parce que le stress l'a rendue folle ?

À le considérer ainsi de profil, se détachant très

net dans la lumière du bureau, avec son long cou, sa glotte proéminente, sa tignasse cornue, Niémans crut soudain voir l'une des têtes naturalisées suspendues aux murs de la salle à manger de la Villa de Verre.

Krauss faisait partie des victimes des Geyersberg. Il était un trophée parmi d'autres. À force d'abattre des animaux, les chasseurs avaient aussi fauché un homme.

Pour ne pas se laisser attendrir, il balança :

— Donc, tu as tué Jürgen von Geyersberg pour venger un cerf ?

— J'ai vengé la nature, murmura-t-il.

Et il se mit à hurler :

— Les Geyersberg sont une offense à Dieu, à l'univers !

Niémans reçut un jet de salive sur sa main et l'essuya d'un geste irrité – il ressentait une profonde répulsion pour toute sécrétion humaine.

— Pourquoi avoir choisi la chasse à l'approche pour tuer Jürgen ? répéta-t-il. Parce qu'il la pratiquait lui-même ?

Krauss eut un mince sourire, poisseux de l'écume de ses lèvres.

— Toutes les chasses se valent. Le plus fort s'en prend au plus faible. La mort des innocents est la récompense des salauds.

— La pirsch est la chasse où l'animal peut le mieux se défendre.

— Tu crois à ces conneries-là, toi ?

— Jürgen, il a pu se défendre ?

Krauss parut surpris par la question, comme s'il se rappelait tout à coup les responsabilités qu'il s'efforçait d'endosser.

— Je l'ai attaqué en traître, comme font tous les chasseurs.

— Tu es très fort. Jürgen n'était pas du genre à se laisser surprendre.

— Tu sais ce que c'est un appeau ?

— Tu vas nous expliquer ça.

— C'est un petit sifflet qui imite la chevrette. On l'utilise pendant la période du rut. Le cerf accourt en croyant découvrir une femelle et tombe nez à nez avec le fusil d'un enfoiré.

Combien de voyous avait-il chopés alors qu'ils rejoignaient leur femme ? Il n'avait pas de sifflet mais il était bien un chasseur, jouant sur les faiblesses de son gibier.

— Mon préféré, continuait Krauss, halluciné, c'est l'appeau qui imite le faon. La femelle se précipite pour sauver son petit et se prend une balle en pleine poitrine. Avec un peu de chance, le mâle rapplique aussi. Ce qu'on peut faire avec un simple sifflet…

Niémans se leva et fit quelques pas. Ce réquisitoire contre la chasse ne menait à rien.

Soudain, Krauss se dressa à son tour sur ses jambes et bomba le torse. Il était un martyr, un saint Sébastien attendant les flèches.

— D'ailleurs, ils traitent aussi les hommes comme des bêtes. Le monde crèvera par la main de ce genre d'ordures !

— Qu'est-ce que tu racontes ?

L'activiste se rassit aussitôt et se rencogna sur son siège.

— Rien.

— Tu sous-entends que les Geyersberg ont aussi tué des hommes ?

Krauss secoua ses cornes.

— Pas au sens où on l'entend. Ils dirigent leurs boîtes comme ils vont à la chasse. Que le meilleur gagne, c'est-à-dire que le plus faible crève…

Niémans était déçu. Il avait cru voir passer une ombre, ou plutôt une faible lumière, l'indice de quelque chose. Mais il s'agissait du banal discours de l'écolo de gauche, qui, à force d'aimer la nature et de détester les hommes, voit des monstres partout.

— Très bien, mon gars. On va te raccompagner dans tes appartements.

— Mais j'ai rien signé, moi ! Et mes aveux ? Mon inculpation ?

Niémans lui frappa amicalement l'épaule.

— On a tout le temps pour ça, mon bonhomme.

# 22

— Krauss s'est vraiment foutu de notre gueule, grommela Kleinert.

Ils remontaient le couloir du premier étage – linoléum au sol, peinture brillante aux murs, tout semblait avoir été revêtu de plastique : la décoration administrative allemande n'avait rien à envier à la française.

— On repart à zéro ? demanda-t-il, alors qu'ils parvenaient à l'escalier.

— Pas à zéro, à trois, dit Niémans. Vous, moi, Ivana. J'ai apprécié que vous me laissiez interroger ce taré.

— À ce propos, sourit l'Allemand, votre collègue n'est toujours pas arrivée ?

Niémans plongea dans l'escalier sans répondre. Dans le hall, il repéra une machine à café. Sous l'effet de la colère, il n'avait même pas regardé le petit déjeuner que le personnel de la Villa de Verre lui avait préparé.

— Vous êtes d'accord qu'on ne peut pas lâcher Krauss maintenant ?

Niémans tenta de déchiffrer les inscriptions en allemand de la machine.

— Pas question, en effet. Après tout, il a peut-être vu quelque chose. Il rôdait sans doute dans la forêt cette nuit-là… Il faudra encore le cuisiner. Vous tenez au courant les gendarmes de Colmar ?

Pas moyen de savoir sur quel bouton appuyer mais il ne voulait rien demander au flic à barbichette. Pure vanité française.

— Ce n'est pas vous qui le faites ?

— Je préfère que ça soit vous, répondit-il en prenant un air concentré face au distributeur.

— Qu'est-ce que vous voulez boire ? demanda Kleinert en soupirant.

— Hein ? Heu… un café.

Le Polizeioberkommissar attrapa une pièce dans sa poche et dompta le distributeur.

— Je ne comprends pas votre rapport avec les gendarmes français, reprit-il alors que le liquide noir daignait ruisseler au fond d'un gobelet.

— Ils ont l'impression qu'on leur a piqué l'enquête.

Kleinert attrapa le gobelet et le tendit à son collègue français.

— Attendez-moi ici. Je dois donner des instructions à mes hommes.

Niémans acquiesça en goûtant son café : moins dégueu que prévu. Le poste central de Fribourg-en-Brisgau était de taille moyenne, une cinquantaine d'uniformes bleus s'agitaient là-dedans, mais il y avait aussi des vert olive avec pantalon gris. Niémans ne comprenait pas qui était qui : Bundespolizei, Landespolizei…

Il en était à sa troisième gorgée quand Ivana apparut dans le hall couleur de ferraille. Il dut faire un effort surhumain pour ne pas hurler à travers l'espace mais, une fois ce prodige réussi, il ne bougea plus. La colère froide du chef impassible.

— Où t'étais ?

— Je vous l'ai écrit, je suis partie interroger la gouvernante de Jürgen et de Laura.

— Avec ma bagnole ?

— Elle va très bien, vous en faites pas. J'ai essayé de ne pas la polluer avec mes pauvres petites mains de femme.

Niémans se forgea un visage inexpressif pour dissimuler son soulagement. Il avait honte d'être amoureux d'un tas de ferraille.

Laissant le silence s'imposer entre eux, le flic observa du coin de l'œil sa partenaire qui se commandait un thé aux épices. Elle se faisait toute petite, ou du moins faisait semblant.

La fliquette leva les yeux vers le premier étage.

— Krauss ?

— Que du flan. La nounou ?

Ivana lui déballa une histoire intéressante. Deux gamins qui avaient grandi dans la contradiction : à la fois livrés à eux-mêmes et écrasés par une discipline de fer. Indifférence des parents, froideur de la nourrice, rectitude des enseignements…

Encore une histoire de salopards de riches : Ivana ne le disait pas mais elle le pensait très fort. Niémans la connaissait par cœur. Alors que ses origines de Croate orpheline et son éducation à la mode « aide sociale » ne lui avaient apporté que de la merde, elle s'obstinait à voir le mal partout chez les rupins et à accorder un tas de bons sentiments aux pauvres.

Niémans, plus vieux, plus calme, savait que de telles certitudes étaient fausses et que l'inverse n'était pas vrai non plus. Les forces étaient simplement mieux réparties. Le mal et le bien soigneusement disséminés des deux côtés de la ligne du portefeuille.

Aux yeux de Niémans, le plus important était que la gouvernante ne doute pas que le tueur allait s'en prendre aussi à la comtesse. Le clan Geyersberg était comme l'hydre dont on doit couper toutes les têtes. Mais au nom de quoi ? dans quel but ?

— Sur les accidents de chasse, t'as avancé ?

— Il faudrait aller voir les associations ce matin. Sur le Net, nada. Et Loretta Kaufman m'a confirmé qu'il était impossible qu'il y ait eu un problème de ce genre dans les forêts des Geyersberg. Selon elle, rien n'est laissé au hasard durant ce type de parties.

— Ivana !

Kleinert arrivait d'un pas allègre. Depuis la veille, l'Allemand semblait s'être sérieusement décoincé à propos de la petite Française.

— Vous avez réussi à dormir un peu ? demanda-t-il, sourire aux lèvres.

Ivana acquiesça en piquant un fard. Toujours gênée face à la moindre attention mais, derrière la fumée de son thé, ses yeux faisaient le plein de malice.

— Que pensez-vous de notre thé ayurvédique ? Il a des vertus…

— C'est pas fini, oui ? intervint brutalement Niémans. On fait salon ou on bosse ?

Kleinert se redressa comme un soldat rappelé à l'ordre.

— Je vais chercher une salle de réunion, dit-il d'un ton ferme.

À cet instant, le portable de Niémans vibra dans sa poche : Philipp Schüller, le « chercheur/médecin de famille/spécialiste cynophile ».

— Je vous téléphone à propos du chien de cette nuit.

L'image du monstre noir explosa littéralement dans la tête du flic.

— On vous l'a envoyé ? demanda-t-il d'une voix lubrifiée à la sciure.

— Il faut que vous veniez tout de suite.

## 23

Il la voyait maintenant, trop nette, trop noire, trop proche, sur la table d'inox, comme violée par la lumière avide des lampes scialytiques. Une gueule difforme, large à son extrémité, rappelant celle d'un requin-marteau. Des babines violacées, retroussées sur des crocs à vous emporter la gorge, comme ça, aussi facilement qu'un toutou attrape sa baballe…

Le corps était à l'avenant. Poil dur et noir, raidi encore par le sang coagulé, muscles tendus, par-delà la mort. Une sorte de poing géant moulé dans un gant de cuir, prêt à vous briser les os du visage.

Le programme génétique du monstre semblait avoir été peaufiné par des millénaires de combats et de cruauté. Tout ce qui restait avait survécu à la force de la rage et de la destruction. Pas un chaînon manquant, un chaînon gagnant. Un truc né de la pire violence animale et des plus sombres cauchemars humains.

Un tel canidé n'était pas fait pour être vu d'une manière aussi crue, aussi détaillée. Il était fait pour l'ombre, le mouvement, l'attaque. Sur cette table d'autopsie, il ressemblait à un secret arraché, un sacrilège obscène.

Schüller avait ausculté la bête sous toutes ses coutures mais il ne l'avait pas ouverte. Après tout, on savait de quoi le monstre était mort.

— C'est un röetken, commença-t-il. Aucun doute possible.

Niémans lança un regard à Kleinert. Ça ne semblait pas lui dire grand-chose non plus.

— J'ai pas eu à chercher loin, reprit le toubib. (Il avait le souffle court, comme si sa découverte lui avait altéré la respiration.) Les röetken ont disparu d'Europe mais ils sont historiquement très connus.

— Disparu comment ?

— L'espèce a été éradiquée à la fin de la guerre.

Ivana avait sorti son bloc – une petite étudiante en visite auprès du médecin-chef.

— Qu'est-ce que vous voulez dire ?

Schüller lança des coups d'œil aux quatre coins du labo : cent mètres carrés tapissés de carrelage blanc, des paillasses supportant des becs Bunsen, des centrifugeuses…

— Vous voulez boire un truc ? demanda-t-il à la cantonade.

— On n'a pas le temps, là, s'énerva Kleinert, expliquez-vous !

Comme s'il n'avait pas entendu, le scientifique glissa sa main derrière des éprouvettes et en sortit un flacon qui n'avait pas l'air de contenir du phénol ou de l'éther. Avec application, il versa le liquide cuivré dans un verre gradué. On aurait dit qu'il préparait un traitement au millilitre près. Enfin, il se frotta les mains pour se réchauffer et saisit son breuvage.

— Vous vous expliquez, oui ? rugit Kleinert, qui commençait à montrer sa vraie personnalité, celle d'un flic impatient qui s'investit totalement dans sa traque.

Après une longue gorgée, Kleinert se décida :

— Vous avez déjà entendu parler des Chasseurs noirs ?

— La Sondereinheit Dirlewanger ? demanda aussitôt Kleinert.

Niémans lança un regard interrogateur à Ivana, qui secoua la tête en signe de négation : on était en train de passer à la version sans sous-titres.

— En 1941, commença Schüller, Himmler a libéré des prisonniers de droit commun pour les enrôler dans une brigade spéciale. Ces hommes n'avaient pas été choisis au hasard : ils étaient tous chasseurs et braconniers. De vrais experts… Les Chasseurs noirs se sont spécialisés dans la traque humaine. Ils poursuivaient les partisans en Ukraine et en Biélorussie, ils surveillaient les Juifs polonais qui travaillaient sur les routes de l'Est. Ils ont écrasé le soulèvement de Varsovie. Ils ont détruit des centaines de villages, brûlant des populations entières, enfants compris, au lance-flammes. Cette unité a été la pire de toute l'armée allemande…

Niémans ne pigeait pas. Le nazisme avait cumulé tous les records de l'horreur. Que voulait dire Schüller ?

— Ces gars-là avaient atteint un tel degré d'atrocité que même la hiérarchie SS a ouvert une enquête, poursuivit-il. Plusieurs fois, les autorités ont voulu les foutre sous les verrous. Mais leurs résultats avaient force de loi…

Le généticien attrapa un livre portant apparemment sur les différents corps d'armée, unités et autres bataillons du Troisième Reich.

— J'ai trouvé ce bouquin d'histoire à la bibliothèque du labo.

Il posa l'ouvrage sur le carrelage, près de la gueule du chien, et l'ouvrit sur une double page de photos noir et blanc : des soldats débraillés, mal rasés, portant des casques surmontés de lunettes de moto… Visiblement, les Chasseurs noirs avaient été de vils pillards, des soudards de grands chemins, lâchés sur le front de l'Est comme une meute sauvage.

Certains portaient leur veste ouverte sur leur torse nu et un collier en or. D'autres étaient emmitouflés dans des manteaux matelassés qui leur tombaient jusqu'aux pieds. D'autres encore avaient le casque de travers, avec sur la bordure biseautée des inscriptions à la craie ou des têtes de mort peintes à la va-vite.

— Durant quatre années, continua Schüller après avoir bu encore, ils ont sévi sous les ordres d'Oskar Dirlewanger. Un commandant cinglé et alcoolique ayant lui-même fait de la taule pour le viol d'une gamine.

Schüller tourna une page. Apparut un officier aux pommettes saillantes et aux larges orbites surmontées d'épais sourcils. Cette tête de rapace aux yeux lourds, obsédants, sortait d'un col surmonté d'un blason portant deux grenades dont les manches se croisaient, sans doute le blason de la sinistre brigade.

— En vous attendant, j'ai essayé de lire un peu l'historique de leurs exploits mais j'ai vite renoncé. Insoutenable. La distraction préférée de Dirlewanger était d'injecter de la strychnine dans les veines de jeunes Juives après les avoir déshabillées et fouettées. Le grand jeu était de contempler leurs convulsions jusqu'à la mort.

Niémans ne comprenait toujours pas. À quoi tout ça rimait ?

Pourquoi exhumer ces horreurs qui dataient de plus de soixante-dix ans ?

Kleinert se chargea de poser la question.

— Ces assassins étaient des chasseurs expérimentés, répéta Schüller. La première chose qu'ils ont faite en Biélorussie, c'est de dresser une race de chiens locaux : les röetken. En quelques mois, ils les ont transformés en armes mortelles.

Le médecin tourna une autre page : les soldats aux lunettes de moto, fusil au poing, tenaient cette fois en laisse des copies conformes du molosse noir.

— Les röetken sont ce qu'on appelle des « chiens de sang ». Ils sont capables de pister un animal blessé sur plusieurs kilomètres afin que le chasseur puisse l'achever. Aujourd'hui, on appelle ça une « activité éthique », parce qu'il s'agit de ne pas faire souffrir l'animal, mais à l'époque, il s'agissait de Juifs ou de partisans blessés…

Schüller éclusa le flacon, puis :

— Vous savez ce qu'on dit en allemand ? « *Hunde, die bellen, beißen nicht* » : « Chien qui aboie ne mord pas ». Eh bien, les gars de Dirlewanger ont dressé leurs chiens à ne pas aboyer. En revanche, ils les ont entraînés à mordre seulement à la gorge.

Le médecin reboucha avec soin son flacon, le glissa de nouveau dans sa cachette et reprit d'un ton épuisé :

— Quand les Alliés ont éliminé les Chasseurs noirs, ils ont aussi abattu leurs chiens. On n'a plus jamais revu un röetken en Europe… jusqu'à cette nuit.

Niémans ouvrit les bras en signe d'agacement.

— Donc quoi ? De vieux nazis sont sortis de leurs tombes et ont lâché leurs chiens fantômes, c'est ça l'histoire ?

Sans se formaliser de l'agressivité du flic, le médecin s'approcha de la table d'autopsie et, avec précaution, souleva la patte avant gauche du cadavre.

— Ce chien porte le signe de l'unité spéciale de Dirlewanger.

Tous se penchèrent et découvrirent, gravé dans le pelage de l'animal, un sigle représentant deux grenades croisées. Exactement le même symbole que sur le col d'Oskar Dirlewanger.

Dans un geste d'humeur, Niémans attrapa le bouquin et le feuilleta encore. Il découvrit cette fois des Chasseurs noirs en tenue de camouflage, lance-flammes et mitrailleuse à la main, portant des cagoules de toile façon Ku Klux Klan…

— Votre gars portait ce genre de truc ? demanda Ivana qui s'était approchée.

Niémans acquiesça, mâchoires serrées. Comment un soldat nazi avait-il pu apparaître dans le parc de Laura ?

— Tout ça ne tient pas debout, déclara Ivana en s'adressant à Schüller. Pourquoi des imitateurs de cette troupe réapparaîtraient-ils dans le coin ?

— Il pourrait y avoir une explication…, murmura le médecin. À la fin de la guerre, on a dit que Dirlewanger avait été battu à mort après son arrestation par d'anciens détenus de camps de concentration. Plus tard, on a raconté qu'il avait fui en Syrie, en Égypte… Mais dans le Bade-Wurtemberg, il y a une version encore différente. Il serait venu se cacher ici, après la guerre, et il aurait été protégé par les Geyersberg eux-mêmes.

— Pourquoi l'auraient-ils protégé ?

— Parce que les Geyersberg étaient très proches des nazis. Durant la Deuxième Guerre mondiale, ils ont fait fortune en produisant des pièces détachées pour les véhicules de la Wermacht.

— Mais pourquoi aider spécialement Oskar Dirlewanger ?

— Parce qu'il était souabe.

Niémans commençait à comprendre.

— Le Bade-Wurtemberg est la fusion de plusieurs provinces, poursuivit Schüller, le duché de Wurtemberg et le pays de Bade, mais aussi, côté est, le pays de Souabe. Le criminel de guerre était donc une sorte de célébrité locale.

Un silence sceptique lui répondit mais Schüller n'était pas à court d'arguments :

— Il existe sans doute une autre raison : la solidarité entre chasseurs. Les Geyersberg, qui ont toujours traqué le gibier, de toutes les façons possibles, ne pouvaient qu'admirer les Chasseurs noirs, malgré leurs exactions.

— Vraiment ?

C'était Ivana qui avait posé la question, sincèrement surprise. .

— C'étaient des monstres, oui, mais ils avaient poussé l'art de la chasse à un degré insoupçonné. Des légendes circulent encore sur leur compte. On dit par exemple que, comme les animaux, ils pouvaient sentir l'odeur de l'homme dans la forêt. Bien sûr, à l'époque, on parlait plutôt de « l'odeur du Juif »...

Niémans remonta au créneau :

— Admettons que la famille ait planqué Oskar Dirlewanger. Ensuite ?

Schüller eut un geste vague, voulant dire par là qu'on entrait dans de pures conjectures – comme si jusqu'ici, c'était du sérieux. Il y avait vraiment de quoi rigoler.

— Dirlewanger n'a pas dû faire long feu, conclut-il. Alcoolique, drogué, malade, il est mort en toute discrétion, mais les Geyersberg pourraient s'être souvenus du concept.

— C'est-à-dire ?

— J'ai fait d'autres recherches. Il ne m'a pas fallu longtemps pour découvrir, dans de vieilles coupures de presse ou des textes militants, des griefs contre le clan VG.

— Quel genre ?

— On leur a toujours reproché de régler les problèmes syndicaux avec une violence d'un autre temps. Le groupe est connu par exemple pour posséder un service d'ordre très efficace en cas de grève et de manifestation. On a souvent dit qu'ils utilisaient des chasseurs, des braconniers. Quant à leurs forêts, mieux vaut ne pas s'en approcher. Leurs gardes forestiers n'ont pas la réputation d'être aimables.

— Je connais ces histoires, intervint Kleinert. Il n'y a jamais eu de preuves. L'Allemagne n'est pas un pays où on peut se jouer des lois !

Schüller leva les mains en signe d'apaisement.

— Je vous expose simplement ce que j'ai lu.

— Et qui a été écrit sans fondement, conclut Kleinert avec une mine de porte fermée.

Niémans sentit qu'il fallait battre le rappel :

— Merci, docteur. Je ne sais pas encore comment vos infos vont nous servir mais ce clébard est notre premier indice concret.

Barberousse le désigna d'un coup de menton :

— Qu'est-ce que j'en fais ?

— Gardez-le-nous au frais. Pièce à conviction.

— Conviction de quoi ?

La question avait échappé à Kleinert.

Niémans hésita puis finit par sourire :

— C'est ce que j'aimerais savoir.

## 24

Niémans marchait dans du sable noir. Un sable mouvant et goudronneux.

Ils étaient partis du meurtre d'un héritier sur fond d'intérêts financiers colossaux ou de vengeance intime, ils se retrouvaient avec une bande de nazis jaillis d'entre les morts. *Impossible.*

Comme pour bien lui démontrer que cet interrogatoire n'avait été qu'un mauvais rêve, les chercheurs dans la cour de l'institut Max-Planck vaquaient toujours à leurs activités biodégradables.

Les femmes surtout paraissaient déchaînées. Ces créatures surdiplômées, capables sans doute de déduire l'évolution génétique d'une partie de l'océan à partir d'une épine d'oursin, étaient encore en train de laver leur linge en plein air avec du savon artisanal. Du poil sous les bras, pas de soutif sous le tee-shirt, elles rappelaient les bonnes vieilles lavandières du temps de la Gervaise d'Émile Zola.

— Commandant !

Schüller courait vers eux, avec sa barbe rouge et son allure de nain de jardin gonflé à l'hélium.

— J'ai réfléchi à quelque chose qui pourrait vous aider…

Essoufflé, il tendit un Post-it à Niémans.

— Un éleveur de chiens de la région.

Niémans allait saisir le papier griffonné mais Kleinert fut plus rapide.

— Werner Reus ? s'exclama-t-il en lisant les coordonnées. Mais il est complètement fou !

— Peut-être, dit Schüller, vexé, mais y a pas meilleur spécialiste canin dans le coin. Si quelqu'un s'amuse à élever des röetken, il sera au courant.

Consterné, Kleinert donna l'adresse à Niémans.

— Bonne chance, fit Schüller en repartant vers son laboratoire.

Les flics franchirent le portail du mur d'enceinte et Niémans découvrit une séquence qu'il n'attendait pas. Il n'était même pas midi mais un orage se préparait, le jour semblait près de disparaître, une lumière basse et argentée rasait la plaine tel un pinceau de mercure. Quelque part non loin de là, des cyprès faisaient claquer leurs feuilles comme des petits drapeaux de prière tibétains. Une flambée d'écailles murmurante et insolite. Cet instantané irréel lui fit du bien.

— L'élevage de Reus est à vingt kilomètres d'ici, vous me suivez ? demanda Kleinert.

— Dans un chenil bourré de chiens surexcités ? ricana Niémans. Merci bien. On se retrouve après. Ivana va vous accompagner.

— Et vous ? demanda-t-elle, interloquée. Où vous allez ?

Niémans déverrouilla sa Volvo.

— Quand le passé refait surface, c'est le moment d'interroger les ancêtres.

# 25

— J'aime beaucoup votre prénom.

Allons bon, se dit-elle en regardant filer la route, c'est le quart d'heure de drague à l'allemande. Elle n'était pas d'humeur.

D'ailleurs, elle détestait son prénom. On la considérait toujours comme une héroïne de roman russe, tout juste bonne à se foutre sous les roues d'un train en partance de Vladivostok. Elle était croate, nom de Dieu. Elle avait survécu aux coups de cric de son père, aux bombes des Serbes, aux snipers de Sarajevo, sans parler de son adolescence shootée et assassine – et on voulait quoi ? Qu'elle cède aux passions suicidaires du XIXe siècle ?

— C'est croate, fit-elle sur un ton neutre.

En général, cette réponse calmait les ardeurs. Ses origines évoquaient des images de charniers, de barbares en treillis, de populations affamées. On pouvait aussi songer à Dubrovnik et aux plages de l'Adriatique. Mais d'après son expérience, c'étaient les images guerrières qui primaient toujours.

Kleinert se contenta d'opiner du bouc – il était concentré sur la route comme s'il télécommandait un drone lâchant ses missiles sur les déserts afghans.

Elle en voulait à Niémans de l'avoir larguée ainsi. L'enquête prenait un tour tout à fait cinglé et voilà qu'il l'abandonnait dans les pattes du mousquetaire allemand. Où s'était-il barré ? « Interroger les ancêtres. » Elle le connaissait assez pour deviner qu'il était parti secouer Franz, le vieil oncle solitaire barricadé dans son château à tourelles.

Pourquoi ne pas l'avoir emmenée ?

— Ça fait longtemps que vous travaillez avec Niémans ?

— Quelques mois seulement mais je le connais depuis des années, répondit-elle sobrement. Il était mon prof à l'école de police.

— Je le vois mal dans la peau d'un instructeur.

— Pourquoi ?

— Il est spécial, non ?

Depuis qu'ils avaient quitté l'institut Max-Planck, l'orage se rapprochait. Il refusait d'éclater mais avait tout assombri. Parfois pourtant, le soleil perçait, incisant la masse des nuages et faisant couler sur l'horizon un filet de lumière argentée.

— Y a pas meilleur flic, dit-elle d'un ton buté. Il a dirigé plusieurs brigades à Paris et il a été gravement blessé dans le cadre d'une enquête près de Grenoble. Quand il s'est remis, il est devenu professeur à l'école des lieutenants de police.

— Il aurait pu réintégrer un poste de responsabilité.

— Il a eu d'autres problèmes…, hésita-t-elle. Ses méthodes ne plaisaient pas toujours à sa hiérarchie.

Kleinert se contenta de ricaner.

— Vous ne savez rien de lui, se raidit Ivana. Je vous répète que c'est le meilleur.

L'Allemand comprit le message : ne pas insister. Il quitta l'axe principal et se glissa sur une route étroite où les arbres se rapprochaient pour arrêter toute lumière. D'un coup, il fit carrément nuit. De temps à autre, les murailles s'ouvraient tout de même et laissaient voir des champs, des pâturages, des enclos où des machines agricoles reposaient, leurs dents d'acier plantées dans la terre noire.

C'était paisible et magnifique, mais cette beauté, trop vaste, trop naturelle, la mettait mal à l'aise. Ça la prenait à la gorge et la faisait suffoquer, comme d'autres sont étouffés par les gaz d'échappement de la circulation. Elle, c'était le contraire. La puanteur de la ville, tel était son biotope.

Tout en gardant la route à l'œil, Kleinert ne cessait de lui lancer de brefs regards. Elle sentait qu'il cherchait un nouveau sujet de conversation et qu'il ne trouvait rien – sec comme une cacahuète, le mec.

Elle vint à son secours en revenant, sans originalité, au boulot :

— Vous avez des retours sur l'analyse de la scène de crime d'hier ?

— Si on peut appeler ça une scène de crime.

— Vous voyez ce que je veux dire.

— On n'a rien. Comme pour Jürgen. Aucune trace de pas, aucune empreinte, hormis peut-être quelques herbes couchées. C'est incompréhensible. L'homme aperçu par Niémans semble s'être volatilisé.

La manière de parler de Kleinert prouvait au moins qu'il croyait au témoignage de Niémans – la nuit dernière, il semblait carrément sceptique.

— Et l'enquête de proximité ?

— À cette heure-là ? Dans cette forêt qui est une propriété privée ? Nous n'avons aucun témoin sinon les vigiles, et ils n'ont rien vu. Je vous répète que c'est comme pour Jürgen : aucune trace, aucun témoin. Ça donnerait presque envie de croire aux fantômes…

Ivana laissa aller sa nuque sur l'appuie-tête et ferma les yeux. Elle voulait maintenant profiter des regards de Kleinert comme on savoure les rayons du soleil sur une plage.

Son portable sonna et ne lui laissa pas le loisir de faire la belle. Sans regarder l'écran, elle répondit – elle était sûre que c'était Niémans. Elle avait tort. C'était le silence, ce cher silence qui l'étranglait chaque jour à la manière d'un boa constrictor, puissant et sinueux.

Elle raccrocha aussitôt et remit le téléphone au fond de sa poche, elle ne voulait pas que Kleinert la voie comme ça. En état de vulnérabilité absolue.

Mais le flic avait sans doute eu le temps d'apercevoir la photo de l'appelant.

— Des problèmes avec votre petit ami ?

— J'ai pas de petit ami, dit-elle d'un ton fermé.

— Oh… j'ai cru…

Elle se mordit la lèvre et se tourna brusquement vers lui, calant son coude entre les deux sièges, très « camarade ».

— *Et vous, Herr Kommissar ?*

— Quoi, moi ?

— Vous avez une femme ?

Kleinert changea d'expression.

— Et deux enfants, oui. Marié à 22 ans. Le bon petit fonctionnaire de province.

Ivana avait posé la question par provocation, elle ne s'attendait pas à cela. Elle accusa le coup. Ce connard jouait au célibataire avec ses doigts vierges de toute alliance.

— Je ne la porte jamais dans le boulot, dit-il en devinant ses pensées.

— C'est plus pratique pour sauter les témoins.

— Ne soyez pas comme ça.

Elle hocha lentement la tête. Et en plus, il fallait être beau perdant. Elle s'avoua, rétroactivement, tous les espoirs qu'elle avait placés dans le beau *Kommissar*. C'était l'ironie du premier regard : on se croit seule au monde avec l'autre. Et puis on s'aperçoit qu'on est vraiment seule… sans l'autre.

Le paysage avait complètement changé. Finis, les sapins plantés comme des tuteurs, les ombres plaquées en fines rayures. Maintenant, tout partait de travers. Les arbres n'en faisaient qu'à leur tête, fûts, branches, racines se tordaient à la manière de crampes végétales.

— Vous ne dites rien ? demanda le flic d'un ton de mendiant.

Ivana attrapa de nouveau son portable, sollicita un numéro et braqua son fond d'écran sous le nez du flic : un beau jeune homme souriait à l'objectif. Un teint hâlé, des yeux noirs, une gaieté qui éclatait sur ses traits comme un feu de joie, des boucles sur le front qui appelaient le vent d'une moto… Ce visage, d'une légèreté rieuse, était comme une référence universelle : tout le monde, un jour de sa vie, a souri de cette façon, a été soulevé par cette allégresse…

La gueule de Kleinert n'aurait pu contraster plus violemment. Elle exprimait une douleur, une nausée… pathologique.

— Vous m'aviez dit que vous étiez libre…, parvint-il à bafouiller.

— C'est pas mon mec, dit-elle en ayant honte de sa piteuse vengeance.

Kleinert essaya de sourire mais son rictus parut se coincer en route. Il ne comprenait rien. Elle tourna le portable dans sa direction et, d'un coup de pouce, balaya l'application téléphonique pour passer à celle de géolocalisation.

— On arrive, dit-elle d'une voix indifférente.

# 26

Un panneau planté dans les broussailles, à peine repérable, indiquait à l'entrée d'un chemin : *WERNER REUS, HUNDEHÜTTE*.

Ils se farcirent un bon kilomètre de trous et de bosses, de nids-de-poule dignes d'une piste africaine, torturant le châssis de la voiture de Kleinert. En un sens, ce gymkhana leur remit les idées en place et, quand ils parvinrent dans des bouillons de poussière au chenil, ils n'étaient plus que deux pros côte à côte, bien décidés à tirer les vers du nez à un marginal vivant seul avec ses chiens depuis des siècles.

Werner Reus semblait s'être fait un devoir d'importer dans ce refuge de verdure toute la merde rouillée et polluante des villes. Des pneus, des pièces détachées, des carcasses de voiture servaient de remparts à son royaume mal ficelé avec du fil barbelé. La terre elle-même, boueuse et noire, semblait macérer dans ses poisons – essence irisée, flaques d'huile – et ne pas pouvoir revenir à l'état solide.

En sortant du véhicule, ils furent aussitôt assaillis

par une odeur fauve, une puanteur de bête plus forte que tout. Un courant si dense que les narines se fermaient d'elles-mêmes, comme au fond de l'eau. C'était l'apnée ou la nausée.

Des grillages ne dépassant pas un mètre cinquante de hauteur formaient des allées bricolées, assourdissantes d'aboiements et de grognements. Un petit bidonville en rase-mottes, seulement habité par des bêtes à poil ras et à gueule acérée.

Derrière, un bâtiment aux allures d'entrepôt s'ouvrait sur l'obscurité, le quartier général du *slum.* Werner était sans doute à l'intérieur. Allez, un peu de courage…

Ils s'enfoncèrent dans le labyrinthe de planches, de grillages, de parpaings, de contreplaqué… Derrière les clôtures, des clébards musculeux ne cessaient de rouler des mécaniques ou de bondir contre les mailles de leur prison. Certains se vautraient dans la fange comme des porcs, couilles au soleil et pattes en l'air. D'autres cherchaient à gratter, creuser, s'insinuer sous le grillage. Mais tous, absolument tous, ne cessaient d'aboyer.

Ivana fut prise d'un élan de pitié – ces chiens, des guerriers, aucun doute là-dessus, ne méritaient pas un tel traitement. Une chanson de sa jeunesse lui revint en tête, « Right Where It Belongs », de Nine Inch Nails : «*See the animal in his cage that you built / Are you sure what side you're on ?*»

— Dites donc, fit-elle pour surmonter son émotion, votre éleveur, c'est pas le roi de l'hygiène…

— Quand les inspecteurs sanitaires viennent, Werner sort son fusil.

Au bout de la dernière allée, un gars filiforme en

combinaison crasseuse de garagiste, un genou au sol, rinçait des seaux de plastique.

— Salut, Werner, dit Kleinert en allemand.

Elle allait devoir s'accrocher pour suivre l'interrogatoire.

L'homme leur accorda un regard méprisant et se releva.

La cinquantaine desséchée, la poitrine creuse, Werner flottait dans son bleu de chauffe et ses bottes en caoutchouc comme un squelette dans un costume d'épouvantail. Une tignasse épaisse d'un blanc de crin, des lunettes à monture Sécu, des lèvres épaisses en forme de ventouse.

Il s'avança en s'essuyant les mains sur sa combinaison.

— C'est à cause de vous, tout c'bordel…, avertit-il en guise de salut.

Ses yeux flottaient dans ses carreaux comme deux poissons dans leur bocal.

— C'est à cause de toi…, répéta-t-il en braquant son index noueux vers Ivana.

— Je te présente le lieutenant Ivana Bogdanović, une policière française, dit Kleinert, comme si personne n'avait entendu.

— Bah putain, avec un nom comme ça, j'aurais pas deviné…

Le Kommissar ne releva pas. Avec son allemand deuxième langue, Ivana était condamnée à sourire fixement.

— D'la femelle…, marmonna Werner, comme s'il ne pouvait pas quitter son idée fixe. C'est pas bon pour mes bébés, ça… Ça les excite.

— On peut te parler cinq minutes ?

L'éleveur retourna à son robinet et le coupa d'un geste. Il resta ainsi quelques secondes, de dos, grognant pour lui-même. Le tintamarre des clébards ne s'arrêtait pas, montant même en régime.

Soudain, il attrapa une barre de fer et frappa sur les clôtures.

— *SCHNAUZE !!!!* hurla-t-il.

Ivana n'était pas une pro de la langue familière allemande mais Reus leur avait sans doute ordonné de fermer leur gueule. Il balança sa matraque et revint vers ses visiteurs, fixant toujours ses yeux globuleux sur la Française.

— C'est ton odeur qui les rend dingues. T'as pas tes règles, des fois, non ?

Elle restait rivée à son sourire, mais la tentation était grande de carrément dégainer son Sig Sauer.

— Continue comme ça, intervint Kleinert, et on se fera un plaisir de t'embarquer pour outrage.

Pas démonté, l'éleveur attrapa une clope derrière son oreille et la porta à sa bouche-ventouse.

— V'nez par là.

Il s'orienta vers l'entrepôt et le contourna, évitant une gargouille remplie d'eau noire et de déchets visqueux. Ivana jouait à la marelle avec ces conduits d'évacuation à ciel ouvert.

Ils parvinrent derrière le bâtiment où un calme (relatif) les attendait.

— De quoi vous voulez parler ? demanda-t-il en allumant sa cigarette.

— Cette nuit, un röetken a attaqué la comtesse von Geyersberg.

— Impossible.

Ivana, qui en avait marre de faire tapisserie, se lança dans la bataille :

— Le cadavre du chien est à la ferme de Philipp Schüller.

Werner sursauta, comme s'il ne s'attendait pas à ce que cette femelle puisse l'ouvrir. Et surtout pas en allemand. Il cracha lentement sa fumée en observant l'extrémité incandescente de sa clope.

— Vous vous gourez, y a plus de röetken en Europe depuis la dernière guerre.

Kleinert ignora la remarque :

— T'as jamais entendu parler d'un élevage de ce genre dans la région ?

Le binoclard cala sa clope entre ses dents façon cigarillo.

— J'élève des chiens depuis plus de trente ans. Y a pas un chiot qui naît dans le coin sans qu'je sois au courant. J'te dis qu'ici, des röetken, y en a pas.

Plongeant sa main dans sa poche, Ivana en sortit son portable et afficha à l'écran une photo du cadavre du chien sur sa table d'autopsie. Elle le tendit à Werner qui se pencha, clope au bec, en tenant ses lunettes des deux mains.

— Bordel de Dieu…, murmura-t-il.

— Réfléchis, Werner, insista le flic allemand. D'où peut venir un tel chien ?

— Y a p't-être une histoire… mais c'est vieux. C'est la seule fois qu'on m'a parlé de röetken dans le coin…

— Raconte, ordonna le flic.

Werner fourra ses mains dans la fente ouverte de sa combinaison comme pour se les toucher.

— Y a vingt ans, commença-t-il, des Roms se sont installés sur les terres des Geyersberg.

— Où exactement ?

— J'sais pas au juste mais les gardes forestiers leur ont dit d'se tirer, les Tziganes les ont envoyés chier. Fatale erreur, le comte est passé à la vitesse supérieure et a envoyé sa milice.

Ivana et Kleinert se regardèrent : le service d'ordre évoqué par Schüller.

— Quel comte ? Ferdinand, Herbert, Franz ?

— Ferdinand. Herbert était déjà mort et Franz, il s'est jamais mêlé d'ce genre de trucs.

L'éleveur balança sa clope dans une mare saumâtre et glissa à nouveau ses mains à l'intérieur de son bleu de chauffe. Au loin, les chiens semblaient se calmer : les aboiements se muaient en couinements et autres mugissements.

— Continue.

— Je sais pas c'qui s'est passé mais une petite Romni s'est fait bouffer.

— Par les chiens ?

— Pas par les hommes, c'est sûr.

— Ces chiens, c'étaient des röetken ?

Werner haussa les épaules.

— J'étais pas là pour voir mais la description collait. En tout cas, c'étaient des putains de clébards dressés pour tuer. Vous savez c'qu'on dit : Tel maître, tel chien…

— Je savais pas qu'on disait ça, ironisa Ivana. C'est qui le philosophe ? Toi ?

Werner cracha tout près des chaussures de la fliquette.

— Cassez-vous. J'ai pas qu'ça à foutre, et mes chiens, ils aiment pas l'odeur d'la cramouille…

Kleinert ne bougea pas.

— Ces gitans, ils sont toujours dans le coin ?

Werner les contourna et repartit vers les cages.

— Cherchez, lança-t-il par-dessus son épaule, vous verrez bien.

Les visiteurs lui emboîtèrent le pas et le retrouvèrent près de la grande porte ouverte de la grange. Il venait d'empoigner une brouette en métal crottée de boue.

Ils reprirent la route encadrée d'enclos disparates. Les chiens s'étaient calmés. Ivana se risqua à mieux les observer. Des peaux noires, tavelées, bicolores. Des poils ras formant des gangues souples serrées sur des mécaniques de muscles.

Aucun d'entre eux n'évoquait, même de loin, le röetken. La jeune femme aperçut alors un chien trapu qui, debout sur ses pattes arrière, se branlait énergiquement contre les mailles du grillage.

Elle se retourna et appela l'éleveur :

— Hé, Werner !

L'homme se retourna, tenant toujours sa brouette à deux mains. Ivana lui montra de l'index le chien prêt à décharger.

— Tel maître, tel chien !

## 27

Ivana Bogdanović aimait les fiches. Malgré ses manières de punk végane, malgré son enfance désastreuse et son adolescence autodestructrice (ou peut-être à cause de tout ça), la petite Slave était une femme méticuleuse qui triait, consignait, ventilait, tout en étant un élément hors pair sur le terrain.

La nuit précédente, alors qu'elle était encore secouée par l'attaque du chien, comme Niémans, comme tout le monde dans ce putain de parc, elle avait réussi à gratter sur les accidents de chasse mais aussi sur les enjeux économiques du groupe VG. Elle avait déposé son dossier de recherche sur le seuil de Niémans, avec son message bidon expliquant qu'elle lui piquait sa bagnole.

Aveuglé par la rage, Niémans n'avait pas ouvert la chemise. Mais maintenant, tout en conduisant d'une main en direction du château de « Monsieur le comte », le flic parcourait les feuillets qu'elle avait imprimés il ne savait où.

Ivana avait découvert que si Laura venait à

disparaître à son tour, la fortune du frère et de la sœur viendrait irriguer le patrimoine vertigineux du clan – enrichir les deux cousins mais aussi le vieil oncle Franz, celui-là même qu'il s'apprêtait à interroger. À un tel degré de fric, Niémans ne sentait pas du tout ce mobile – on ne tue pas, et surtout pas de cette façon-là, pour quelques milliards de plus…

Ivana avait également repris en détail la liste des invités de la fameuse partie de chasse (nom, profil, relations avec Jürgen, mobiles possibles…), puis relu leur PV d'audition, décryptant la moindre faille dans ces témoignages – ça ne menait à rien. À l'évidence, pas un seul invité du pavillon de chasse n'aurait pu se livrer à un tel carnage.

Enfin, elle avait établi l'arbre généalogique des deux dernières générations de Geyersberg – celle des pères : Ferdinand, Franz, Herbert, nés dans les fifties ; celle des enfants, nés dans les années 90 : Max et Udo étaient les fils de Herbert, disparu prématurément dans un accident de plongée aux îles Grenadines en 1988, Jürgen et Laura étaient les enfants de Ferdinand, mort d'un cancer en 2014. Quant à Franz, il ne s'était jamais marié et n'avait jamais procréé, décision peut-être liée à sa particularité majeure : il se déplaçait en fauteuil roulant.

Alors quoi ? Alors qui ?

Pour l'instant, Niémans devait se concentrer sur Franz Karl-Heinz von Geyersberg. Selon les infos d'Ivana, Franz était un ermite excentrique âgé de 72 ans. Ornithologue de formation, il n'avait jamais travaillé, se contentant d'encaisser ses dividendes chaque année. Franz n'avait qu'une passion : la nature. Membre d'honneur du WWF (Fonds mondial pour la nature), il avait aidé à élaborer la convention de Ramsar en 1971 pour la protection des zones humides et avait écrit de nombreux ouvrages scientifiques à propos des oiseaux de ce milieu spécifique.

Il avait aussi créé dans le Bade-Wurtemberg plusieurs fondations notables vouées à la protection des espèces, à la gestion de la faune et de la flore, au développement durable. C'était lui, et lui seul, qui veillait sur les forêts des Geyersberg. Il avait fait des terres de son clan une sorte de laboratoire grandeur nature.

Niémans balança la fiche sur le siège passager et se concentra sur la route. Depuis une demi-heure, il longeait le lac Titisee – le château du comte se trouvait au nord, c'est-à-dire à l'opposé de la ferme Max-Planck. La Villa de Verre, elle, se perdait à l'est, parmi les couches accumulées de conifères et de clairières humides.

Le flic n'était pas comme Ivana : à l'occasion, il pouvait apprécier la campagne. Mais à l'occasion seulement. Il en avait déjà marre de ces sapins, de ces chalets, de ces eaux grises. De plus, un facteur aggravant lui prenait la tête : enfant, il avait passé toutes ses grandes vacances non loin de là, chez ses grands-parents paternels, de l'autre côté du Rhin, près d'une petite ville du nom de Guebwiller. Pas du tout des bons souvenirs.

Un dernier virage interrompit ses pensées – il ne cessait de grimper depuis un moment, entre soleil et sapins, et voilà que tout à coup, il avait là, devant lui, trônant sur la colline, le château qu'il attendait depuis qu'il était arrivé en Allemagne.

À la fin du XIXe siècle, les monarques et aristocrates germaniques avaient contracté un syndrome étrange, celui du faux château fort. Ils avaient fait contruire de belles forteresses toutes neuves, festonnées de tourelles et de créneaux, dont l'architecture s'inspirait du Moyen Âge et sacrifiait à une esthétique surchargée. Le plus beau (ou le pire) spécimen de ce style néogothique était le château de Neuschwanstein de Louis II de Bavière, si irréel que Walt Disney l'avait pris comme modèle pour son logo.

Or se détachait maintenant, très blanc au-dessus des pins sombres, un autre exemple de ce genre de folie. Le château des Geyersberg ressemblait à une fusée sur sa rampe de lancement. De la dentelle de pierre courait au sommet de chaque façade, des gargouilles et des griffons dansaient le tango sur les terrasses, les tours, trop hautes, trop pointues, dominaient l'ensemble.

Il roula jusqu'à atteindre les douves qui protégeaient le repaire, puis dut franchir un pont-levis. À l'intérieur de la cour, le délire esthétique continuait. Portails plein cintre, voûtes romanes, fenêtres à vitraux…

Niémans sortit de sa voiture et fit quelques pas. Les petits graviers qui crissaient sous ses pieds s'alliaient aux rires des fontaines pour jouer une symphonie minuscule et trop précieuse.

Sur le perron principal, un majordome l'attendait déjà.

On le fit patienter dans un vaste hall au pied d'un escalier de marbre qui tournoyait vers les hautes sphères des étages. Niémans avait prévenu de son arrivée et, visiblement, sa visite n'était pas une surprise.

Quand il entendit le *bzzz-bzzz* du moteur du fauteuil roulant, il se retourna et sut que les clichés allaient continuer à s'enfiler – peut-être même jusqu'au bout du rendez-vous.

Franz Karl-Heinz von Geyersberg ressemblait au professeur Xavier, le mentor télépathe des X-Men. Un vrai sosie. Complètement chauve, il affichait un visage osseux et tourmenté. Orbites ombrageuses, pommettes en saillie, maxillaires de crocodile… On aurait cherché en vain un point commun avec Laura la magnifique ou Jürgen le rouquin. Mais après tout, Franz n'était que le tonton célibataire, la branche morte de l'arbre généalogique.

Les présentations furent rapides, puis son hôte proposa :

— Il fait un soleil splendide, allons discuter dehors.

Niémans suivit l'handicapé à travers une grande salle – il n'eut pas le temps de détailler les meubles vernis, les tapisseries, les trophées empaillés, les ornements de fer forgé qui décoraient l'ensemble – et ils se retrouvèrent sur une nouvelle terrasse dominant cette fois un jardin à la française. Du mobilier de jardin en fer peint en blanc s'égrenait sur tout l'espace dans un esprit très Relais & Châteaux.

— Asseyez-vous, je vous prie.

Franz von Geyersberg s'était déjà glissé derrière

une table ronde, prenant d'office la place offrant la meilleure vue sur le jardin.

Niémans s'exécuta en tournant le dos au parc – rien à foutre.

— Vous voulez du café ?

Le flic n'eut pas le temps de répondre : le comte agitait déjà une clochette à l'ancienne. Un bref silence s'imposa, ciselé par des oiseaux qui pépiaient dans les cimes et de nouvelles fontaines qui clapotaient dans les aigus.

Une fois que le majordome eut apporté son plateau d'argent, ils burent leur café sans un mot, dans des tasses blanches à liseré d'or. L'atmosphère était calme et sans hostilité. Le doyen des VG semblait très bien disposé à l'égard de la police française. D'ailleurs, il avertit bientôt en posant sa tasse :

— Je suis prêt pour le jeu des questions.

# 28

Encore une fois, il ne laissa pas le temps à Niémans d'attaquer :

— J'espère que vous vous plaisez à la Villa de Verre.

Le flic posa sa tasse à son tour, essayant de se la jouer aussi délicat que le décor l'exigeait.

— C'est parfait. Votre nièce a le sens de l'hospitalité.

— Vous savez que Laura est aussi ma filleule ? En fait, je la considère un peu comme ma fille…

Une façon comme une autre d'entrer dans le vif du sujet.

— Vous éprouviez les mêmes sentiments pour Jürgen ?

— Jürgen…

Franz avait répété son nom sur un ton rêveur mais son visage s'était aussitôt contracté, appelant à la surface de sa peau une flopée de rides fossiles. À y regarder de plus près, il était une version rapace du professeur Xavier : un nez en bec d'aigle, des yeux qui vous épiaient et une position dans sa chaise qui, malheureusement, rappelait un vautour au repos, tête enfoncée dans ses ailes repliées.

Passé une bonne minute de silence, le vieil homme se redressa soudain.

— Bien sûr, asséna-t-il d'un ton sans appel. Jürgen était plus fantasque, certes, plus imprévisible, mais oui, je l'aimais autant que sa sœur.

— Qu'est-ce que vous appelez fantasque ?

— Comme si vous n'aviez pas entendu parler de ses… penchants.

— Nous ne pensons pas qu'ils aient le moindre lien avec sa mort. J'aimerais en revanche savoir si, dans la vie, Jürgen avait une attitude singulière.

Franz prit une mine interloquée : il ne comprenait pas la question.

— Des sautes d'humeur, précisa Niémans, des réflexions méprisantes, des réactions violentes qui auraient pu lui attirer des inimitiés.

— À lui seul, Jürgen pesait près de cinq milliards d'euros. S'il avait des ennemis, ce n'était pas parce qu'il lui arrivait de se lever du pied gauche.

— Je ne pensais pas à l'argent. La barbarie du meurtre, l'originalité de sa mise en scène évoquent plutôt un mobile intime, une colère de longue date. Quelque chose comme une vengeance.

— Une vengeance ?

Les orbites de Franz s'agrandirent et révélèrent ses yeux verts, dont l'éclat trahissait une acuité particulière.

— J'évoque simplement une hypothèse.

L'aristocrate eut un tic du cou qui exprimait sa

réprobation. Finalement, que pouvait-on attendre d'un petit flic français ?

— Parlez-moi des relations entre Laura et Jürgen, proposa aussitôt Niémans, histoire de ne pas braquer le vieux châtelain.

— Ils étaient inséparables. Ils se tenaient les coudes…

Il commençait à le savoir.

— Adultes, leur complicité était toujours aussi forte ?

— Ils n'auraient jamais rien pu faire sans en parler à l'autre.

Niémans songea aux échanges sexuels auxquels se livraient le frère et la sœur. Il préféra glisser sur cet aspect des choses, ou du moins l'évoquer d'une manière détournée :

— Ils n'étaient pas mariés. D'après nos renseignements, ils n'avaient pas non plus de compagnon ou de compagne officiels. Pensez-vous que leur proximité freinait leurs relations personnelles ?

Franz fit un signe à quelqu'un que Niémans ne pouvait voir. Le majordome revint leur servir du café.

— Au risque de me répéter, dit l'oncle, la fortune isole. Tout le monde était charmant avec Jürgen et Laura, mais à qui faire confiance à ce degré d'argent ? Ils savaient au moins pouvoir compter l'un sur l'autre.

— Et Max et Udo ?

L'handicapé eut un mouvement sec de la main, comme s'il balayait une miette de pain sur son pantalon.

— Eux, c'est une autre histoire.

— Quel genre d'histoire ?

— Quelque chose comme le pari inversé de Pascal. Tout est permis. Si Dieu existe, il me pardonnera. S'il n'existe pas, j'en aurai bien profité.

Niémans n'aurait pas eu l'idée de citer Pascal à propos des deux abrutis de la veille.

— Vous êtes trop philosophe pour moi.

— Je connais cette technique policière, répondit Franz, prétendre être plus simple qu'on n'est pour endormir la méfiance de son adversaire.

Niémans n'avait pas envie de passer pour le nouveau Columbo, mais à quoi bon se défendre ? Il était plutôt temps d'aborder les sujets qui fâchent :

— Je me suis laissé dire que Jürgen et Laura étaient des patrons très durs.

— Qui a dit ça ? Les salariés ? les concurrents ? les syndicats ?

Franz posa sa tasse avec délicatesse.

— Commandant, vous connaissez la nature humaine. Pour les autres, les patrons sont toujours des salauds. Vous savez ce que disait Churchill ? « On considère le chef d'entreprise comme un homme à abattre ou une vache à traire. Peu voient en lui le cheval qui tire le char. »

Niémans n'allait pas polémiquer non plus sur ce genre de sujet avec un milliardaire amoureux des oiseaux.

— De toute façon, reprit le doyen, je ne suis pas la bonne personne pour évoquer le groupe VG. Je n'ai jamais travaillé au sein de la société. Je n'ai jamais eu le goût des affaires.

Il rit d'une manière désagréable – sa gaieté était cassante, avec cette inflexion hautaine qui vous fait sentir immédiatement inférieur.

— Pour être sincère, je n'ai jamais eu goût à rien…

— À part la nature.

— À part la nature, oui, répéta-t-il en s'inclinant dans son fauteuil.

— Les Geyersberg ont toujours été chasseurs. Pourquoi pas vous ?

Franz baissa encore la tête, un autre point sur lequel il voulait revenir.

— Ce n'est pas ma conception de l'écologie. D'ailleurs, j'ai été chasseur et ça a donné… (il serra les appuie-bras du fauteuil)… ça.

Niémans tressaillit.

— Vous avez été blessé lors d'une partie de chasse ?

— J'étais jeune…, dit-il sur un ton d'excuse. Ferdinand, mon frère, n'était pas encore l'excellent tireur qu'il est devenu plus tard.

Franz considéra le flic d'un air narquois.

— Ou bien au contraire, il l'était déjà…

— Attendez, fit Niémans en tirant sur les pans de son manteau. Vous pensez qu'il vous a blessé intentionnellement ?

— En tout cas, c'est une de ses balles qui m'a cloué dans ce fauteuil. (Il balaya l'air d'un bras insouciant.) Aujourd'hui, ça n'a plus d'importance…

Niémans casa cette information capitale au fond de son crâne. D'un coup, ce vieil hibou possédait un sacré mobile de vengeance, même s'il s'y prenait un peu tard et qu'il ne pouvait s'en prendre qu'aux enfants de Ferdinand.

— Pourquoi ne me parlez-vous pas de l'agression de Laura ? demanda brutalement Franz en plantant ses petits yeux impérieux dans ceux de Niémans.

— J'allais le faire, mais…

À cet instant, un crissement de cailloux se fit entendre du côté de l'autre cour, comme si on en avait jeté une pelletée contre les vitraux de la façade.

Une voiture venait de piler parmi les graviers. Une portière claqua, des pas retentirent.

La seconde suivante, Laura von Geyersberg déboulait sur la terrasse.

# 29

— Qu'est-ce que vous foutez ici ?

La colère lui rougissait les joues, lui donnant l'air d'une héroïne de conte de fées – grands yeux noirs, cou gracile, cascade de boucles sombres –, mais beaucoup plus proche de la reine de Blanche-Neige ou de Maléfique que de Cendrillon.

Niémans s'était levé par réflexe.

— Enquête de voisinage.

Doudoune sans manches, pantalon fuseau, bottes noires, Laura semblait tout juste descendre de cheval. Elle se planta devant le flic.

— De quel droit interrogez-vous mon oncle ?

Un bruit de graviers encore une fois. Un éclair de gyrophare fit frissonner les jardins. Laura était sous la protection des flics allemands.

Ce fut le vieux tonton qui répondit :

— Une simple conversation, ma chérie.

Cette réflexion parut décupler sa colère.

— Qu'est-ce que vous cherchez, à la fin ? demanda-t-elle en faisant siffler les mots entre ses lèvres. Depuis votre arrivée, vous remuez la merde…

Niémans ne comprenait pas ce déchaînement d'agressivité. Franz se coula auprès de sa nièce dans un curieux bourdonnement d'abeille – *bzzz-bzzz*...

— Ne t'énerve pas, mon ange...

Laura contourna le fauteuil et attrapa un plaid posé sur une chaise en fer.

— Rentre, dit-elle plus doucement en posant la couverture sur ses épaules. Tu vas prendre froid.

Elle l'embrassa sur le front et fit un signe à une infirmière qui se matérialisa aussitôt.

Franz se laissa pousser vers la porte-fenêtre.

— J'ai été ravi de faire votre connaissance, commandant.

— Moi de même, dit Niémans en s'inclinant.

Ce fut la dernière chose qu'il vit du vieil oncle. Laura se dressait de nouveau devant lui, bloquant son champ de vision. Dans ses yeux liquides et noirs, une haine du flic de bon niveau – mais qui aime les keufs ?

En quelques heures, il avait rencontré trois Laura. Celle qui portait le deuil façon glamour, celle qui marchait dans les parcs comme un spectre, et maintenant la furie qui ne supportait pas qu'on s'approche de sa famille.

— Vous allez m'expliquer ? insista-t-elle en croisant les bras. Hier, vous teniez le coupable !

— Vous aviez raison, répondit-il sur un ton conciliant. Krauss n'a rien à voir avec la mort de votre frère.

— Vous avez de nouveaux éléments ?

— On pense à une vengeance. On en veut à votre famille pour un acte passé, sans doute lié à la chasse...

— Et vous interrogez Franz pour le trouver ? Qui est resté coincé toute sa vie dans son fauteuil ?

Niémans devait se faire violence pour ne pas poser la main sur ses joues en feu.

— Justement, dit Niémans, qui retrouvait son sang-froid, Franz m'a parlé de son « accident » de chasse…

— Je n'étais pas née.

— Ça n'ôte rien au fait qu'un tel événement constitue un sacré mobile pour votre oncle.

— Je ne comprends pas.

— Franz aurait pu vouloir se venger de son frère… à travers Jürgen.

Sa bouche se tordit en une grimace torve, elle aussi se faisait violence, et c'était pour ne pas lui foutre une gifle à toute volée.

— Venez avec moi, ordonna-t-elle enfin.

Dans le hall de marbre, Laura emprunta l'escalier en saisissant la rampe de pierre à pleine main. En quelques pas, elle fut à l'étage. Niémans suivait, essoufflé.

Elle se retourna et l'arrêta du regard. Le flic avait déjà compris. Elle voulait lui présenter sa « famille » : les grands portraits, style tableaux de cour à la Gainsborough, qui s'égrenaient sur le mur opposé à la rampe.

— Dietrich von Geyersberg, annonça-t-elle d'une voix de Monsieur Loyal. A régné sur tout le sud du Bade-Wurtemberg au début du XX^e siècle. Il avait l'habitude de raser des villages entiers pour étendre « sa » forêt, c'est-à-dire son domaine de chasse.

Pour lui faire plaisir, Niémans observa l'homme au visage austère. Une tête impitoyable, avec moustache en coup de fouet et cravate Ascot. Avec sa veste à la mode Belle Époque et sa montre à gousset glissée dans la poche de gilet, il représentait parfaitement la Prusse telle qu'on la détestait alors en France.

— Les hommes de Dietrich avaient coutume d'incendier les maisons pour persuader les fermiers de s'en aller. Dans notre famille, on a toujours préféré les animaux aux humains. Ou disons plutôt, le plaisir de les tuer…

Laura descendit quelques marches, Niémans reculait en même temps, pour se poster à la hauteur du tableau suivant.

— Le grand Klaus, continua-t-elle de son ton ironique. Très proche des nazis. A contribué activement à l'efficacité de la flotte automobile de la Wehrmacht.

Dans le cadre mordoré, un solide gaillard arborait une veste en flanelle aux épaules larges. Gueule carrée, coupe gominée, fine moustache, cet ancêtre évoquait les stars des débuts du cinéma parlant, mais on devinait que quand lui l'ouvrait, c'était pour donner des ordres d'une voix de berger allemand.

— On a toujours dit qu'il organisait des parties de chasse avec des Juifs dans le rôle du gibier… Sympa, non ?

Le moment idéal pour évoquer les Chasseurs noirs. Le « grand Klaus » était sans doute celui qui avait tendu la main à Oskar Dirlewanger après le conflit. Mais chaque chose en son temps. Niémans préférait laisser la comtesse poursuivre sa petite visite guidée.

— Wolfgang, mon grand-père. Toujours souriant, toujours compréhensif, mais n'hésitant pas à faire tirer à balles réelles sur les grévistes de nos sociétés… Un parfait capitaine d'industrie de l'Allemagne de l'Ouest des années 50.

Raie au cordeau, lunettes d'écaille et sourire charmeur, un mélange d'attention bienveillante et d'indifférence incorruptible. On devinait aussi chez l'homme une mégalomanie à peine voilée, une ambition délirante qui coulait en lui avec fluidité et naturel.

Laura sauta les dernières marches et atterrit dans le hall, où un ultime portrait trônait en évidence. Un quadragénaire à l'air hermétique, coupe courte et lunettes, mais avec un petit quelque chose de doux et de distrait qui ne cadrait pas avec, sans doute, les hautes fonctions du bonhomme.

— Mon cher papa. Il a beaucoup œuvré pour la réunification de l'Allemagne, mais avant ça, il se débarrassait de ses collaborateurs gênants en les dénonçant comme espions de la RDA.

Laura croisa de nouveau les bras, visiblement satisfaite de son musée des horreurs. Ce déballage paraissait l'avoir calmée.

— Belle galerie que vous avez là, conclut Niémans pour abonder dans son sens. Que cherchez-vous à me prouver ?

— Je veux vous démontrer que pour une vengeance, vous avez l'embarras du choix. La moitié du Bade-Wurtemberg nous déteste, l'autre moitié nous craint. Personne ne pleurera sur nos tombes.

Cherchez dehors, Niémans. Pas à l'intérieur de notre famille. N'interrogez plus mon oncle !

Il était temps de passer à l'attaque :

— Les Chasseurs noirs, ça vous dit quelque chose ?

L'effet produit dépassa ses attentes. Laura se décomposa. Elle n'était plus rouge, ni rose, mais blanche tendance bleuâtre. Sans un mot, elle passa devant lui et traversa de nouveau le hall en faisant claquer ses talons jusqu'à la première porte-fenêtre venue.

Niémans eut peur qu'elle remonte dans sa voiture et disparaisse en quelques secondes, mais il la découvrit sur le perron en train d'allumer une cigarette d'une main tremblante.

— Alors, ces Chasseurs noirs ? demanda-t-il sur un ton impassible.

Elle se tourna et lui cracha sa fumée à la gueule.

— Des légendes. Ça fait soixante-dix ans qu'on nous emmerde avec ces rumeurs. Mon arrière-grand-père aurait caché ces salopards et les aurait réhabilités dans ses usines. Vous n'avez rien trouvé de mieux comme suspects ?

Nouvelles volutes dans le visage.

— Le chien qui vous a attaquée cette nuit était un röetken, l'espèce de prédilection des Chasseurs noirs.

— Il ne m'a pas attaquée.

— Parce que je suis arrivé à temps.

— Il n'y a plus de röetken en Europe depuis soixante-dix ans.

— Il y en avait un dans votre parc, hier. Avec le logo du sinistre bataillon marqué sur sa peau.

Laura se décida à aller fumer à quelques pas de là. Il se dit qu'elle ferait l'objet d'un superbe portrait, à placer en évidence dans le hall de marbre, à côté de celui de « papa ».

— Donc, vous chassez des fantômes ?

— Ne riez pas, Laura, répondit-il en marchant vers elle. Le danger est réel. Je pense que vous êtes la prochaine sur la liste.

Laura balança sa clope à ses pieds et l'écrasa d'un coup de botte rageur.

— Trouvez le tueur, Niémans, et surtout, ne venez plus jamais faire chier mon oncle.

Le flic s'inclina en signe de déférence. Il n'aurait su dire pourquoi mais il aimait jouer la carte du respect et de la dévotion avec cette Allemande autoritaire.

Il descendit les marches et rejoignit la Volvo. Mû par un réflexe, il lança un regard par-dessus son épaule : Laura avait disparu. En revanche, Franz von Geyersberg, au premier étage, l'observait, encadré par le châssis de la fenêtre.

Encore un beau portrait en buste.

Niémans lui fit un signe de la main et se dit exactement le contraire de l'avis de Laura : il fallait chercher à l'intérieur du clan, et non pas à l'extérieur. Le mobile du meurtre, et peut-être même le meurtrier lui-même, se trouvait parmi les rangs de cette charmante famille.

## 30

Ivana n'avait jamais vu ça. Toute la ville semblait avoir été dessinée par un illustrateur de livres pour enfants. Les maisons traditionnelles rivalisaient de voûtes, de colombages, de toits à redents. Les murs étaient peints en rouge, en blanc, en vert, avec du lierre ou des haies en guise d'ornement végétal. Des grosses horloges aux aiguilles dorées sonnaient à chaque coin de rue et un tramway rouge n'arrêtait pas de vous passer sous le nez, au cas où vous n'auriez pas compris qu'ici, à Fribourg-en-Brisgau, c'était Noël tous les jours.

Ivana éprouvait un sentiment mêlé d'admiration et de malaise. Elle ne ressentait pas la nostalgie de tout adulte pour le monde de l'enfance. Les contes de fées, elle en avait entendu parler mais elle n'avait jamais grandi avec Grimm ou Perrault. Pas d'histoires de princesse avant de s'endormir pour la petite Ivana, pas d'elfes soigneusement dessinés ni de lettrines ciselées à l'ancienne. Son père lui apprenait à lire les étiquettes des bouteilles d'alcool, sa mère se planquait pour ne pas s'en prendre une, et après leur mort, au foyer social, c'était une demi-heure de télé et au lit !

En milieu d'après-midi, Niémans l'avait appelée pour qu'elle leur dégote un hôtel à Fribourg. Pas de détails, mais visiblement, ils n'étaient plus les bienvenus à la Villa de Verre.

À son tour, Ivana avait demandé à Kleinert de l'aider à lui trouver deux piaules. Toujours obligeant, l'Allemand était allé chercher leurs affaires à la villa et l'avait accompagnée en centre-ville, dans une rue piétonnière bordée de glycine. Là, un petit hôtel à façade rose, où un chat doré à la feuille se lovait au-dessus du portail, lui avait ouvert ses portes.

Kleinert était reparti « rédiger les rapports » et Ivana attendait maintenant son mentor, assise sur la chaussée pavée, à fumer entre deux énormes pots de géraniums.

— C'est ça ton palace ?

Elle sursauta et leva les yeux vers Niémans. Il n'avait pas seulement sa tête des mauvais jours, il avait l'air dévasté.

— C'est là ou quoi ? grogna-t-il.

Ivana acquiesça en se relevant et écrasa sa clope sur l'un des pots de terre cuite. Ils pénétrèrent dans l'hôtel d'un même pas et montèrent dans leurs chambres respectives.

Escalier à rampe vernie, faux flambeaux suspendus aux murs…

Dans le couloir, Ivana suggéra :

— La ville est jolie, non ?

— J'ai dû me garer à dix minutes d'ici, bougonna-t-il.

Elle n'osa pas demander quelle était la suite du programme.

Elle ouvrit sa porte et découvrit une petite pièce tapissée d'un papier peint représentant des bergers et des buveurs de bière faisant la ronde. Super.

Ivana déballait son sac quand on frappa à la porte.

Niémans se tenait sur le seuil, toujours dans son manteau noir et le visage fracassé. À se demander s'il était même entré dans sa chambre.

— Viens. Je te paie une bière.

# 31

À chacun sa révélation.

Elle : l'histoire de la fillette attaquée par un röetken.

Lui : le tonton blessé à la chasse par son propre frère. En réalité, deux faits assez éloignés du meurtre de Jürgen mais des éléments qui confortaient Niémans dans l'idée qu'ils étaient sur la bonne piste.

— Quelle piste ? demanda Ivana, un peu perdue.

— Une vengeance, le passé.

— Une vengeance de Franz ?

— J'ai pas dit ça. Peut-être que cette histoire d'accident de chasse n'a rien à voir avec notre meurtre.

— J'ai du mal à vous suivre.

— Ce que je veux dire, c'est que cette famille est bourrée de secrets et que ces secrets remontent sans doute à bien plus loin que ce que nous pensons.

— Quel genre ?

— Je sais pas mais on doit creuser, et creuser encore.

Vraiment des paroles pour ne rien dire. Mais

Ivana était contente de retrouver « son » Niémans. Elliptique, taciturne, instinctif. Un chien de sang qui pouvait traquer inlassablement un criminel jusqu'à la confrontation finale…

Ils marchaient comme deux touristes dans le centre piétonnier de la ville. Tout y était neuf mais semblait avoir été conçu au XVII^e^ siècle, ou à une époque intemporelle où les hommes s'habillaient en culotte de peau et les femmes en robe à bustier et dentelles.

Mais il ne fallait pas se fier aux apparences.

Fribourg-en-Brisgau était une ville universitaire, 100 % écologique, si moderne qu'elle donnait des leçons à toute l'Europe. Ici, les magasins bio avaient la taille de supermarchés et tout le monde roulait à vélo. On y fonctionnait à l'énergie solaire et on y concoctait son propre compost. Ce qui n'empêchait pas les calèches de passer par-ci par-là, les chevaux claquant leurs lourds sabots sur le pavé, histoire de rappeler qu'on avait aussi le sens des traditions.

Soudain, Niémans prit une rue, puis une autre – il semblait d'un coup connaître très bien la ville. Au détour d'une petite place, ils tombèrent sur une maison étrange. Façade rouge vif, ornements dorés et striés comme des sucres d'orge, gargouilles jouant des coudes à chaque étage.

— La Maison de la Baleine, dit-il d'un ton solennel. Je crois qu'Érasme y a séjourné.

Ivana ne savait pas qui était Érasme. Elle connaissait seulement le programme d'échange Erasmus permettant aux étudiants de voyager.

Elle attendait la suite, mais Niémans ne développait pas.

— C'est bizarre, se risqua-t-elle à commenter.

— Quoi ?

— Cette maison peinte en rouge, avec ces trucs dorés. C'est bizarre.

Niémans soupira et tourna les talons.

— J'ai raté quelque chose ? demanda-t-elle en le rattrapant.

— C'est la maison de *Suspiria*.

— De quoi ?

— Un film d'horreur des années 70, signé Dario Argento.

— Ils ont tourné dans la maison ?

— Juste à l'extérieur.

— Et pourquoi ça s'appelle « la Maison de la Baleine ? »

— Aucune idée.

Vraiment super intéressant. Ils tournèrent dans une ruelle bordée par une travée ouverte qui laissait courir un ruisseau – elle avait déjà vu ces caniveaux et avait lu dans son guide qu'ils possédaient un pouvoir magique. Un pas dans l'eau, et on épousait la même année un habitant de Fribourg…

Quelques beaux mecs à vélo lui revinrent en mémoire et elle effleura discrètement de sa semelle l'eau entre les pavés. On ne pourrait pas dire qu'elle n'avait pas tout tenté…

Ils longèrent un canal bordé de garde-fous et tombèrent sur une petite place cernée par des saules pleureurs. Niémans écarta leurs feuillages comme un rideau de perles et révéla un café dont la terrasse arborait des tables de jardin et des lanternes de ferronnerie à quatre faces.

Ils s'installèrent et commandèrent leurs bières.

Après quelques minutes de silence, Niémans, tête dans son col, mains dans les poches, se mit à parler en fixant le canal au loin.

— C'est un film génial, reprit-il, comme si leur conversation n'avait jamais cessé, et en même temps mal foutu et incompréhensible. Un film d'une violence inouïe, qui raconte l'histoire de jeunes danseuses assassinées l'une après l'autre par une sorcière…

Ivana ne pigeait pas. Où voulait-il en venir ?

— Ado, j'étais déjà obsédé par la violence. La mienne, celle des autres. J'étais fou de films d'horreur. Je traînais dans des salles miteuses pour voir couler le sang sur l'écran. Souvent, il me semblait que ce sang trop rouge, trop seventies, imprégnait les fauteuils de velours du cinéma. Je regardais, paniqué, fasciné, ces images et je cherchais en moi une issue, un réconfort… Je ne l'ai jamais trouvé. Jusqu'à ce que je devienne flic. C'est en luttant contre les criminels, en essayant de remettre d'aplomb le chaos des rues, que j'ai recouvré mon équilibre…

Elle n'aurait jamais pensé que la Maison de la Baleine aurait un tel effet sur Niémans. D'ordinaire, le flicard n'était pas du tout enclin aux confidences.

Les bières arrivèrent, bien mousseuses. Il prit le temps de plonger son nez dans la sienne.

— J'ai été sauvé de la violence par la violence, poursuivit-il. J'ai jamais trouvé la solution au problème mais je suis devenu une partie du problème. Y a quelques années, j'ai entrevu une réponse et j'ai compris que ceux qui la possèdent réellement ne sont plus là pour en parler.

Comprenne qui pourra… Ce qu'Ivana savait, c'était que Niémans n'était plus le flic qu'il avait été. L'histoire de Guernon l'avait non seulement diminué physiquement mais ravagé psychiquement.

Son coma, son opération, sa convalescence… Avant ça, Niémans débordait d'énergie et frappait tout ce qui bougeait, il achevait même ce qui ne bougeait plus. Apôtre d'une justice immédiate, il avait été un flic dans le pire sens du terme. Violent, imprévisible, hors-la-loi, mais avec des résultats supérieurs.

Aujourd'hui, il était rentré dans le rang. Sa brutalité avait été absorbée par son coma comme la lumière est aspirée par un trou noir. Ne restait plus qu'un vieil homme revenu d'entre les morts, qui devait encore faire ses preuves avant d'être mis au rancart, c'est-à-dire démontrer qu'il était encore bon à quelque chose sur le terrain.

Il avait terminé sa bière et la contemplait, toujours les mains dans les poches, comme une bonne chose de faite.

Tout à coup, il se leva et plaça un billet sur la table.

— Bosse sur les Chasseurs noirs jusqu'au dîner. Je veux tout savoir sur eux.

Ivana le considéra de la tête aux pieds.

— Mais… où vous allez ?

— Dormir.
— Il est 18 heures !
— Réveille-moi pour le dîner.
Il tourna les talons et disparut derrière les feuilles des saules pleureurs.

# 32

Schüller avait essayé de les impressionner avec les Chasseurs noirs.

Il n'avait qu'entrouvert le rideau sur l'horreur.

Ivana connaissait bien l'histoire du nazisme. Selon elle, tout flic – c'est-à-dire tout ennemi du crime – se devait d'étudier en profondeur ce qui avait constitué le pire laboratoire de la cruauté humaine.

Au sein de cette chronologie abjecte, un des sommets, si on pouvait dire, avait été la Shoah par balles – plusieurs années de missions d'extermination sur le front de l'Est visant en priorité les Juifs et les partisans. En quatre années, les Einsatzgruppen (les groupes d'intervention) avaient assassiné plus d'un million et demi de personnes.

Quelques consultations sur le Net suffirent à Ivana pour saisir que la bande à Dirlewanger avait constitué, au sein même de ce paroxysme, un autre paroxysme. Un des articles qu'elle avait dégotés s'intitulait justement : « Les Chasseurs noirs : aux extrêmes de l'extrême de l'ignominie nazie ». On n'aurait su mieux dire.

Installée avec son Mac derrière une tablette qui devait servir d'ordinaire à poser ses clés et son porte-feuille, coincée entre les petits buveurs de bière du papier peint et une armoire colossale en bois verni, Ivana avançait dans sa recherche, à la fois sidérée et fascinée.

L'instigateur du cauchemar, Oskar Dirlewanger, dont ils avaient vu la photo dans le labo de Schüller, était la parfaite incarnation de « l'homme nouveau allemand ». Après la guerre de 14-18, dont il sort invalide à 40 % (il a un bras paralysé), il s'affirme comme un véritable « chien de guerre », à la fois criminel et courageux.

De fait, le retour à la vie civile est plutôt dur : la machine à tuer tourne à vide. Officier de la SA dans les années 30, il collectionne les problèmes. Arrêté pour avoir eu des relations sexuelles répétées avec une mineure de moins de 14 ans, il a ensuite des ennuis pour « malversations financières ». Il se retrouve dans le camp de Welzheim, réservé aux criminels sexuels.

Quand la Seconde Guerre mondiale éclate, Dirlewanger est réhabilité. Le salopard a conservé de solides appuis dans l'armée et son expérience de soldat est un atout majeur. On annule ses condamnations et Himmler lui confie une brigade d'un type nouveau, une unité spéciale composée de délinquants cynégétiques : des braconniers, des hors-la-loi qui sont aussi les meilleurs pisteurs et assassins qu'on puisse imaginer.

D'abord en Pologne, puis en Biélorussie, les Chasseurs noirs font la guerre à leur façon, traquant en silence les partisans, sachant se rendre invisibles en forêt, s'infiltrant en milieu hostile, atteignant une sorte de perfection dans l'art de la chasse…

Ils sont aussi des « génocideurs » hors pair. Ils liquident les ghettos juifs, terrorisent les populations locales, brûlent les villages en suivant une technique éprouvée : regrouper tous les habitants dans une grange ou une église, puis faire griller l'ensemble au lance-flammes. Ils sont capables ainsi, en une seule opération, de tuer plus de 10 000 civils, femmes et enfants compris.

Les Chasseurs noirs sont là pour soi-disant maintenir l'ordre, mais eux-mêmes sont un facteur de désordre, violant, volant, pillant à tour de bras. Ce sont des voyous, des assassins revêtus d'un uniforme, des dépravés armés jusqu'aux dents accompagnés de chiens infernaux, protégés par la loi.

Même les autorités nazies s'inquiètent d'une telle barbarie. Des enquêtes sont diligentées. Les pires rumeurs circulent. Dirlewanger tuerait des Juives avant de les découper en morceaux puis de les faire bouillir avec de la viande de cheval. Objectif ? Produire du savon.

Pourtant, les résultats sont là et les nazis considèrent finalement leurs ennemis de l'Est comme des sous-hommes, du vulgaire gibier. Dirlewanger est un adversaire à leur mesure. On lui accorde donc d'autres soldats : des Tziganes, des psychopathes, des détenus politiques… C'est le bataillon le plus chaotique qu'on puisse imaginer, mais Dirlewanger, infirme, drogué et alcoolique, parvient à le contrôler.

Pourtant, le déclin est en marche. À partir de 1944, les Chasseurs deviennent de la chair à canon, perdant parfois jusqu'à 75 % de leurs effectifs dans des opérations suicides. Massacrés, ils sont plus que jamais massacreurs. Rendus fous par la mort et le sang, ils appliquent leurs techniques de traque en milieu urbain. Toujours guidés par leurs horribles chiens, ils assassinent les habitants avec application, les débusquant de leurs planques, les pistant dans les caves.

Ivana suivait cette litanie d'horreurs tout en prenant des notes. Parfois, des photos ou des films accompagnaient les témoignages. La fliquette cliquait alors sur « lecture ». Une séquence parmi d'autres : dans un hôpital de Varsovie, à court de munitions, les Chasseurs achèvent blessés, malades et infirmières à la baïonnette ou à coups de crosse. Mais il faut aussi s'amuser. Dirlewanger fait sortir des infirmières nues dans la cour de l'hôpital, les mains sur la tête, du sang entre les jambes. Il en choisit une, la pend et balaie d'un coup de pied les briques sur lesquelles elle se tenait en équilibre… Une autre séquence : un gaillard en uniforme jetant en riant un gamin de dix ans dans un brasier. Une autre encore : un soldat urinant sur un crucifix, après avoir fracassé le visage d'un prêtre…

Reprenant son souffle, Ivana regarda sa montre : une heure du matin. L'épouvante a des vertus hypnotiques, elle n'avait pas vu le temps passer. Fallait-il réveiller Niémans ? Certainement pas. Quant à savoir si elle avait faim, c'est drôle, mais pas du tout…

Elle se força à regarder des images de charniers. Sans pouvoir l'expliquer, elle savait que l'ennemi d'aujourd'hui s'inspirait des horreurs d'hier, ou qu'une partie de cette âme satanique habitait le cerveau du ou des tueurs de Jürgen. Cadavres aux postures grotesques, en rupture avec les lois ordinaires de la physiologie humaine. Adolescents aux articulations inversées, enfants la bouche ouverte, débordante de mouches, femmes aux jupes relevées : autant d'offenses à la vie, au respect, à la dignité… Et tout autour, les chiens, eux-mêmes livrés à l'ivresse de la mort.

Ivana voyait aussi défiler des comptes qui ne signifiaient plus rien. À eux seuls, les braconniers de Dirlewanger avaient assassiné plus de 120 000 personnes. Le carnage prenait l'allure d'une catastrophe naturelle, où les chiffres s'alignaient sans qu'on puisse imaginer l'ampleur du désastre : une foule, un village, un peuple ?

Elle préférait se plonger dans les détails, qui avaient la force du concret. Ainsi, les hommes de la Sondereinheit avaient leur propre signature. Les femmes violées qu'ils abandonnaient sur la route ne restaient pas longtemps « en l'état ». Ils avaient coutume de leur placer une grenade dégoupillée dans le vagin…

Ivana releva les yeux et songea aux deux grenades croisées sur le pelage du chien. Dans quel cauchemar évoluaient-ils ?

La pluie fouettait maintenant les vitres avec violence. Des poignées de perles lancées avec force sur du marbre. Elle se leva pour regarder par la fenêtre mais à cet instant, la lumière s'éteignit dans sa chambre.

Elle étouffa un cri et chercha par réflexe son calibre. Où l'avait-elle posé ?

Le temps qu'elle gesticule entre sa tablette, le lit et l'armoire, ses yeux s'accommodèrent à l'obscurité et elle découvrit une haute silhouette tapie contre le mur en face d'elle, le long du châssis de la porte.

— C'est ça que tu cherches ?

Dans la main de l'homme, Ivana reconnut son Sig Sauer. L'intrus le lui lança et elle réussit à le rattraper de justesse.

— Putain, vous m'avez foutu une de ces trouilles.

Niémans ne bougeait pas.

— Ils sont là, dehors, dit-il simplement.

# 33

Sous la pluie, la rue pavée miroitait comme une peau de crocodile. Tout était désert mais, en regardant mieux à travers la fenêtre, Ivana aperçut au coin de chaque rue adjacente des hommes, certains à moto, d'autres debout avec à leurs pieds un chien comme Ivana n'aurait jamais cru en voir vivant.

Des Chasseurs noirs plus vrais que nature, réincarnés et transformés en bikers lugubres. Quelques-uns portaient des houppelandes qui ruisselaient sous la pluie, d'autres des vestes de cuir à col haut, d'autres encore des espèces de parkas en fourrure. Impossible de voir leurs visages. Ceux qui étaient en deux-roues arboraient un casque bol noir et des lunettes de moto à l'ancienne. Les autres se dissimulaient derrière des cagoules de toile dont le nez était protégé par une arête, très « Vengeance du Masque de fer ».

Sur son écran, Ivana avait regardé des vieux films qui tressautaient à plus ou moins 24 images-seconde. Maintenant, c'était l'averse qui rendait le même effet, transformant la scène en une séquence irrégulière, crépitante, des images d'archives devenues réelles.

— Qu'est-ce qu'on fait ? murmura Ivana.

— C'te question. On y va.

— Il faut prévenir Kleinert.

Niémans ouvrit la porte.

— Tu commences à m'emmerder avec ton Kleinert !

Calibre en main, Ivana emboîta le pas à Niémans. Quand ils parvinrent dehors, le rideau de flotte les arrêta net, ça tombait si fort qu'il fallait jouer des épaules pour s'immiscer sous ces rayures.

Niémans se mit à courir en direction du croisement où les Chasseurs noirs s'étaient postés, mais on n'y voyait plus rien. Le temps qu'Ivana se décide à le suivre, le flic s'était arrêté.

Un chien, qui ressemblait à une flamme noire, le percuta de plein fouet, l'enjambant et poursuivant aussitôt sa course sous la herse translucide.

Ivana se précipita.

— Ça va ? demanda-t-elle en essayant de le relever après avoir rengainé.

Impossible. Niémans pesait une tonne. Son manteau noir, baignant dans une flaque, l'alourdissait encore. La pluie les harcelait, les attaquait, les transperçait.

— Ça va, bafouilla-t-il, putain, je…

Se penchant sur lui, Ivana entendit autre chose, le murmure grésillant de ses lèvres à lui. Il ne cessait de chuchoter un mot sans même s'en rendre compte : réglisse… réglisse… C'était du moins ce qu'elle captait.

Quand Niémans parvint enfin à mettre un genou au sol, Ivana se redressa tout à fait et lança des regards des deux côtés de la rue : le chien allait revenir, les bikers allaient surgir… Par association d'idées, elle songea au Glock de Niémans, il lui avait échappé des mains et avait glissé à quelques mètres de là.

Elle bondit mais un grondement de moteur enfla dans le bruissement de la rue et les bikers apparurent, produisant une sorte d'orage torve, un ronflement qui semblait tourner sur lui-même, empoisonnant l'air aquatique.

Les deux pieds dans une flaque, Ivana leva le bras pour viser un des motards, mais un cri l'arrêta net. Elle se retourna et vit Niémans recroquevillé, les deux mains serrées sur son crâne, sanglotant dans son col.

Le chien était revenu : il tournait lentement autour du flic comme un prédateur savourant la défaite de sa proie. Malgré la mauvaise visibilité, Ivana crut discerner l'éclat des yeux du clébard, deux billes fiévreuses brillant à la manière de foyers infectieux. Son corps trapu luisait sous la pluie, fluide et huilé, mécanique fascinante de muscles exclusivement dédiés au combat.

Elle se retourna à nouveau pour braquer les bikers mais un des hommes, qui venait d'accélérer, la frappa au menton et la laissa retomber sur le pavé. Le temps de se relever, quatre motards l'encerclaient, striés par les milliards de gouttes qui déferlaient à l'oblique. Chacun d'eux chevauchait une moto très sombre, sans la moindre marque, dont le moteur claquait dans les basses.

Plissant les yeux, les lèvres saturées de flotte, Ivana tenta de détailler ses tortionnaires mais elle ne voyait maintenant que le foulard leur dissimulant la moitié du visage et leurs lunettes de cheminot. Des tissus qui dessinaient des mâchoires à nu, comme si on venait de leur arracher la partie inférieure de la figure. Déjà, les autres arrivaient à pied, cagoulés, tenant en laisse leurs chiens horribles.

Ivana ne pouvait y croire : cette scène à la *Mad Max* se déroulait dans une ruelle de conte de fées, avec enseignes de fer forgé et géraniums aux fenêtres. Pas l'ombre d'un passant, pas la queue d'une bagnole de flic – la pluie couvrait tout et maintenait chacun au fond de ses os, bien à l'abri.

Elle aussi avait perdu son calibre, et ce simple détail l'acheva. Elle se laissa retomber sur les pavés, attendant d'être écrasée par les motos ou achevée d'une balle dans la tête.

Les agresseurs semblaient avoir plus d'imagination. Un des fantassins s'approcha et la tira par les cheveux. En hurlant, Ivana tenta de résister mais l'homme la traîna jusqu'à la moto la plus proche. Elle pouvait sentir les gaz, l'odeur grasse de l'huile qui chauffait, la brûlure de l'essence…

Se cambrant, elle aperçut les deux yeux enchâssés dans les trous en losange de la cagoule – elle savait que cette vision la suivrait jusque dans la tombe. C'était comme un cauchemar refoulé depuis toujours qui suintait d'un coup, la mort au bord des lèvres.

L'agresseur lui attrapa le bras droit et le tendit vers la bécane. De nouveau, Ivana tenta de se débattre mais elle ne faisait pas le poids. Quand elle comprit ce qui se passait, elle ferma les yeux et hurla de plus belle, se fêlant les cordes vocales jusqu'à la dernière convulsion.

Le soldat lui coinça la main entre la pédale de frein et le carter de kick de l'engin. Elle s'attendait à sentir ses os broyés par la chaîne ou un quelconque engrenage qu'elle ne connaissait pas, mais le salopard stoppa son geste.

De son côté, le motard coupa son moteur, aussitôt imité par les autres. Le silence se fit, relatif, car il était vrillé par les trilles incessants de la pluie.

Ivana ne savait plus ce qu'elle pensait, ni même si elle pensait. Les yeux exorbités, elle voyait la botte de l'homme se caler sur l'appui du levier. Elle sentait, dans sa chair, la tension du ressort du kick levé.

Quand le fumier abaisserait d'un coup sec le démarreur, ses doigts seraient coupés net. Il n'y avait plus qu'à attendre…

Elle avait lu quelque part que ce qui caractérisait l'esprit humain était sa capacité à la représentation, c'est-à-dire à penser au lendemain. Eh bien, à cet instant précis, malgré la peur et l'horreur, elle réussissait déjà à envisager ce que serait sa vie sans les doigts de sa main droite.

Elle se disait aussi, maigre consolation, qu'un tel châtiment était préférable à être pendue à un réverbère ou à se retrouver avec une grenade dégoupillée dans le vagin…

Il lui sembla que le motard levait déjà la jambe mais en réalité, il se penchait vers elle. D'un geste, il baissa son foulard pour dire en allemand, détachant soigneusement les syllabes afin de se faire comprendre :

— Vous avez tué le Prince mais je peux vous pardonner. Il vous suffit de partir.

Dans le chaos de son cerveau, Ivana crut que l'homme parlait de Jürgen von Geyersberg mais ça n'avait aucun sens. Non, il évoquait le röetken que Niémans avait abattu.

Elle tenta de prononcer un mot mais l'homme, derrière ses lunettes de cheminot, dressa son index sur ses lèvres : silence.

— Partez. Il est encore temps.

D'un signe, il ordonna à l'autre de s'emparer d'Ivana et de lui retirer la main des rouages de la moto. Alors seulement, il démarra, provoquant une symphonie de grondements, les autres motards l'imitant aussitôt.

Ivana resta ainsi, se tenant le bras, tremblant comme un marteau-piqueur, observant la rue toujours griffonnée par la pluie, marquée par les triangles de lumière des réverbères.

Aucun moyen de savoir combien de temps passa ainsi.

Enfin, elle se retourna et aperçut Niémans qui tentait de se relever – en vain. Il pataugeait dans sa flaque comme un cormoran dans sa nappe de mazout.

Alors seulement, la raison revint la saisir et elle tâta sa poche pour trouver son portable – d'abord et avant tout, appeler Kleinert.

Son écran lui indiqua qu'elle venait de recevoir un message du flic allemand, justement.

Elle prit le temps de l'écouter et comprit que la nuit ne faisait que commencer.

# II

# L'APPROCHE

# 34

Le corps se trouvait dans une fissure verdâtre.

Une plaie végétale tapissée de mousse et de lichen, de deux mètres de profondeur, qui courait à travers une clairière sablonneuse. Tout autour, les sapins noirs ne laissaient passer ici ni les hommes ni les saisons.

Encore une fois, le cadavre était nu.

Encore une fois, châtré et décapité.

La tête du pauvre Max, avec ses oreilles décollées et sa chevelure plaquée au cirage, avait été retrouvée à quelques mètres de là, un brin de chêne entre les dents. Les viscères ? On était en train de les chercher, ils devaient être enterrés pas loin.

Les projecteurs de la police scientifique allemande, baudruches en papier blanc qui rappelaient des lanternes de soie asiatiques, flottaient dans l'espace et accusaient chaque détail de manière implacable.

Niémans avait eu le trajet – on était à quarante minutes de Fribourg-en-Brisgau, au cœur d'une des forêts des Geyersberg – pour se remettre de ses émotions.

Pour l'instant, il ne voulait pas réfléchir aux Chasseurs noirs, ou du moins à ceux qui les imitaient en 2018, portant leurs oripeaux et élevant leurs chiens terrifiants. Il avait tout juste digéré la trouille panique qu'il avait éprouvée quand le röetken l'avait attaqué et savouré les vêtements secs qu'il avait enfilés avant de se mettre en route pour la nouvelle scène de crime.

Que cherchait le tueur ? Décimer le clan Geyersberg ? Se vengeait-il d'une faute dont toute la famille était responsable ? Ou poursuivait-il un tout autre but ?

Kleinert, qui n'avait rien à envier aux lividités de la dépouille, le rejoignit.

— Ses plantes de pied sont inscrustées de mousse et de feuilles. Ça signifie que Max a marché longtemps pieds nus avant d'atterrir dans la faille.

— C'était pareil pour Jürgen ?

— Exactement.

— Et pourquoi personne me l'a dit ? rugit Niémans avec mauvaise humeur.

Kleinert parut étonné, toujours cette tête régulière et inexpressive, mi-instituteur, mi-mousquetaire.

— Mais tout le monde vous l'a dit ! Je veux dire : c'est dans le dossier des gendarmes français et nous l'avons répété plusieurs fois dans nos rapports.

Niémans grommela quelque chose que personne n'entendit, même pas lui.

— Il porte aussi des griffures sur le torse, poursuivit le Kommissar. Ce qui signifie qu'il s'est débattu avec les sapins et d'autres arbres dans cette forêt. Tout porte à croire qu'il était poursuivi.

Niémans revint aux Chasseurs noirs. Étaient-ce eux

qui avaient pris en chasse le cousin ? Celui qui disait : « Je peux aussi vous donner leur tarif », à propos des putes qu'ils avaient fait venir la veille de la chasse à courre. Paix à son âme…

— Y a des traces, des empreintes ?

— Rien. Comme la première fois.

Exit les guignols en houppelandes et cagoules roulant en grosses cylindrées. Ces gars-là, même à pied, n'auraient pu se faire légers au point de ne laisser aucun indice.

— C'est incompréhensible, confirma Kleinert, surtout sur ce terrain.

La clairière était en effet tapissée de sable rouge d'où s'échappaient des racines, des souches, des roches. Impossible de marcher là-dessus sans s'enfoncer. Peut-être avait-on tout balayé avec soin ?

— Il y a tout de même les traces des pieds de Max, non ?

— Non plus. C'est ça qui est incroyable.

L'image lui vint d'un jardinier japonais ratissant avec patience ses plages de gravier mais il la repoussa : rien à voir avec la sauvagerie du meurtre.

— On a retrouvé sa bagnole ?

— À trois kilomètres d'ici, près d'un sentier.

— Il avait donc rendez-vous.

— Sans doute, mais on a déjà checké son portable. Pas de coup de fil qui pourrait correspondre.

— Son dernier appel a été pour qui ?

— Son frère, à 18 h 12. On l'a interrogé. Une histoire de nana. Visiblement, ils se partageaient leurs… partenaires.

Niémans songea à Jürgen et Laura qui faisaient la même chose. Il balaya aussi cette idée : le mobile n'avait rien à voir avec le sexe.

Il respira une bouffée de l'air moisi qui stagnait ici, l'odeur de la mort, de la pourriture. Pas seulement celle des organes sans vie de Max mais une décomposition partout à l'œuvre. Cette clairière puait la champignonnière.

— On l'a tué dans la fosse, reprit Kleinert.

— Comment vous le savez ?

— Le sang, la fosse en est imprégnée. La police scientifique a retrouvé aussi pas mal de fragments organiques. La boucherie a eu lieu au fond du trou.

Niémans baissa les yeux : la couleur du sable prit d'un coup une nature particulière. Comme si la faille était entièrement imprégnée par le jus du carnage. Sans doute le tueur lui avait-il encore fait passer les organes génitaux par l'orifice anal…

— Il y a eu lutte ?

— On n'a pas encore trouvé de traces probantes. Il faut attendre l'autopsie. Max n'avait sans doute plus la force de résister…

Niémans lui balança un coup d'œil par-dessus son épaule.

— Comment vous le savez ?

Kleinert ne prit pas la peine de répondre. Malgré l'absence de traces, les choses était claires : le cousin avait été poursuivi, déjà nu, puis acculé dans cette clairière.

Niémans se prit à imaginer la scène en termes de chasse. En dépit du brin de chêne et de l'éviscération, la séquence lui rappelait plutôt la curée d'une chasse à courre lorsque la bête, à bout de forces, rendue folle par la panique, est achevée à coups de poignard.

Cette idée en appela une autre :

— Max pratiquait la pirsch ?

— Aucune idée. Il faut qu'on vérifie.

— La vénerie ?

— Il a participé à la dernière partie de chasse des Geyersberg.

— L'autopsie, où va-t-elle avoir lieu ?

— À Stuttgart.

— Ça fait loin.

— Vous n'avez pas compris. Un crime de sang a eu lieu cette nuit sur le territoire allemand. La police du Land effectue les premières constatations mais c'est la Crime allemande qui va reprendre l'affaire.

— Quand seront-ils là ?

— Demain en fin d'après-midi.

D'un regard, ils se comprirent : ils disposaient d'une vingtaine d'heures pour faire leurs preuves. Démontrer aux autorités qu'il fallait aussi compter avec eux.

— Qui a découvert le corps ?

— Un garde-chasse du nom de Holger Schmidt.

— Il travaille pour le Land ?

— Non. Pour les Geyersberg. Cette forêt leur appartient.

— Le profil du gars ?

— Un ingénieur des Eaux et Forêts à la retraite. Il vérifie les populations de cerfs et de sangliers. Il évalue leur santé, leur nourriture, leur reproduction.

Tout est consigné. Ces forêts sont à peu près aussi sauvages qu'un centre de recensement.

— Qui le paie ?

— Je crois qu'il est bénévole.

— Il travaille pour une des associations du vieux Franz ?

— Peut-être. C'est important ?

— Vérifiez.

— Vous pensez à quoi ?

— À rien. Mais ce type n'était pas censé découvrir ce cadavre.

— Et alors ?

Niémans eut un geste d'impatience. L'Allemand le poussait dans ses retranchements, et ses retranchements ne menaient nulle part.

Ils tournèrent la tête au même instant : Ivana venait de les rejoindre.

— Où t'étais, toi ? aboya Niémans.

— Je parlais avec les techniciens scientifiques.

Agacé, Niémans entendit : « Je parle allemand, moi. » La seconde suivante, il la revit à genoux devant la moto, les doigts coincés dans le carter de kick. Cette image le cassa en deux. Il aurait dû la sauver, se précipiter… Mais il était tenu en respect par un simple chien.

Soudain, un cri atroce retentit derrière les conifères. Impossible de voir d'où ça venait exactement. Ils marchèrent d'un seul pas vers l'orée du bois. Au-delà d'une première rangée d'arbres, il y avait une autre clairière où la police scientifique avait entreposé son matériel et où les flics en uniforme déroulaient leur Rubalise. C'était là que la bousculade avait lieu.

Un flic en anorak bleu glissa et tomba le cul par terre, un autre ceinturait un civil pour l'empêcher d'avancer, un autre encore voulait les séparer... Enfin, dans l'éclat d'une des baudruches blanches, Niémans découvrit le visage torturé d'Udo, qui brillait à cet instant comme un phare de pure douleur.

Des scènes de ce genre, Niémans en avait vu des dizaines, mais l'expression du jeune frère, celui-là même qui voulait « régler lui-même ses comptes », l'atteignit en profondeur. Un mort condamné à vivre son agonie pour l'éternité. Un Prométhée à la sauce Wagner...

— Viens avec moi, ordonna-t-il à Ivana.

Ils se planquèrent derrière un arbre, se prenant les pieds dans les câbles d'un groupe électrogène.

— Ils vont tous y passer, murmura-t-il. Jürgen était le fils aîné de Ferdinand, Max celui de Herbert... Laura y a réchappé, mais elle et Udo sont dans la visée du tueur, j'en suis certain. On veut éradiquer les héritiers du clan.

Ivana sortit une cigarette, violant ainsi pas mal de règles, légales et écologiques. Elle semblait plus calme que Niémans. Malgré l'agression de la nuit précédente, elle avait déjà recouvré ses forces.

Quelque chose de trouble, de profond s'agita au fond du flic.

— Je voulais te dire..., balbutia-t-il.

— Quoi ?

— Cette nuit, je pouvais pas, je...

— J’ai bien compris.

Il lui lança un regard implorant. Elle sourit en retour : le meilleur d’Ivana, le cran de dépasser des événements qui auraient enfoncé n’importe qui sous la terre.

— Ça vous fera une raison de plus de m’expliquer votre traumatisme avec les chiens.

Il essaya de lui rendre son sourire, mais les muscles de son visage se figèrent. Le kick et la main d’Ivana prisonnière des rouages de la bécane encore une fois. Les doigts de la petite Slave roulant sur les pavés ruisselants de pluie.

Ses mâchoires se débloquèrent pour de bon.

Ce fut pour aller vomir derrière un arbre.

## 35

Niémans détestait les schémas, les tableaux, les listes, mais cette fois, il fallait y passer. Ils avaient trouvé au poste central une salle de réunion qui multipliait les détails cafardeux (plafonniers blafards, mobilier en plastique, cafetière usagée…), mais qui, pour un flic, sonnait le retour chaleureux au bercail.

La pièce maîtresse de cette décoration était un vieux paperboard muni de feutres épuisés. Niémans avait commencé à noter sur la grande feuille les éléments fondamentaux de l'affaire.

À gauche, il avait écrit « TUEUR FOU », ce qui ne signifiait pas grand-chose mais qui rendait bien compte de l'ambiance générale. Surtout, ces termes écartaient définitivement la légion de suspects jusqu'ici pris en compte : ennemis des Geyersberg, pseudo-proches de la famille, invités du pavillon de chasse, rivaux du groupe VG… tous ceux qui auraient pu agir, disons, selon des motifs rationnels.

À droite, Niémans avait écrit « CHASSEURS NOIRS ». Sur le chemin du retour, Ivana avait raconté à Kleinert l'agression qu'ils avaient subie en plein centre-ville.

Au milieu de la feuille, il avait inscrit « LAURA ». Elle était pour ainsi dire l'élément qui reliait le tueur aux Chasseurs noirs. Selon lui, elle était dans le collimateur du ou des assassins. Or elle avait été agressée par un imitateur du Sonderkommando la nuit précédente. Cela voulait-il dire que le meurtrier appartenait à cette bande ? Impossible de répondre.

Dans un autre angle du paperboard, Niémans avait écrit « FRANZ ». Lui aussi représentait un lien, d'une manière plus hypothétique, entre les meurtres et les bikers. D'un côté, il possédait un mobile pour se venger de Ferdinand, le père de Jürgen et de Laura. De l'autre, il connaissait, Niémans en était certain, les Chasseurs noirs.

Le flic expliquait tout ça en traçant des flèches entre les noms mais il sentait dans son dos un silence lourd de scepticisme. Quand il se retourna, il découvrit Ivana et Kleinert, l'air crevé, tenant chacun leur gobelet de thé ayurvédique. Il avait l'impression de tenir une conférence devant deux babas sous cannabis.

— Donc ? finit par demander Ivana.

Niémans posa son feutre et s'adressa à Kleinert :

— D'abord, vous mettez un ou deux hommes, le minimum syndical, sur le meurtre de Max.

— Je croyais qu'on devait se défoncer avant l'arrivée des gars de la Crime.

— Pas de ce côté-là. Vous savez comme moi qu'il n'y a rien à trouver, pas de témoin, pas de bandes vidéo, pas d'appels suspects.

Il plaqua sa main sur la partie gauche du tableau.

— Laissons tomber le mobile du tueur et partons de son savoir-faire. On aurait dû commencer par là. Relevez tous les chasseurs, braconniers, gardes-chasse, ingénieurs des Eaux et Forêts, de la région sud-ouest du Bade-Wurtemberg.

— Ça fait beaucoup de monde.

— Je m'en fous. Rameutez des gars. Il nous faut le pedigree de chaque mec, son casier judiciaire, son lien avec les Geyersberg, son palmarès de chasse…

— Mais…

Niémans ne le laissa pas finir, il déplaça sa main vers la droite.

— Côté Chasseurs noirs, on a un atout : l'agression de ce soir. Il est évident qu'on peut maintenant dégoter des éléments concrets sur ces tarés, ne serait-ce que leurs motos.

— C'est-à-dire ? demanda Ivana, qui devait encore avoir des engourdissements dans les doigts.

— Les gars conduisaient des Norton. Des motos anglaises qui ne sont pas si fréquentes. Surtout, celles de cette nuit étaient caférisées.

Silence des deux collègues. Niémans était assez heureux d'avoir l'occasion de sortir sa science mécanique.

— Une technique héritée des rockers britanniques des années 60. Ils customisaient leurs bécanes en réduisant au maximum le carénage, les ornements, pour gagner de la vitesse. L'objectif était de partir d'un café jusqu'à un point nommé, puis de revenir avant qu'une chanson sur le juke-box soit achevée…

Les yeux fixes de Kleinert et d'Ivana, c'était quelque chose. Lui-même était étonné d'avoir trouvé ces engins sur son chemin. Il avait d'abord cru voir des machines de guerre allemandes mais non, c'était bien des anglaises, simplifiées à l'extrême, avec une fourche dénudée, un réservoir brut de brut, un guidon très bas…

— Ce qu'il faut retenir de tout ça, continua-t-il, c'est que ces modèles ont été modifiés dans un atelier de pro. Sans compter que les motos de départ sont aussi traçables. Il faut remonter jusqu'à Norton, ici, en Allemagne, et en Grande-Bretagne.

Kleinert eut un cri du cœur :

— Mais qui sont ces mecs ?

— Des braconniers, des mercenaires, des anciens soldats. Peut-être même des braqueurs. Il n'y a jamais eu dans le coin, ou à Stuttgart, des braquages impliquant un tel arsenal ?

— Mais… jamais !

— Eh bien, ces gars ont décidé de sortir du bois, sans jeu de mots. Ils sont organisés et ne craignent pas la police. À mon avis, ils sont protégés.

— Par qui ?

Niémans n'eut pas besoin de répondre : la tentation était belle de soupçonner un système à la Dirlewanger, libérant des braconniers pour les utiliser comme soldats, service d'ordre ou autre milice d'intimidation.

Ivana, dans un réflexe d'étudiante, leva la main.

— Je ne comprends pas. Vous pensez que le tueur appartient aux Chasseurs noirs ?

— J'en sais rien mais il est impossible que tout ne soit pas lié. L'agression de Laura le prouve.

Nouveau silence. Cette agression par chien interposé cadrait de moins en moins avec les meurtres de Jürgen et de Max.

— Selon le légiste, risqua la Slave, Max a été tué entre 20 heures et minuit.

— Et alors ?

— Les Chasseurs noirs auraient sacrifié le cousin puis déboulé à Fribourg-en-Brisgau ?

Niémans ne répondit pas. Ça ne tenait pas debout, il devait l'admettre. Il se mit à marcher devant son paper-board, il ne savait pas pourquoi, mais ce soir, ce tableau, spécialité des commerciaux et des chefs de rayon marketing, le rassurait.

Ne sachant plus finalement quoi dire, il regarda sa montre : 5 heures du matin passées.

— Voici ce que je propose : on va dormir deux ou trois heures et on se retrouve ici à 9 heures. (Il se tourna vers Kleinert.) Vos gars bossent cette nuit ?

— Bien sûr.

— Alors, donnez-leur les pistes qu'on a évoquées.

— Excusez-moi… Mais quelles pistes au juste ?

Niémans souffla avec exaspération :

— D'abord, tous les braconniers et chasseurs qui ont un casier, ou des troubles psychiques. Ensuite, les assoces du vieux Franz, voir ce qu'elles cachent exactement. Faut aussi checker qui emploie les vigiles et tout ce qui concerne le boulot de sécurité chez VG. Enfin, y a ces putains de motos dont il faut retrouver la trace.

Kleinert avait sorti un bloc, modèle Ivana, et prenait des notes. À l'évidence, il avait décidé de faire confiance au flic français.

— Faut aussi dénicher les bandes vidéo de cette nuit, faire du porte-à-porte dans le centre-ville de Fribourg. Même avec la pluie, on décrochera peut-être un élément, une immat', quelque chose. Vous aurez assez d'hommes ?

Sans lever les yeux, l'Allemand confirma.

— Ils ont gratté sur les Roms ?

— J'allais y venir. Ils ont retrouvé la trace d'une petite fille salement amochée en mars 2000 à l'hôpital de Fribourg, Marie Wadoche. Sa fiche comportait le nom de son père, Joseph. Le gars a un casier long comme le bras et il a été recensé comme « nomade ». C'est notre famille, aucun doute.

— Où sont-ils maintenant ?

— Ils ne cessent de bouger mais a priori, ils sont encore dans la région.

— Super. C'est notre priorité absolue.

Kleinert marqua sa surprise.

— Les agresseurs de cette famille sont les mêmes gars que ceux de cette nuit, ou bien leurs successeurs. Parfois, une piste froide peut s'avérer la plus chaude.

Du coin de l'œil, Niémans repéra Ivana qui hochait lentement la tête tout en écrivant. Ce simple mouvement signifiait : « Vos phrases à la con, vous pouvez vous les garder. On n'est plus à l'école des flics… »

# 36

Il ne ferma pas l'œil jusqu'au matin. L'excitation, la gamberge, la frousse…

À 9 heures, coup de fil de Kleinert. Deux nouvelles, une bonne, une mauvaise, comme le veut la tradition. La mauvaise, c'était que les caméras des ruelles de Fribourg-en-Brisgau avaient été occultées – pas une image des motards. Pas la queue non plus d'un témoin, merci l'averse. La bonne, c'était que la famille Wadoche était localisée. Les Romanos vivaient sur une aire de parking au nord de Fribourg, près de la frontière française, aux environs d'Offenbourg.

Ils roulaient maintenant tous les trois, avec Ivana et Kleinert, dans la Volvo de Niémans – malgré le boulot à abattre aujourd'hui, le trio n'avait pas voulu se séparer. Les deux passagers buvaient encore leur thé aux épices, l'expression fixe, les traits tout froissés par les fragments de sommeil arrachés à la nuit.

Niémans n'était pas dans un meilleur état. Le cerveau morose, il ne cessait de remarquer au fil de la route des croix, des christs, des calvaires… Des silhouettes hiératiques plantées sur les collines, des Jésus crucifiés cloués aux portes.

Depuis qu'il avait franchi la frontière deux jours auparavant, il éprouvait un malaise sourd, intime, de vraies ondes basses qui lui vrillaient les tripes en continu. Rien à voir avec l'enquête ni les Geyersberg, tout à voir avec son enfance. Il avait été élevé dans la haine de l'Allemagne.

Sa grand-mère alsacienne lui avait inculqué cette détestation des Schleus, des Boches, des Fritz, et la moitié des films qu'il voyait à l'époque comportaient des méchants en uniforme allemand, le cou vissé dans des cols à galons, parlant un français de plomb. Curieusement, ce n'était pas l'Allemagne du nazisme, de l'Holocauste ou des millions de morts que sa grand-mère haïssait, mais les voleurs de territoire, ceux qui s'étaient emparés de l'Alsace pour leur imposer leur culture honnie.

Cette éducation l'avait marqué à jamais. Plus tard, il y avait eu Fassbinder, le Berlin de Bowie, la chute du Mur, l'électro, mais rien n'y faisait : profondément, d'une manière indélébile, l'Allemagne était le pays des salauds à l'accent lourd et aux galons hauts… Et ce pays était une terre étrangère et hostile.

Niémans se secoua de ses pensées : Kleinert, à côté de lui, lisait à voix haute le pedigree de Joseph Wadoche. Pas précisément un enfant de chœur. Arrêté moult fois pour recel, vols avec effraction, escroqueries, violences physiques aggravées, proxénétisme… Joseph était un Rom comme Niémans en avait croisé des centaines, respirant entre deux peines comme un nageur entre deux brasses coulées.

— Aujourd'hui, il a une licence pour un commerce itinérant de fruits et légumes mais, selon mes collègues d'Offenbourg, ses poires et ses pastèques couvrent des trafics minables, essence, cigarettes…

Une pensée le taraudait depuis la veille : Wadoche avait un solide mobile pour buter Jürgen et tout membre de la famille VG : l'agression de sa petite fille. Mais ces meurtres ne correspondaient pas au style rom. De plus, si on admettait que l'assassin dressait des röetken, cela ne pouvait pas être Joseph. À moins d'être d'une perversité extrême, le Tzigane ne se serait pas mis à élever les clébards qui avaient bouffé sa propre gamine.

— On arrive, prévint Ivana, qui, à l'arrière, suivait leur itinéraire sur le GPS.

Venait d'apparaître une aire bitumée sur laquelle une dizaine de caravanes étaient garées en cercle, comme des chariots de western se protégeant d'une attaque de Cheyennes.

Tout de suite, Niémans vit que quelque chose ne tournait pas rond. Le parking était impeccable, les bagnoles stationnées rutilantes et les caravanes, modèle XXL, toutes neuves. Rien à voir avec le bordel habituel des Roms, qui ne pouvaient respirer convenablement qu'entourés de vieux pneus, de pièces détachées de bagnole et de barbecues à peine refroidis.

Niémans s'engagea et aperçut les habitants du camp : tous blonds.

— Ce ne sont pas des Roms.

— Pardon ?

— Je dis : ce ne sont pas des Tziganes. Ce sont des Yéniches.

— Ah ?

Kleinert avait répondu comme si on lui apprenait soudain que les trèfles et la luzerne n'ont rien en commun. Ça changeait tout pourtant. Niémans possédait une bonne expérience des gens du voyage – il parlait même un peu leur langue – et il comptait sur cette familiarité pour briser la glace. Mais les Yéniches…

Il savait à peine qui c'était. Un peuple de vanniers aux origines inconnues, qui s'était disséminé en Suisse, en Alsace, en Allemagne. Sa grand-mère en parlait comme de fantômes blancs. Selon elle, ils hantaient les joncs des marécages et tressaient des paniers capables d'emprisonner les âmes…

En considérant ces gaillards en short et tee-shirt rougis par le soleil, se prélassant dans des chaises longues, Niémans se dit qu'il pouvait remballer ses trois mots de romani et ses vannes complices de loubard.

— Vous la bouclez, dit-il en sortant de la voiture, c'est moi qui parle.

Marchant vers les caravanes, il repéra tout de même des détails familiers : des tuyaux et des câbles qui couraient sur le sol, allant sans doute piquer l'eau et l'électricité quelque part, des femmes concentrées sur des machines à laver dernier cri encastrées dans des remorques-cuisines, des gamins, que rien ne distinguait des mômes des cités, arpentant le bitume avec leurs vélos customisés…

Niémans avisa des malabars en marcel et short hawaïen qui buvaient une bière autour d'une Audi Q2 flambant neuve.

— Vous parlez français ? demanda-t-il sans même prendre la peine de sourire.

— Qu'est-ce tu crois ? répondit un des gars avec un accent de terrassier. On rayonne, mon gars. Un coup d'ce côté-ci de la frontière, un coup d'ce côté-là…

— On cherche Joseph Wadoche.

— Qu'est-ce que vous lui voulez ?

— Simplement discuter.

L'homme eut un geste qui signifiait « pauvres flics qui veulent toujours causer », puis désigna avec sa 33 cl un groupe de seniors qui jouaient aux cartes sous un auvent.

Malgré leur blondeur, les Yéniches commençaient à sérieusement ressembler aux Roms. Niémans reprenait confiance en lui.

Il se dirigea vers le groupe, suivi d'Ivana et de Kleinert. Les trois hommes assis étaient à peu près aussi expressifs que les cartes qui s'égrenaient sur leur table pliable. La cinquantaine, des teints d'Anglais foudroyés par les coups de soleil, des petits chapeaux sur la tête, qui ressemblaient à des borsalinos qui auraient rétréci au lavage.

À l'instinct, Niémans s'adressa à celui qui dégageait la plus grande autorité :

— Joseph Wadoche ?

L'homme cramoisi leva un œil.

— Vous êtes les flics français ?

Un autre point commun avec les Tziganes : vivant

à la marge, en dehors du monde des sédentaires, ils étaient pourtant toujours au courant de tout.

Niémans fit les présentations et expliqua la raison de leur visite :

— Je suis désolé mais on voudrait revenir sur un malheur qui a frappé ta famille il y a vingt ans. Un accident avec un chien…

— Un accident ? répéta-t-il.

Il eut un rire pour lui-même et se leva, se cognant le crâne sous l'auvent. En un coup d'œil, Niémans évalua l'adversaire : au moins cent kilos, un torse en barrique, des bras comme des cuisses, un vrai hercule de foire, portant un débardeur immaculé. Sous une coupe en brosse couleur gravier, son visage gras semblait cuit comme une brique.

— Les salopards ont lâché leurs molosses sur ma fille…

Niémans constata avec satisfaction que la rage de Jo n'avait pas pris une ride. Il allait se mettre à table sans la moindre difficulté, trop heureux de cracher sa haine.

— Entrez chez moi, fit le nomade. Vous faites flipper tout le monde avec vos sales gueules.

# 37

L'intérieur de la caravane ressemblait à une cabine de bateau. Des baies vitrées perçaient les trois murs du coin salon, occupé par une table en bois verni et une banquette blanche en forme de fer à cheval. L'ensemble était impeccable et devait avoir coûté cher, mais pas de quoi se formaliser : si les Yéniches étaient comme les Roms, alors ils mettaient tout leur pognon dans ces signes extérieurs de richesse.

D'autres détails lui rappelèrent les Tziganes : un accordéon, une tenture brodée représentant une ville orientale et féerique, une infinité de bibelots bon marché disposés sur des étagères… Certains objets fleuraient bon la superstition, une série de statuettes noirâtres notamment faisaient froid dans le dos.

Ils s'assirent tant bien que mal autour de la table, ajoutant encore au côté encastré de l'ensemble, puis Joseph appela sa femme et lui parla dans une langue inconnue. Mme Wadoche semblait dégringoler directement des légendes passées, genre diseuse de bonne aventure ou sorcière des grands chemins. Visage émacié, teint boucané, rides profondes, longues nattes soyeuses comme celles d'un chef sioux.

Les bières arrivèrent. Niémans but une lampée et appuya sur le bouton de mise en marche :

— Joseph, raconte-nous.

Le Yéniche y alla de sa propre gorgée, faisant siffler le liquide entre ses dents serrées.

— C'était en 2000. On est plutôt du genre français mais les Alsaciens nous font tellement chier qu'on doit passer la frontière de temps en temps. On s'est trouvé un coin d'forêt tranquille près d'Fribourg. Mais c'était chez les Geyersberg.

— Comment vous pouviez y survivre ? objecta Niémans. Sur leur territoire, il n'y a aucune infrastructure.

Joseph sourit, l'air plus chafouin que nature.

— C'est c'qu'on croit mais c'est faux. Y a un peu partout des relais de chasse équipés d'arrivées d'eau et d'électricité. Ces salopards préservent leurs forêts, c'est vrai, mais toujours avec un petit coup de pouce de la « civilisation ».

— Vous vous êtes branchés sur un de ces pavillons ?

— C'était pas loin d'la route, acquiesça le chef de famille. On avait l'espace, l'eau, l'électricité, et pas un seul gadjo pour nous faire chier. C'est du moins ce qu'on croyait…

— Les hommes des Geyersberg vous sont tombés dessus ?

— On a d'abord eu droit au garde forestier, qui nous a avertis qu'on était sur une propriété privée, qu'il fallait dégager, tout ça. On a pas bougé. En Europe, avant que des flics te délogent, y peut s'passer des mois.

— Mais les Geyersberg vous ont envoyé leur milice.

Nouvelle gorgée de bière. Et toujours ce chuintement aigu qui passait entre ses lèvres.

— Y nous ont attaqués à l'aube. Y portaient des cirés kaki, des vestes noires. On aurait dit une patrouille sortie d'un film d'épouvante, le genre zombies nazis.

— Ils étaient à pied ?

— Moto.

— Quel genre ?

— J'sais pas. On avait pas la tête à discuter cylindrées.

— Quelle couleur ?

— Noires je pense. J'me souviens qu'd'un truc militaire, violent, atroce. Le retour d'une saloperie que même nous, on s'était pris à croire disparue.

— Ils vous ont parlé ?

— Pas un mot.

— Vous avez vu leurs visages ?

— Non. Y en avait avec des cagoules, d'autres avec des lunettes de moto et des casques à rebord, comme les Boches de la dernière guerre. Vraiment flippant. Ils ont d'abord cassé quelques gueules et après y z'ont foutu l'feu à nos caravanes pendant que les chiens essayaient d'nous bouffer. On s'voyait déjà avec le triangle noir des déportés tziganes cousu sur la poitrine.

— Vous vous êtes défendus ?

Joseph planta ses yeux d'ardoise dans ceux de Niémans. La haine et le chagrin devenaient d'un coup des armes blanches.

— J'ai dû mal m'faire comprendre. Ils étaient armés de fusils et de lance-flammes.

— Des lance-flammes ?

— C'est ça, mon gars. (Joseph ricana.) On a fait la seule chose possible : on a détalé comme des lapins.

Une séquence digne des Sonderkommandos dans les forêts biélorusses. Niémans entendait les chiens, voyait les flammes orange s'enrouler autour des roulottes, les hurlements des Yéniches paniqués…

— Ils ont lâché leurs chiens ?

— De drôles de chiens, j'te jure. Alors qu'ils nous gueulaient d'sus comme c'est pas possible dans le campement, ils se sont soudain arrêtés d'aboyer, filant droit sur nous comme des torpilles…

Niémans coula un regard en direction d'Ivana mais la fliquette n'osait pas sortir ses photos de röetken.

— C'est à ce moment-là que les chiens ont attaqué ta fille ?

Joseph ne répondit pas tout de suite. Au fond de sa gorge, le souvenir avait encore un goût acide. Personne n'osait plus bouger.

— Dans les bois, reprit-il enfin, la voix plus basse, c'était difficile de savoir qui était où. J'avais pris par la main ma petite gosse, Marie, et on courait droit d'vant nous. Finalement, y nous ont bloqués dans une clairière.

Une situation de chasse à courre : la bête acculée,

la panique dans ses yeux, les chiens tout autour, ivres de sang et de cruauté.

— Ils nous ont séparés et ils m'ont traîné jusqu'aux arbres, continua Joseph. Après ça, ils ont déshabillé Marie et ils l'ont laissée au milieu de la clairière. (Il s'arrêta, semblant avaler cette fois quelque chose de vraiment dégueulasse.) Alors ils ont lancé leur champion.

— C'est-à-dire ?

— Le chien qui semblait être le plus doué pour ce genre de boulot. Tout s'est passé sous mes yeux. Marie hurlait, les gars riaient, le chien s'en donnait à cœur joie, mordant dans les chairs, lui arrachant le visage, lui brisant les os.

Le silence s'imposa. Le temps restait là à traîner parmi eux, des lambeaux de terreur planant au fond des esprits.

— Quand ils sont partis, il ne restait plus de ma fille qu'une loque sanglante… V'là « l'accident » dont tu parlais.

Pour ne pas flancher, Niémans reprit aussitôt :

— Ces hommes, t'es sûr que ce sont les Geyersberg qui les ont envoyés ? Ça pouvait être juste une bande de racailles qui…

— Pas la peine d'user ta salive.

— T'as des preuves ?

— Les preuves, c'est pour les gadjé…

Niémans fit un signe insistant à Ivana, qui se décida enfin à sortir son iPad.

— Les chiens, demanda-t-elle d'une voix de papier de verre, ils ressemblaient à ça ?

Elle tendit l'écran lumineux. L'homme ne toucha pas l'appareil mais cracha sur l'image.

La fliquette essuya l'iPad avec sa manche et murmura :

— Je prends ça pour un oui.

— Des chiens de ce genre, reprit Niémans, t'en as revu depuis le drame ?

— Jamais. Mais on s'est plus jamais approchés de ces forêts.

— On a cherché la trace d'une plainte dans les archives de la police de Fribourg, on n'en a pas trouvé. Vous êtes pas allés les voir ?

— Quand les Yéniches sont chez les flics, c'est qu'ils sont derrière les barreaux.

Joseph se recula sur sa banquette et croisa les bras sur son torse en coffre. Derrière lui, on discernait à travers les vitres le campement qui avait repris ses activités. Le petit royaume de Wadoche.

— Pourquoi ces questions ? demanda-t-il en finissant d'écluser sa bière.

Niémans désigna l'iPad toujours sur la table.

— Ce chien est réapparu y a deux nuits et il a attaqué la comtesse.

Joseph éclata de rire, laissant apercevoir des dents en or qui scintillèrent dans la pénombre de la caravane comme des étoiles filantes.

— Retour à l'envoyeur !

Wadoche n'avait raconté que le premier acte de l'histoire. Niémans devinait qu'il n'en était pas resté là.

— Vous n'avez jamais cherché à vous venger ?

— Les Geyersberg sont intouchables.

— Les Geyersberg peut-être, pas les motards qui vous ont agressés.

Le rire de Joseph s'était changé en sourire intrigué, comme s'il repensait à une énigme de l'époque.

— On a jamais pu les retrouver. Ni d'ce côté-ci de la frontière, ni de l'autre. On a jamais pu recueillir la moindre info sur ces salopards. On en a parlé à toutes les familles, en Alsace et dans le Bade-Wurtemberg. Ces mecs-là n'existaient pas.

— Donc, fin de l'histoire ? demanda Niémans avec scepticisme.

— Non, fit Joseph en faisant signe à sa femme qui venait de réapparaître, à moins qu'elle n'ait jamais disparu, « complice de l'ombre et sœur du silence »...

Une nouvelle binouse se matérialisa entre ses doigts épais.

— Une autre ? demanda-t-il, en hôte irréprochable.

Dénégation générale. Ivana devait avoir la nausée, Kleinert se fossilisait sur place, et Niémans ne voulait pas en perdre une miette, c'était la dernière ligne droite.

— On a appelé la sorcière.

Niémans sourit. Les Yéniches et les Roms, même combat : ils avaient beau avoir des antennes satellite sur le toit de leur caravane et s'être façonné une image moderne, pour ce qui était des croyances, rien n'avait bougé.

— Elle est très connue chez nous, enchaîna Joseph le plus sérieusement du monde. Pendant son sommeil, elle voyage dans le monde des morts. Elle en ramène des forces terribles, des puissances noires qu'elle peut orienter sur les vivants…

Niémans considéra les bibelots sur les étagères. La moitié d'entre eux devaient être dotés de pouvoirs. Il se demanda si les femmes yéniches enceintes, comme les Romni, portaient sur leur poitrine des dents d'ours pour rendre leur enfant plus fort.

— On lui a demandé de jeter un sort sur les Geyersberg. Question d'équilibre : les salopards avaient détruit notre famille, la malédiction devait recadrer les choses.

*On a perdu l'Allemand*, se dit Niémans en voyant la mine interloquée de Kleinert.

— La vieille nous a dit que c'était pas la peine. Qu'ils étaient déjà maudits…

— Dans quel sens ?

— La mort était sur eux.

Niémans sentait un frémissement dans son corps. Quelque chose de capital était en train de se passer.

— Explique-toi, ordonna-t-il.

— À chaque génération, les Geyersberg perdent un fils encore jeune…

Après la mort de Jürgen et de Max, ces paroles prenaient une résonance particulière.

— Qu'a-t-elle dit d'autre ?

— Rien, et ça m'a suffi. J'ai lu dans le journal qu'un fils Geyersberg a été assassiné. La vieille s'est donc pas trompée, non ?

Joseph leur adressa un clin d'œil goguenard – il avait déjà bu la moitié de sa seconde bouteille. Effet du carburant : ses traits durs semblaient se détendre.

Tout à coup, il se mit en devoir de se désencastrer du coin salon : l'entrevue était terminée. Les visiteurs l'imitèrent et jouèrent des coudes jusqu'à la porte.

Dehors, flottait dans l'air un étrange parfum de sympathie entre ce caïd brisé et ces trois flics complètement perdus. Ils se saluaient mutuellement, comme dans un rêve, quand une ombre passa sur le visage de Joseph. Les trois flics se retournèrent. Une femme d'une trentaine d'années se tenait devant eux, entourée de petits enfants.

Son âge n'était qu'une hypothèse car elle n'avait plus de visage. Sa figure s'arrêtait à la mâchoire supérieure. Dessous, ce n'était plus que béances ridées et ligaments de peau couturée. La moitié gauche de la face était froissée comme du papier kraft. L'œil manquait de ce côté et la tempe, sous les cheveux blonds, portait la trace d'une crevasse profonde.

— Marie, ma fille, fit Joseph d'une voix tranquille.

Au-delà de l'horreur, Niémans éprouva une satisfaction rétroactive d'avoir abattu une des bêtes capables d'un tel ravage. Il se souvint qu'on les avait toutes éliminées après la Seconde Guerre mondiale comme on éradique un fléau ou un gène dangereux.

Si aujourd'hui il en subsistait quelques-unes, il était candidat pour achever le boulot.

# 38

— Je refuse de me mettre à la recherche d'une sorcière, prévint Kleinert.

— Pas la peine. Il suffit de vérifier ce qu'elle a raconté. Niémans conduisait avec calme (le contact physique avec sa Volvo l'apaisait). Kleinert semblait au bout du rouleau. Assise à l'arrière, Ivana était aussi sous le choc du visage de Marie. Ça n'allait plus du tout. Quand elle essayait de chasser cette image, elle revoyait sa main à elle coincée sous la chaîne de la moto, ses doigts prêts à être coupés net par le levier du kick. On n'en était pas arrivés là mais la douleur de ce non-événement la démangeait comme le bras absent d'un manchot.

— Comment vous pouvez croire à des histoires pareilles ? continuait l'Allemand.

— Peut-être existe-t-il des faits derrière cette rumeur.

Ivana n'aurait su dire ce qu'elle en pensait, elle. D'instinct, elle faisait confiance à Niémans, mais le témoignage indirect d'une sorcière, franchement…

— C'est une enquête de cinglés, grogna encore

Kleinert. Des victimes qu'on mutile comme des animaux. Un suspect qui est un chien. Et maintenant une sorcière comme témoin…

— Faut s'adapter, Kleinert. D'ailleurs, c'est tout ce qu'on a.

Ivana ouvrit sa vitre, prit une grande bouffée d'air chargé de résine et se décida à exposer une théorie qui lui trottait dans la tête depuis un moment :

— Quelque chose ne cadre pas dans cette histoire.

— Une seule, t'es sûre ? ricana Niémans.

— Vous pensez que le groupe VG a formé une brigade à la manière du Sonderkommando ?

— Oui.

— Pour quoi faire ?

— Je sais pas trop. Des boulots de gros bras.

— Admettons que cette milice travaille pour les Geyersberg, pourquoi tueraient-ils aujourd'hui les héritiers du groupe ?

— C'est ce qu'on doit découvrir. Je n'exclus pas non plus qu'ils exécutent des ordres.

— De qui ? intervint Kleinert.

— Du vieux Franz.

— Il est en chaise roulante !

— Et alors ?

Le silence se referma sur ses paroles. Personne n'adhérait à cette théorie.

— De toute façon, ajouta Niémans, le tueur de Jürgen et de Max n'est peut-être pas un Chasseur noir.

— Allons bon, dit Kleinert, qui semblait avoir dépassé son seuil de tolérance. Pourquoi on leur court après alors ?

— Y a un lien, j'en suis sûr.

Ivana, qui, à force de respirer de grandes goulées ensoleillées, se sentait mieux, demanda :

— Où on en est des braconniers, des ex-taulards, etc. ?

— Mes hommes y bossent.

— Les associations de Franz ?

— Pareil.

— Faut vérifier dans l'histoire du groupe s'il n'y a pas eu d'autres bavures du style de celle des Wadoche.

— S'il y en avait eu, on serait déjà tombés dessus.

— Peut-être pas. Le groupe VG pourrait avoir enterré les faits qui fâchent…

Ivana ne répondit pas : à ce compte-là, tout était possible. Quant à Kleinert, son expression parlait d'elle-même, il refusait l'idée qu'on puisse, dans sa région, recycler des vieux nazis, donner des enfants à bouffer aux chiens et décapiter des héritiers en pleine forêt.

Ils arrivaient à Fribourg. Ivana en éprouva un frisson chaleureux. Elle commençait à aimer cette ville. Plus que les arbres, les collines boisées ou les maisons à colombages, c'était son atmosphère écolo qui la ravissait. Un jour, les voitures seraient oubliées, l'énergie recyclée, la terre régénérée, et chacun vivrait comme à Fribourg-en-Brisgau…

— Côté Max, reprit Niémans, ça donne quoi ?

— L'autopsie est en cours. On n'a rien trouvé sur la scène de crime.

La Kriminalpolizeidirektion était un édifice couleur crème de marron qui, avec ses fenêtres alignées comme des galons de tissu, son toit-terrasse et ses angles arrondis, évoquait plutôt une usine des années 30. Pourtant, le bâtiment inspirait confiance. Un bastion édifié au nom de l'ordre et de la loi.

Contrairement à pas mal de flics de terrain, Ivana aimait les moments où les recherches se passent derrière un ordinateur, au fond d'un bureau anonyme.

Niémans coupa le contact et avertit Kleinert :

— Il est près de midi. On a plus que quelques heures pour trouver quelque chose.

— Mes hommes n'ont pas fermé l'œil.

— Ils dormiront quand les gars de la Crime arriveront. Rien de neuf sur les Norton ?

— Je vais voir ça tout de suite.

— Super, dit Niémans sur un ton qui signifiait le contraire.

Il se tourna vers Ivana.

— Toi, tu me retrouves ces putains de clébards… Si un élevage existe, il est impossible que personne n'en ait jamais entendu parler, ne seraient-ce que les vétos…

Ce n'était pas l'angle qu'elle préférait mais après tout, ces chiens étaient une vraie piste, chaude, vivante, odorante. Même s'ils avaient depuis le début le vent de face, elle devait pouvoir retrouver quelques traces d'une telle présence.

— Et vous ? demanda-t-elle comme chaque fois qu'elle se sentait cantonnée à une corvée.

— Moi ? Je vais faire un peu de généalogie.

Il les laissa descendre de la Volvo et repartit en douceur, à la manière d'une idée qui fait son chemin au fond d'un cerveau.

# 39

Au premier étage, Kleinert expliqua à Ivana qu'il l'installait dans son propre bureau, « pour des raisons de commodité ». Elle ne voyait pas trop ce qu'il voulait dire, sinon qu'il souhaitait la garder à portée de main. Dans un autre contexte, elle aurait pris ça pour un signe de défiance mais elle préféra se laisser aller à une rêverie synchronisée.

Tout marié qu'il était, Kleinert lui tournait autour comme un puceau autour de la crémière. Que voulait-il au juste ? Un coup rapide ? Une relation platonique le temps de l'enquête ? Ou éprouvait-il un vrai « coup de foudre en Forêt-Noire » façon téléfilm ?

Elle brancha son ordinateur, mit à charger son iPad et son téléphone, déblaya les dossiers qui traînaient sur le bureau. Avant d'appeler les vétos de la région, et éventuellement d'autres chenils, elle voulait contacter un vieux camarade de la brigade canine de Neuilly-sur-Marne.

— J'ai quelque chose, dit soudain Kleinert, alors qu'il n'était même pas encore assis.

En un coup d'œil, il venait de vérifier ses mails et il brassait les feuillets que ses hommes lui avaient déposés dans la matinée.

Il s'approcha du bureau d'Ivana, une liasse en main.

— C'est quoi ?

— Une des fondations de Franz von Geyersberg, « Schwarzes Blut ».

Sang noir. Un nom qui collait bien à l'enquête.

Kleinert se pencha vers Ivana et montra ses feuillets.

— D'après mes gars, cette association s'occupe des forêts de la famille. Les noms des salariés matchent avec d'autres recherches que nous avons menées.

— Lesquelles ?

— Celles qui concernent les braconniers qui ont fait de la taule dans le Bade-Wurtemberg.

— Vous voulez dire…

— Visiblement, Franz engage des gars pas très… catholiques.

Ivana feuilleta la liasse – tout était écrit en allemand.

— Quel est leur boulot au juste ?

— Chasseurs.

— Ce ne sont pas les Geyersberg qui chassent ?

— Les serviteurs font d'abord le ménage. Ces repris de justice « prélèvent », comme on dit. Ils tuent des bêtes selon un certain quota, par classes d'âge notamment, afin que le gibier restant puisse se nourrir et se déplacer en toute mobilité.

— Pour être tué lui aussi…

Kleinert se décida à s'asseoir à demi sur le bureau d'Ivana. Il n'était plus qu'à quelques dizaines de centimètres d'elle.

— Ne soyez pas aussi… lourdement militante, dit-il sur un ton gentiment réprobateur. S'il n'y avait pas ces chasseurs, la famine et les parasites frapperaient la population. La logique de la nature, c'est la sélection naturelle. Il n'y a pas de place pour tout le monde.

Chaque fois que Kleinert s'exprimait, Ivana était surprise par la qualité de sa syntaxe et la richesse de son vocabulaire. Ce type lui plaisait, physiquement d'abord, mais aussi intellectuellement. Rien à voir avec les voyous illettrés qu'elle s'était farcis du temps des cités, ni avec les flics divorcés dont elle partageait le lit aujourd'hui.

Kleinert se pencha encore. Elle pouvait voir sa propre tignasse rousse dans ses petites lunettes : une flamme dans chaque cercle de verre.

— Croyez-moi, ces forestiers savent ce qu'ils font, insista-t-il. Ces bêtes bien nourries disposent des meilleurs atouts au moment du combat.

Ivana tressaillit.

— De quel combat parlez-vous au juste ?

— De la pirsch, bien sûr. Schwarzes Blut prépare les forêts pour pouvoir pratiquer la meilleure chasse à l'approche.

Elle reprit la liasse et la survola, le mot « pirsch » apparaissait quasiment à chaque ligne.

— Ça a l'air de vous tracasser, remarqua Kleinert.

— Jürgen pratiquait la chasse à l'approche, mais

Laura nous a dit qu'elle n'avait plus le temps pour cette discipline. Franz, dans sa chaise roulante, ne risque pas d'aller loin en forêt. Pour qui préparent-ils au juste ces forêts ?

— Max et Udo ?

— Ça me semble beaucoup d'efforts pour peu de gens.

— Les Geyersberg ne sont pas des gens ordinaires.

Elle était sûre qu'il y avait quelque chose à gratter de ce côté, peut-être que le clan invitait des amis et pratiquait d'autres types de chasse. Le terrain de jeu était trop vaste pour ne pas être utilisé plus souvent…

— Je voulais aussi vous montrer un autre point étrange, reprit Kleinert en tournant les pages entre les mains d'Ivana – volontairement ou non, leurs doigts se touchèrent. Les Geyersberg ont passé un accord avec le Land. Ils peuvent délivrer eux-mêmes des permis de port d'armes, notamment à leurs propres gars, dont certains sortent de taule.

Ivana n'avait pas besoin d'explications supplémentaires : en Allemagne comme en France, avoir fait de la prison était rédhibitoire pour posséder une arme à feu. Ainsi, les Geyersberg pouvaient réarmer les racailles qu'ils embauchaient.

— C'est pas tout, ils louent ces chasseurs à d'autres propriétaires qui ont du gibier à prélever. Autrement dit, les hommes embauchés par l'association sont des sortes de tueurs à gages. Leur boulot, c'est d'éliminer les animaux en surplus dans les territoires avoisinants.

Sur la dernière page du rapport, une liste de noms

se déroulait, sans doute ceux de ces professionnels, des braconniers, des anciens taulards, des bêtes de guerre…

Pas besoin de beaucoup d'imagination pour deviner que ces gars étaient leurs agresseurs de la veille. L'analogie avec les Chasseurs noirs était aussi aisée à développer. Ils étaient payés pour effectuer des carnages dans les forêts, comme les hommes de Dirlewanger massacraient des villages entiers.

— Il faut les convoquer, conclut-elle. Les passer au gril. Et vérifier s'ils n'ont pas acheté des Norton.

— Merci du conseil, dit Kleinert en se relevant.

— Il nous reste l'après-midi pour trouver un fait décisif, continua-t-elle d'une voix sèche. Je retourne à mes chiens.

En réalité, elle avait une autre urgence à régler : briser le charme lancinant qui flottait dans cette pièce. *Sois pro, nom de Dieu.*

— On pourrait peut-être prendre le temps de boire un thé, non ?

Ses efforts de flic incorruptible fondirent en un sourire. Encore une fois, elle se sentit rougir.

À Fribourg-en-Brisgau, elle vivait de plus en plus dangereusement.

# 40

Niémans n'avait pas eu à chercher loin. Il connaissait l'un des plus célèbres généalogistes de Paris et l'avait appelé pour savoir si, par hasard, un alter ego n'officiait pas de ce côté-ci du Rhin. L'autre n'avait pas hésité une seconde : Rainer Czukay, un expert de premier plan, qui multipliait les conférences et connaissait la moindre souche familiale du Bade-Wurtemberg.

Le chercheur lui avait donné son adresse : quartier Vauban à Fribourg-en-Brisgau, à un kilomètre de la Kriminalpolizeidirektion. Niémans avait pris sa voiture mais avait dû s'arrêter rapidement : les rues ici étaient piétonnières.

C'était un quartier célèbre de la ville : une série de baraques peintes en bleu, jaune ou rouge, fonctionnant exclusivement à l'énergie solaire. Ivana, des paillettes dans les yeux, lui en avait touché un mot la veille. Des bénévoles avaient construit cette cité du futur. Des poubelles à compost un peu partout, des jardins sur les toits, des arbres qui semblaient prêts à avaler maisons et trottoirs, et bien sûr, pas une seule bagnole à l'horizon.

Niémans savait que tout ça représentait l'avenir mais cet avenir-là ne le faisait pas rigoler. Il ressentait une sourde pression, une sorte de Big Brother invisible derrière chacune de ces initiatives vertes, la pire dictature qui soit puisqu'elle avait raison. Et il était secrètement heureux à l'idée de quitter cette terre avant que chacun ne devienne herbivore et recycle l'énergie de ses propres pets.

Marchant les mains dans les poches, percevant distraitement les sonnettes de vélo et le ronronnement lointain du tramway, Niémans réfléchissait aux paroles de Joseph. À l'évocation de la sorcière et de la malédiction des Geyersberg, il avait tout de suite ressenti son « déclic des profondeurs ». Cette légende avait un lien avec les deux meurtres d'aujourd'hui. Il ne savait pas encore lequel mais ce n'était pas un fait périphérique.

La maison de Czukay était un immeuble de deux étages en bois non traité peint en bleu qui évoquait une baraque de fête foraine. Sur les marches du porche, l'ombre portée des tilleuls était comme une flaque frémissante, légère et brillante à la fois.

Il trouva l'interphone et sonna. Il s'était fendu d'un coup de fil pour prévenir son hôte et avait constaté, comme il l'espérait, que le généalogiste parlait français. Depuis le départ, c'était un coup de bol récurrent. La proximité avec la frontière sans doute. Quelques kilomètres plus à l'est et il n'aurait pas pu enquêter sur grand-chose…

Montant les marches, Niémans se concentra et se remémora ce que lui avait dit son pote parisien : Czukay cumulait deux casquettes qui n'avaient rien à voir. Généalogiste, il était aussi rebouteux. Plus curieux encore, il s'était spécialisé dans les blessés du sport et les traumatisés du SM. Il avait soigné quantité de dominés, dont les dominants y étaient allés un peu trop fort.

La porte s'ouvrit. Rainer Czukay ne ressemblait ni à un généalogiste ni à un maître SM. Il avait plutôt l'allure d'un paysan à l'ancienne. Petit, très large, il portait un pull noir ras du cou et un pantalon de toile bleue de jardinier. Avec ses larges mains calleuses, il avait vraiment l'air de sortir d'un roman d'Henri Bosco.

Sans un mot, l'homme le fit entrer. Difficile de lui donner un âge. Sa coupe courte et argentée évoquait un casque en aluminium et sa peau crayeuse ne portait aucune ride. Globalement, il ressemblait à un crapaud. Un visage camus, de gros yeux gris et globuleux sous des sourcils épais comme des tonnelles, un goitre prêt à émettre des coassements nocturnes.

Ils traversèrent une salle d'attente où s'alignaient quelques chaises et où des animaux empaillés montraient les dents : un renard, une fouine, un castor… Leurs yeux de verre semblaient littéralement leur sortir de la tête.

Ils trouvèrent ensuite une pièce occupée par une table d'examen et un bureau décati. Planaient ici des odeurs bizarres, un mélange d'alcool, de poivre et de fruits. Niémans songea à un cocktail Molotov, version végétale.

— Vous avez connu Jürgen ? demanda-t-il de but en blanc.

Le rebouteux s'arrêta au milieu de la pièce, entre la table et le bureau.

— Vous me demandez ça à cause de ses tendances SM ?

— On m'a dit…

— Je sais ce qu'on vous a dit et ce sont des bêtises. J'ai soigné un jour une femme qui s'était fait attacher et qui souffrait de luxation. Elle a guéri et on a raconté qu'après ça, ses « sensations » avaient augmenté. De la pure fumée sans feu.

— Vous en avez soigné d'autres, non ?

— De ce genre-là ? Bien sûr, je suis devenu culte dans ce milieu. Ils viennent même de Stuttgart. Mais ce n'est pas mon fonds de commerce.

— Qui sont vos autres patients ?

— Les gens de Fribourg. Ils raffolent de mon pouvoir magnétique. (Il tendit ses grosses mains qui ressemblaient à des parpaings.) Pour eux, je suis une énergie naturelle parmi d'autres.

— Vous avez soigné Jürgen von Geyersberg ou non ? insista Niémans.

— Je croyais que vous vouliez me parler de généalogie.

— Tout est lié.

— Je ne l'ai jamais rencontré, non. Une fois, j'ai traité une femme qu'il avait attachée.

— Il l'avait blessée ?

— Non. La séance avait duré trop longtemps, c'est tout. La fille avait fini par avoir des problèmes de circulation. Rien de grave. Une ou deux séances ont suffi pour qu'elle récupère ses facultés motrices.

Du même ton neutre, l'homme carré continua :

— J'ai lu dans les journaux ce qui lui était arrivé. C'est atroce. Ce matin, à la radio, ils ont annoncé qu'un autre cadavre avait été retrouvé, c'est vrai ?

Niémans répondit en quelques mots. Vraiment le minimum syndical.

— Dans le milieu SM, que disait-on de Jürgen ?

— Rien de spécial. Il pratiquait le shibari mais il aimait aussi être attaché.

— C'était plutôt un dominant ?

— Non, un dominé. Mais il changeait de camp de temps en temps. Ce qui est assez rare dans ce monde-là.

Niémans se demandait s'il n'avait pas raté le coche du côté des goûts de Jürgen – par nature, ce genre de délires l'emmerdaient. Quand on passe sa vie dans la vraie violence, les guignols qui jouent à se faire mal vous tapent sur les nerfs.

— Je voulais surtout vous parler de l'histoire des Geyersberg.

Le visage de Czukay s'éclaira. Il tendit son bras vers une autre porte.

— Venez avec moi. J'ai tout préparé dans mon bureau.

# 41

Le repaire du « Czukay généalogiste » semblait construit en papier. Chaque mur était couvert de dossiers, de cartons, de classeurs. Le sol supportait des colonnes de chemises, de soufflets toilés. Des livres s'encastraient dans les angles, se calaient dans le moindre interstice. Mais au centre, deux grandes tables se déployaient, absolument vides.

Dans un coin, un bureau en fer se faisait petit, dominé par les maîtres des lieux : ces tonnes de dossiers ficelés, jaunâtres, inextricables, qui racontaient l'histoire des familles du Bade-Wurtemberg. Un ordinateur relié à des disques durs faisait aussi acte de présence mais on devinait que la technologie était ici en minorité. Seul comptait le papier, le vrai, celui qui moisit et peluche sous les doigts.

Czukay contourna la première table et s'arrêta au pied de la deuxième, où une cantine en métal les attendait. Un genou au sol, il l'ouvrit et y plongea jusqu'à la poitrine. Il en sortit un dossier et le posa sur la table vernie.

— Toute l'histoire des Geyersberg. Une famille dont on peut remonter la trace au moins jusqu'au temps de la Réforme, et dont les générations se confondent avec la genèse du Bade-Wurtemberg. Que voulez-vous savoir ?

Niémans ôta son manteau. La chaleur dans cette pièce stagnait comme la poussière, lourde et immobile.

— Je peux ? demanda-t-il en faisant mine de poser sa pelure sur une colonne de livres.

— Bien sûr. À la longue, ces bouquins sont devenus des meubles.

Le flic prit son souffle – l'origine de son tuyau laissait vraiment à désirer.

— J'ai entendu parler d'une rumeur, commença-t-il. À chaque génération, les Geyersberg auraient perdu prématurément un de leurs fils. Qu'en pensez-vous ? Y a-t-il le moindre fondement à cette légende ?

Czukay s'était assis sur une pile de livres, les mains posées sur ses cuisses, à la manière d'un maquignon prêt à fourguer un vieux canasson.

— Ce n'est pas une légende, déclara-t-il. C'est la stricte vérité.

L'homme se releva et ouvrit son dossier. Une odeur de grenier s'invita à la table.

— Chaque génération a eu sa mort mystérieuse…

Il saisit une pochette plastique contenant des coupures de presse, une sorte de press-book consacré au clan des VG. Il y glissa la main et y pêcha un article découpé.

— Par exemple, dit-il en posant délicatement le carré de papier sur la table, Herbert von Geyersberg, le père de Max et d'Udo, a disparu au large des îles Grenadines, en 1988, sur son voilier.

Nouvelle pioche :

— Si on remonte une génération, en 1966, Dietrich von Geyersberg, le frère aîné de Wolfgang, le grand patron de VG, s'est dématérialisé sans laisser de traces.

— Qu'est-ce que vous voulez dire ?

Le chercheur tendit sa coupure, du papier taché d'ocre qui sentait bon les deux Allemagnes, le mur de Berlin, la guerre froide.

— Il s'est évaporé, tout simplement.

— On l'a tué ?

— C'est une des hypothèses mais on n'a jamais retrouvé son corps. On a aussi dit qu'il était communiste et qu'il était passé à l'Est. Peu probable. Une autre théorie veut qu'il n'ait plus supporté ses responsabilités au sein de la famille. Il aurait fugué… à jamais.

Déjà, Czukay plongeait de nouveau les doigts dans l'enveloppe.

— Remontons encore. En 1943, Helmut meurt en France à la suite d'un sabotage ferroviaire de la Résistance française. C'est du moins ce qu'on a supposé car jamais son corps n'a été identifié. Un an plus tard, son cousin, Thomas, est porté disparu en France lors du débarquement américain. Ils avaient respectivement 31 et 29 ans.

Ces disparitions étaient de notoriété publique. Or

personne ne semblait avoir noté la récurrence de ces situations. Personne, excepté une sorcière yéniche ?

— Vous avez fait des recherches… antérieures ?

Des documents administratifs, écrits à la plume cette fois, se matérialisèrent sur la table.

— Un autre Geyersberg, Richard, le frère de Dietrich, s'est évaporé lors de la bataille de la Somme en 1916, alors qu'un autre cousin était emporté dans une rivière près de Liège.

— On a retrouvé les corps ?

— Je ne crois pas, non.

Niémans considérait tous les articles disposés devant lui. Le puzzle de la malédiction Geyersberg. Il était tentant de conclure que cette damnation se résumait à des rivalités familiales réglées au couteau ou au fusil au fond d'un bois. Mais impossible de supposer qu'à chaque génération, la même dispute se soit produite, avec les mêmes protagonistes, se soldant à chaque fois par un meurtre, puis par un corps escamoté.

— Je pourrais avoir des copies de ces documents ?

Rainer Czukay afficha un large sourire.

— Je vous les ai déjà préparées. Les pièces maîtresses qui vous permettront de comprendre le principe.

— Quel principe ?

Au fond de sa cantine, Czukay attrapa un bloc et un crayon : le chercheur savait qu'il aurait l'occasion d'exposer sa théorie.

— Vous avez déjà vu un arbre généalogique, n'est-ce pas ? demanda-t-il en traçant sur la feuille un schéma dont chaque trait vertical s'ouvrait sur plusieurs branches, elles-mêmes se démultipliant en deux ou trois autres.

Il écrivit les noms qui composaient les différents degrés de la famille.

— Ce qui est frappant ici, c'est la symétrie des disparitions. À chaque génération, une branche s'efface. (Il tira un trait sur le nom des décédés.) Comme si le destin avait statué qu'il n'y avait pas assez de place pour tous les héritiers.

Niémans observa l'arbre en silence. Le soupçon lui vint d'un système en coupe, une sorte de défrichage éliminant chaque fois un Geyersberg.

Le maillon faible ?

Ou au contraire le fils révolté ?

Une autre hypothèse s'ajouta : c'étaient les Chasseurs noirs qui se chargeaient de la corvée de bois…

Non, ça ne tenait pas. Les Sonderkommandos n'étaient apparus que dans les années 40 et les disparitions des Geyersberg remontaient à bien plus loin…

Mais il le sentait, il brûlait… Le noyau incandescent de toute l'affaire était là, tout près.

Il attrapa son manteau, il voulait maintenant mûrir ce qu'il venait d'apprendre.

Au lieu de serrer la main à son interlocuteur, il fourra les siennes dans ses poches. Il ne voulait pas toucher les doigts d'un homme qui avait un pouvoir magnétique.

— Merci, professeur. Vous m'avez beaucoup aidé.

## 42

Un scoop chasse l'autre. Ivana avait dégoté une information de premier ordre, mais voilà que Niémans déboulait d'on ne sait où avec du chaud-bouillant. Enfin, selon lui…

Il dessinait maintenant nerveusement des arbres généalogiques sur son paperboard et leur expliquait que la malédiction des Geyersberg existait bel et bien.

— Selon le spécialiste que j'ai interrogé, commenta-t-il, à chaque génération, un héritier disparaît vers la trentaine, dans des circonstances confuses. On ne retrouve jamais son corps.

Ivana, tenant à deux mains son gobelet de thé, admirait son mentor. Encore une fois, Niémans avait vu juste. Contre toute attente, les délires d'un Yéniche et d'une sorcière s'avéraient fondés et ouvraient de nouvelles voies à l'enquête.

Kleinert, qui ressemblait de plus en plus à un gars en bateau qui n'a pas le pied marin, intervint :

— Vous voulez dire… qu'ils ont été éliminés à chaque fois ?

Niémans reboucha son feutre d'un air satisfait – il avait conservé quelques tics de prof (contrairement à ce qu'il racontait, il avait adoré être enseignant).

— Trop tôt pour en être sûr, mais on peut envisager qu'ils aient été assassinés, oui, comme Jürgen et Max.

— Les Geyersberg cacheraient ces meurtres en faisant disparaître les cadavres ?

— Ça paraît dingue mais c'est ce que je pense…

— Ils tueraient eux-mêmes leurs héritiers ?

Niémans se planta face aux tables derrière lesquelles étaient assis Kleinert et Ivana. Jambes écartées, mains dans le dos, son numéro était au point.

— Je ne crois pas, non. En revanche, ils ont une raison secrète d'accepter le sacrifice d'un des leurs.

Cette fois-ci, Kleinert se leva.

— C'est vraiment n'importe quoi.

Niémans, qui n'avait pas quitté son manteau (encore une pose d'acteur), tendit son index et monta la voix :

— Mais cette fois-ci, quelque chose a déconné et on a découvert les dépouilles !

Marchant vers la fenêtre, Kleinert lança un regard par-dessus son épaule à Ivana, l'air de dire : « Votre cador, il est bon à enfermer. » Mais elle refusa cette complicité, elle était du côté de Niémans, quoi qu'il raconte.

— Et qui tuerait ces héritiers, selon vous ?

Niémans laissa retomber ses bras.

— Aucune idée.

Le silence qui suivit donna un point gagnant à

Kleinert. Le flic français avait promis une montagne et il accouchait d'un courant d'air.

Histoire de conserver la main, Niémans s'adressa à Ivana :

— Ton info importante, c'était quoi ?

Elle feuilleta son bloc.

— J'ai appelé un de mes potes de la brigade canine de Neuilly-sur-Marne. Selon lui, les röetken souffrent souvent d'un défaut génétique d'absorption du zinc.

— Et alors ?

Ivana parcourut rapidement ses notes.

— Ils doivent prendre un médicament spécifique, une supplémentation en zinc, qu'on commande chez les vétos ou en pharmacie… Si quelqu'un élève des röetken dans la région, il achète forcément ce genre de produit.

Niémans s'adressa à Kleinert, qui restait près de la fenêtre comme au-dessus d'un bastingage :

— Il faut appeler tous les vétos de la région.

— On est déjà dessus. Mes gars contactent aussi les pharmacies.

— Kleinert, dit-il plus posément en s'approchant de son collègue, c'est pas le moment de mollir. Les gars de Stuttgart sont arrivés ?

— Dans une heure ou deux.

— Il faut choper le maximum d'infos avant qu'ils déboulent !

Kleinert releva la tête, l'œil provocateur.

— Et vous leur donnerez ?

Niémans ne répondit pas. Il était clair qu'il voulait

achever l'enquête lui-même, et Ivana était d'accord. L'assassin de la forêt était pour eux.

Kleinert profita de l'indécision pour prendre la parole – après tout, lui aussi avait du neuf. Il présenta en quelques mots la fondation Schwarzes Blut et soumit à Niémans la liste de ses chasseurs : pour la plupart, des repris de justice multirécidivistes.

— Ce sont eux, murmura Niémans en parcourant les pedigrees, aucun doute. Vous les avez interrogés ?

— Niémans, arrêtez de parler comme si le temps était élastique. On a obtenu ces informations il y a une heure. Tout ce qu'on peut faire, c'est convoquer ces gars au poste et…

— On n'a pas le temps de prendre des pincettes.

— On doit respecter la procédure. C'est le minimum pour un flic, non ?

Niémans soupira bruyamment.

— Et le vieux Franz, vous avez gratté sur lui ?

— Vous voulez parler de votre suspect numéro un ? demanda Kleinert sur un ton ironique. Il a un alibi pour les deux meurtres. Et d'ailleurs, les roues de son fauteuil ne sont pas équipées pour le cross.

— Très drôle. Et l'origine de son handicap ?

— Il n'a pas menti : une balle a touché sa moelle épinière quand il avait 17 ans lors d'une partie de chasse.

— Le dossier ne mentionne pas le coupable ?

— L'enquête a conclu à un accident.

— Ça fait donc de lui un suspect solide. Le seul qui ait un mobile pour se venger de Ferdinand, via ses enfants, en s'inspirant de la pirsch.

— Il n'a pas été touché dans le cadre d'une chasse à l'approche mais lors d'une battue.

— Vous voyez très bien ce que je veux dire.

— Non, depuis le départ, vous nous emmerdez avec la pirsch, et maintenant, on doit oublier que Franz a été victime d'un banal accident de chasse, entouré d'une trentaine de personnes.

Niémans se dirigea vers la porte.

— Les Chasseurs noirs, les accidents de chasse, la pirsch, secouez tout ça et trouvez-moi quelque chose avant l'arrivée des gars de la Crime !

— Où vous allez ? hurla carrément Ivana, comme si on l'abandonnait encore une fois.

Niémans cracha par-dessus son épaule :

— Dire un mot à la comtesse. Elle nous enfume depuis le début.

Il sortit en claquant la porte.

Sans doute éprouvait-il le plaisir vicieux de les abandonner à leur sort, avec pour toute consigne un briefing incompréhensible.

Mais Ivana et Kleinert se sourirent, plutôt heureux de se retrouver à nouveau ensemble.

## 43

Il imaginait une famille prête à sacrifier un de ses héritiers au nom d'un accord avec le diable. Il imaginait des Chasseurs noirs avant les Chasseurs noirs, remontant au XVII$^{e}$ siècle ou plus loin encore. Il imaginait des chasses du comte Zaroff, dont le gibier serait humain. Il imaginait…

Niémans se concentra sur la route. Au-dessus des bois, le ciel offrait une gamme de gris inouïs – fer, acier, inox… De multiples brillances et le soleil derrière pour faire briller tout ça.

Le flic frissonna. Il courait dans la plaine qui descendait derrière la maison de ses grands-parents. Réglisse lui battait les jambes, à l'unisson avec son cœur qui marquait les palpitations de l'orage…

Il dut montrer son badge aux nouveaux vigiles avant de s'engager dans le sentier qui menait à la Villa de Verre. Il retrouva la cour, la maison-aquarium, les pelouses… En cet instant, tout prenait l'allure d'un sanctuaire. Les cailloux gris lui rappelaient les graviers d'un cimetière et les lignes dures de la Villa de Verre, un immense mausolée. Il se souvint du dîner avec les deux frères débiles et vit en superposition le corps roulé dans les feuilles humides, la tête terreuse posée non loin de là, le brin de chêne entre les dents…

Le 4 × 4 de Laura était là, bon point.

Il sonna en s'attendant à ce qu'elle lui ouvre en personne. Un larbin apparut et lui annonça en anglais, avec une sorte de patate chaude dans la bouche, que « Madame la comtesse n'était pas là ». Niémans l'empoigna et le colla contre le châssis de la porte. Il obtint rapidement des précisions : Laura von Geyersberg était partie se recueillir dans la chapelle au fond du parc.

Passé la lisière de la forêt, Niémans emprunta le sentier qui s'enfouissait sous les sapins. Aussitôt, un parfum d'écorce et de feuilles s'éleva de partout à la fois, comme si d'immenses arbres venaient d'avoir été coupés. Il imaginait des coulées de sève se glissant sous les mousses et les fougères, des particules de sciure mouchetant les buissons. Quand il levait les yeux, il pouvait apercevoir, à travers les frondaisons, le ciel sourd, fermé, verrouillant ces odeurs comme sous un gigantesque dôme vert-de-gris.

Une espèce de rosée pigmentait l'atmosphère et il se sentait trempé, mais de l'intérieur, devenu poreux au sein de ce monde d'eau et de senteurs. Il avait froid. Il releva son col, fourra les mains dans ses poches et commença à jeter des regards inquiets de droite à gauche. Les buissons noirs se transformaient en blocs de marbre, les taillis se hérissaient comme des pics de granit. Il grelotta encore. Pas de froid : de peur.

Enfin il comprit : ce chemin était celui du röetken. D'un coup, il fut enveloppé, serré, imprégné par un horrible vêtement fait de poils ras, de chairs sanglantes, de souffle chaud. Le röetken était là, plus diffus, plus pénétrant que la bruine transparente.

Ce chien et tous les chiens étaient en lui, prêts à lui dévorer le cerveau, à lui arracher les organes. Il accéléra le pas, la trouille au ventre. Réglisse était sur ses pas.

La chapelle le sauva. Non pas un édifice en pierre mais une stavkirke, une de ces églises en bois debout qu'on trouve en Norvège ou sur les côtes de la mer Baltique.

Le bâtiment semblait construit en Kapla et composé de plusieurs chapelles superposées, s'amenuisant jusqu'à finir en un clocher en forme de crayon taillé très fin.

Il connaissait ces chapelles, il avait toujours voulu organiser un voyage autour de ces curiosités. Mieux vaut tard que jamais : il en avait une devant lui. Retrouvant souffle et lucidité, il s'approcha avec précaution. À travers les fenêtres aussi étroites que des rainures de parquet, la lumière des cierges vacillait.

La porte n'était pas verrouillée. Il la poussa, s'attendant à provoquer d'horribles grincements. Un silence huilé lui répondit. À l'intérieur, une odeur de pin lui emplit les narines et lui monta directement au cerveau. Sol, plafond, murs, tout avait la couleur blanche et pure de planches fraîchement coupées.

Quelques pas encore.

Des bancs de bois striaient l'espace, évoquant la foi

simple et roide des luthériens. Des âmes à genoux, des cœurs la tête haute… Au fond, à gauche de l'autel, un portique soutenait des dizaines de cierges dont la flamme donnait à chaque détail une couleur de miel. Niémans sentait cette délicate contradiction, cette secrète discorde entre le bois et la flamme. Une bougie par terre, et l'édifice aurait été réduit en cendres…

Laura était agenouillée à droite de l'autel. De dos, elle semblait penchée auprès d'une source vive et cachée. Elle priait, aucun doute, immobile, évoquant un animal observé dans son intimité la plus secrète.

Malgré ses efforts, le flic fit craquer le plancher et brisa la pureté de l'instant. Laura se retourna. Pas moyen de discerner son expression. Surprise, hostilité, consternation, impossible à dire.

Mais certainement pas plaisir.

Elle se leva et sa longue silhouette se détacha de l'ombre. Encore une fois, Niémans songea à une bête farouche. Une biche peut-être, ou une autre espèce de cervidé, corps souple, pelage doré. Une de ces proies que Laura abattait froidement avec sa 270 Winchester et les balles qu'elle coulait elle-même dans son atelier.

Elle remonta l'allée centrale. Dans cette chapelle d'or, ses yeux brillaient comme deux gouttes de cire brûlante. Elle était venue se recueillir ici mais, encore une fois, le flic français, avec ses semelles de scaphandrier, perturbait ce moment sacré.

— Ce n'est pas tout de chercher les assassins, dit-elle d'une voix qui rappelait une allumette qu'on craque. Il faut aussi respecter les morts.

# 44

Niémans n'était pas venu pour s'excuser encore.

— Le respect commence par la sincérité, Laura. Arrêtez de nous mentir. Sinon, vous allez devenir notre suspecte numéro un.

Ses yeux humides parurent s'assécher d'un coup, comme si une violente rafale de vent avait pénétré dans l'église.

— Faites attention à ce que vous dites.

— Pourquoi m'avoir raconté ces conneries à propos de la pirsch ?

Laura se glissa entre les bancs de gauche. Niémans n'avait pas d'autre choix que de la suivre. Parvenue près des cierges, la comtesse se retourna : sur le mur, des anges entouraient sa crinière ruisselante et sombre.

— Je ne comprends pas.

Niémans avança d'un pas. Le parfum de Laura s'insinua en lui à la manière d'un envoûtement.

— Vous m'avez dit que les Geyersberg ne s'intéressaient pas à cette chasse, que cette activité manquait de panache. En réalité, c'est tout le contraire. C'est la chasse la plus noble, et votre famille la pratique depuis des siècles.

Laura prit un air soulagé, comme si elle avait redouté un bref instant que Niémans évoque un autre sujet.

— Je n'ai jamais dit ça, répondit-elle à voix basse. Jürgen pratiquait la pirsch. Max et Udo aussi, mais moi, je n'ai pas le temps, c'est tout. Je ne comprends pas votre obsession.

Niémans ne prêta aucune attention à cette dernière remarque :

— Et la fondation dirigée par votre oncle, Schwarzes Blut ?

— Une association écologiste.

— Vous développez vos forêts, vous prenez soin du gibier exclusivement pour pratiquer la chasse à l'approche. La forêt est votre royaume, bien plus que votre groupe industriel.

— Encore une fois, je ne saisis pas pourquoi ça vous intéresse tant.

— L'assassin imite le rituel de la pirsch.

— Et alors ? Vous tournez en rond, Niémans.

Le flic ne releva pas. Il n'était pas là non plus pour se justifier.

— Et les Chasseurs noirs ? enchaîna-t-il. Les gars que votre oncle a engagés sont tous des repris de justice, des braconniers dont il a obtenu la libération, comme Himmler l'avait fait pour les Sonderkommandos. Et ces voyous se prennent pour des réincarnations des soldats d'Oskar Dirlewanger !

L'air consterné, Laura longea le mur derrière elle,

laissant ses doigts frôler la paroi. La lueur des cierges semblait la suivre et éclairer sa main, elle faisait apparaître des anges, des rois, des visages maladroits dont l'expression était saisissante.

— Ce que vous racontez appartient au monde des légendes.

— J'ai rencontré des Yéniches aujourd'hui pour qui ces légendes étaient très concrètes.

Elle se retourna vivement et s'appuya contre l'angle du mur.

— Les coupables ont payé leur faute, répondit-elle aussitôt.

À l'époque, Laura devait avoir une dizaine d'années (l'âge même de la petite Yéniche), mais elle connaissait parfaitement cette affaire. Une tache dans l'histoire des Geyersberg.

— On a dédommagé la famille, poursuivit-elle, comme si c'était elle qui, à l'époque, s'en était personnellement occupée. La petite a été soignée dans le meilleur hôpital de Fribourg.

Niémans se demandait à combien s'élevait le dédommagement en cash que les Geyersberg avaient offert aux Yéniches. Joseph l'avait joué fier-à-bras tout à l'heure mais il avait sans doute accepté de monnayer son silence.

— En tout cas, elle n'est pas belle à voir aujourd'hui.

Laura paraissait acculée. Derrière elle, les motifs d'inspiration chrétienne avaient cédé la place à des dragons et d'autres monstres tout droit sortis des sagas scandinaves…

— Et alors ? répliqua-t-elle. Qu'est-ce que cette vieille histoire a à voir avec les meurtres ?

— Pourquoi ne m'avez-vous pas parlé des morts mystérieuses qui frappent votre famille ?

— Il y a eu des accidents, des guerres, c'est tout.

— Et jamais aucun cadavre.

— Qu'est-ce que vous en savez ?

— S'il y avait eu des corps, tout le monde s'en souviendrait. À croire que le caveau de votre famille est vide.

Laura leva la main pour le gifler mais s'arrêta à temps. Non pas qu'elle craigne de frapper un flic. Elle ne voulait pas s'abaisser à ça, voilà tout.

Elle préféra se mordre la lèvre inférieure et atteignit la porte de sortie en quelques pas. La lumière de l'après-midi s'engouffra dans l'église en une coulée de mercure. Or contre argent, c'était magnifique mais Niémans n'avait pas le temps de jouer les esthètes.

La porte se referma et il se précipita sur les pas de la comtesse. Il s'attendait à la voir fumer nerveusement, comme la veille, ou bien carrément en marche sur le sentier. Elle se tenait simplement sur le perron de la chapelle, les mains dans les poches, respirant à grandes bouffées l'air humide.

Niémans s'approcha d'elle et la contourna. Il percevait les pépiements des oiseaux à travers la bruine, comme si la nature persistait à donner de la voix alors que le ciel gris étouffait littéralement toute couleur, toute vie. Surtout, il admirait le profil de Laura. La plupart du temps, la lumière du jour est d'une cruauté implacable – drue, sans fard, elle fouille et scrute le moindre défaut de la peau. Laura était plus forte que ça. À peine maquillée, sa peau révélait une pureté, une finesse uniques. Pas l'ombre d'un pore dilaté, d'une ride sèche, d'un cerne sombre.

— Vous avez peur, Laura, lui dit Niémans à l'oreille.

— De quoi ? demanda-t-elle en se retournant vers lui, paupières frémissantes.

— Les Chasseurs noirs vous menacent.

— Je ne comprends pas. Ils travaillent pour nous ou ils veulent nous faire la peau ?

Quelque part, un oiseau fit claquer ses ailes comme un clap de cinéma. La séquence s'achevait, sa théorie ne tenait pas.

Elle retrouva son sourire de gagnante.

— Je reviendrai me recueillir plus tard, dit-elle en se dirigeant vers le chemin.

Le flic la regarda se dissoudre dans l'obscurité des sapins et il se décida à retourner dans la chapelle. Plus que jamais, il se sentait flic, fouinard, charognard…

Dans la nef, la moitié des cierges s'étaient éteints, les murs de bois avaient maintenant l'air mouillé et semblaient près de pourrir.

Il gagna l'espace où la comtesse s'était recueillie. Rien à signaler, sinon quelques candélabres dont la cire achevait de dégouliner sur leur support. Il s'approcha encore et remarqua qu'une plaque de marbre blanc avait été vissée dans les planches murales.

Niémans alluma son portable et déclencha la torche. Le rectangle portait le nom de Jürgen et ses dates de naissance et de décès. Il se demandait s'il y avait moyen d'accéder à la tombe, quand il remarqua qu'une épitaphe était gravée sous le nom du défunt.

Il se pencha encore et éclaira la surface entaillée :

> *« Fais énergiquement ta longue et lourde tâche*
> *Dans la voie où le Sort a voulu t'appeler,*
> *Puis après, comme moi, souffre et meurs sans parler. »*

La citation était en français. Le flic la photographia et la relut. Ça lui disait vaguement quelque chose. Le fragment d'un poème célèbre, mais pas moyen de se souvenir lequel.

Il s'attarda encore sur le dernier vers : « Puis après, comme moi, souffre et meurs sans parler. » Qui était ce « comme moi » ? Qui parlait dans ces vers ?

Son portable vibra dans sa main et il faillit le lâcher. Il tourna l'écran vers lui : Ivana.

— Quoi ? s'écria-t-il en croyant un instant avoir mal entendu. J'arrive.

## 45

Au fond de la plaine, une ferme en briques rouge pétant était posée sur un deck. Elle semblait retenir les derniers rayons du soleil et grésiller sur son estrade à la manière d'une braise de barbecue oubliée sur une pelouse. C'était donc ça, la forteresse à prendre ?

Casquée et engoncée dans son gilet balistique, Ivana était planquée derrière un des fourgons blindés des SEK, à peu près aussi à l'aise qu'une noisette entre les dents d'un casse-noix. À ses côtés, Kleinert avait adopté la position SUL, tenant son arme contre son buste, canon baissé vers le sol, et semblait prêt à tout bouffer. Super sexy.

Pendant que Niémans était parti affronter la comtesse, Ivana avait fait une découverte décisive, le nom et l'adresse de l'éleveur des fameux röetken. Selon un pharmacien de Kandern, petit bled au sud de Fribourg-en-Brisgau, un homme achetait chaque mois des médicaments visant à suppléer les carences en zinc. Le type utilisait les prescriptions d'un vétérinaire bien connu d'un autre village de la région, Grafenhausen. Problème, le véto n'avait jamais rédigé ces documents.

Ivana s'était aussitôt renseignée sur l'acheteur des médocs : Johann Bruch, 43 ans, chasseur confirmé, plusieurs fois arrêté et condamné pour violences, braconnage, chasse au filet et non-respect des saisons d'activité. Il avait même été suspecté deux fois de meurtre mais blanchi à chaque fois. Au total, il avait tout de même passé dix ans sous les verrous.

Officiellement, l'homme élevait désormais des chiens de chasse dans une ferme isolée non loin de la réserve naturelle de Gletscherkessel Präg.

Mais pas de röetken.

Le fait crucial était ailleurs : Bruch travaillait depuis six ans pour la fondation Schwarzes Blut. Il appartenait à la liste des repris de justice embauchés et protégés par le vieux Franz.

Kleinert avait réagi au quart de tour, montant en un temps record un dispositif d'intervention : des membres du SEK, les Spezialeinsatzkommandos, unités d'intervention des Landespolizeien d'Allemagne, avaient déboulé dans la réserve naturelle de Gletscherkessel Präg, arrivant même avant Kleinert, Ivana et leur propre équipe.

De son côté, la petite Slave avait essayé de prévenir Niémans – qui ne répondait pas. Elle se sentait perdue. De son point de vue, l'opération était disproportionnée. Après tout, il ne s'agissait que d'arrêter un ancien braconnier éleveur de chiens. Mais Kleinert ne voyait pas les choses de cette façon, et la suite lui avait donné raison : Bruch les avait accueillis à coups de fusil.

Maintenant, le tableau avait des relents de Fort Chabrol. Les troupes avaient pris position au sein de la vaste plaine, alors que le vent du soir passait parmi les hautes herbes comme pour les peigner en douceur. Tout le décor semblait frémir dans le crépuscule, mais c'était plutôt la perception d'Ivana qui électrisait l'instant.

Des pas derrière eux. Niémans, enfin. Coupe en brosse, petites lunettes, manteau noir, et une tête de plus que tout le monde. Malgré son âge, malgré ses traits fatigués, il n'était pas mal non plus – pour celles qui aimaient le genre militaire.

— C'est quoi ce bordel ? demanda-t-il sans même reprendre son souffle.

Kleinert se chargea de lui expliquer la situation. Niémans, le visage crispé, lançait des regards d'aigle aux quatre coins de la plaine. Sans doute avait-il déjà repéré les hommes équipés de fusils-mitrailleurs cachés parmi les buissons ou les snipers armés d'Ultima Ratio carrément perchés dans les arbres.

— Vous avez rameuté tout ce monde-là pour un simple éleveur de chiens ?

En guise de réponse, Kleinert tendit à Niémans un gilet balistique.

— Pas question, rétorqua-t-il, ça porte la poisse.

Parfois, Niémans semblait appartenir à une autre époque, un autre monde. L'âge d'or des durs à cuire qui montaient au feu la clope au bec et le six-coups chargé à bloc.

Le flic allemand ne bougea pas, tenant toujours l'équipement en kevlar. Finalement, Niémans ôta son manteau et enfila le gilet pare-balles. En quelques *scratch*, il fut harnaché comme les collègues.

Ivana sourit – elle connaissait son Niémans et savait qu'au fond, cette atmosphère tendue comme une jugulaire, avec l'odeur de poudre qui flottait dans le soir, lui plaisait. Il était un homme de terrain et, depuis Guernon, le terrain l'avait lâché.

— Le gars nous a reçus à coups de fusil, prévint-elle. Fabian a eu raison d'appeler les SEK.

— Fabian ?

— Laissez tomber.

Niémans avait changé d'expression, il venait d'apercevoir les molosses de la brigade canine.

— Ils sont là pour trouver les röetken, expliqua-t-elle.

Déjà, le flicard ne pouvait lui répondre, les mâchoires soudées, l'œil vitreux.

— Niémans, écoutez-moi.

Pas de réaction du flic. La main sur son arme, il semblait prêt à abattre les bergers allemands qui se tenaient aux pieds de leurs maîtres, plutôt calmes.

Ivana l'attrapa par les revers de son manteau et hurla :

— Niémans !

Enfin, une lueur s'alluma au fond de ses iris. La connexion était rétablie.

— Vous allez gentiment vous asseoir avec nous. On attend des renforts.

— Quels renforts ?

— De Stuttgart, intervint Kleinert. Il nous faut aussi le feu vert du procureur.

— On est toujours en train de parler d'un braconnier claquemuré dans sa cabane ?

— Niémans, répliqua Ivana, arrêtez de jouer au con. Si ce gars-là appartient aux Chasseurs noirs, il est capable de nous sortir un lance-flammes ou de nous attaquer à la grenade. Mieux vaut être prudents.

Il acquiesça d'un bref signe de tête. Il paraissait réfléchir. Ivana n'y connaissait rien en matière d'assaut et de siège. Était-il préférable d'attendre la nuit ? Les SEK avaient-ils un plan d'attaque ? Ce qu'elle se disait, c'était qu'une attaque nocturne serait magnifique. Avec tous les fusils équipés d'aide à la visée et de désignateur laser, la nuit allait s'éclairer de jolis points grenat.

Comme pour combler l'attente, le flic allemand se lança dans une tirade technique, sur fond de crachouillis des talkies-walkies :

— Nous n'avons pas pu faire encore le diagnostic d'effraction, expliqua-t-il, bélier hydraulique ou charge plastique…

— Pourquoi pas un missile ?

— Ce type est un forcené. Nous ne prendrons pas le moindre risque. Quand les renforts seront là, et que les autorités auront donné leur accord, un hélicoptère larguera de nouvelles équipes en rappel et nous attaquerons en…

Niémans observait avec insistance un flic qui tenait un lance-grenades de première classe. Il avait la tête du mec qui prépare un mauvais coup.

— Dans tous les cas, poursuivait Kleinert sans rien remarquer, ça sera une charge fulgurante venue à la fois des airs et de la terre.

— Faut y aller maintenant. Y a plus de temps à perdre.

— Vous êtes sur ma juridiction et dans mon pays. En tant que Français, vous n'avez…

Niémans bondit vers le gars au lance-grenades. Il lui arracha des mains et conclut à son tour :

— J'ai une meilleure idée : on va frapper à la porte.

— Niémans, je ne vous laisserai pas faire n'importe quoi. L'usage d'une grenade lacrymogène doit être autorisé par…

Le flic arma l'engin d'un geste sec.

— La « charge fulgurante », c'est moi !

Puis, d'une manière grotesque, il se mit à courir vers le front, kamikaze solitaire dans les pâturages verdoyants.

Ivana se lança à ses trousses en murmurant :

— Niémans, ce n'est plus de votre âge. (Puis, la gorge serrée, tenant son calibre à deux mains, elle ajouta :) Il est trop tard pour vous, trop tôt pour moi…

## 46

Très vite, ils furent à découvert. Ivana trottinait derrière Niémans, se sentant aussi en sécurité qu'un pigeon d'argile dans une partie de ball-trap.

Au fond de la plaine, la baraque ardente semblait toujours brûler dans la pénombre du soir. Pour l'instant, pas de coup de feu. Ils enjambèrent les talus, fendirent les herbes. Trois cents mètres les séparaient de l'objectif. Ivana ne sentait plus son corps. Totale exaltation. En même temps, elle se répétait que si Bruch était un chasseur expérimenté…

Deux cents mètres.

Toujours pas de détonation. À chaque foulée, de nouvelles sensations. La crosse de son Sig Sauer dans sa main, le grand bruit blanc qui précède le combat… Ce danger qui lui avait toujours manqué au boulot et qu'elle n'avait connu que de l'autre côté de la ligne.

Cent mètres.

Une détonation sourde, un peu grasse, caractéristique d'un fusil à pompe, éclata. Ils avaient une chance de s'en tirer. Johann Bruch n'était qu'un simple poseur de collets – s'il avait été un pirscheur, il aurait possédé un fusil de précision et ils seraient déjà morts.

Niémans marquait le pas. Elle percevait sa respiration grave, hoquetante. Deux nouveaux claquements résonnèrent. Toujours pas touchés. En réalité, ils ne risquaient pas grand-chose, la portée utile d'un fusil à pompe n'était que de quelques dizaines de mètres.

Niémans s'arrêta. Emportée par son élan, Ivana le percuta. Ils roulèrent tous les deux dans la luzerne.

— Putain ! rugit-il, qu'est-ce qui…

— C'est moi, Niémans. Calmez-vous !

Dans la mêlée, elle aperçut son visage, livide. Une tête de marbre dont le biotope naturel est la crypte d'une église.

— Pousse-toi, fit Niémans en la balayant du bras.

Il se releva, ramassa son lance-grenades et braqua l'engin vers la maison. Une ou deux secondes pour assurer sa visée, et le projectile traversa les airs, sillon blanchâtre sur fond de nuages assombris atteignant sa cible en brisant une fenêtre près de la porte principale. Une explosion de fumée toxique suivit, de quoi faire sortir le renard de son terrier.

Niémans et Ivana avaient déjà repris leur progression, côte à côte, doigts serrés sur leur arme. Bruch ne sortait pas. Plutôt étonnant. Ivana avait eu sa période manifs et s'était souvent pris du gaz CS dans les sinus : impossible à supporter.

— Y a une autre issue, souffla-t-elle en attrapant Niémans par l'épaule.

— Tu veux dire : derrière ?

— Non. Les SEK ont fait le tour de la baraque.

— Où ?

— Sous la terre.

Niémans la considéra une fraction de seconde puis parut comprendre son idée. Ils reprirent leur marche et parvinrent sur le seuil, se plaçant dos au mur, des deux côtés du chambranle. Toujours pas de réaction à l'intérieur.

Niémans se plaça face au châssis et tira une balle dans la serrure. Le coup de pied qui suivit leur ouvrit le passage mais une bouffée de gaz acide jaillit aussitôt.

Niémans recula, plié en deux. Ivana ne voyait plus rien. En guise de respiration, un tison à blanc. Elle réussit à entrouvrir les paupières pour voir Niémans qui rajustait ses lunettes, fermait son col de chemise sur ses lèvres et s'engouffrait dans l'enfer brumeux.

Sans réfléchir, elle l'imita, l'avant-bras gauche sur la bouche. À l'intérieur, la fumée… Rien d'autre qu'une putain de feuille grise qui pouvait se déchirer d'un instant à l'autre d'un coup de fusil. Elle avait déjà perdu Niémans et ne voyait même pas les murs qui l'entouraient. Tout à coup, un claquement de métal retentit quelque part, suivi par un ruissellement de chaînes, qui serpentait autour de ce qui devait être une trappe qu'on essayait d'ouvrir.

Elle se dirigea vers le bruit, se prenant les pieds dans une chaise et se cognant à une encoignure de porte. Son seul repère, le bruissement de fer qui continuait. Plus bas, en sous-sol. Où était Niémans ? Pas question de l'appeler, sous peine de se prendre dans la gorge une bouffée suffocante. Plutôt avancer en se tenant aux murs, en s'accrochant aux sons…

Enfin, des marches. Elle plongea dans une cave. Les gaz cédaient la place à des couches d'obscurité. Les chaînes encore, plus près, plus bas. Elle retrouva son équilibre sur un sol de terre battue, respirant toujours à travers sa manche.

À quelques mètres, un homme à genoux venait enfin de réussir à ouvrir une trappe grillagée. Sous la cave, il y avait encore un autre sous-sol. Aussitôt, des formes abominables, onduleuses comme des félins, bondirent à la surface du plancher. Les röetken étaient là, sans doute avec deux grenades tatouées sur la poitrine. Elle crut voir le cadavre du labo de Schüller reproduit en plusieurs exemplaires jaillissant en un seul mouvement, comme un geyser de pétrole épais, prenant des formes, des corps, des gueules…

Un pressentiment lui fit tourner la tête vers l'angle opposé de la cave et elle découvrit Niémans, son pauvre Niémans, ratatiné dans un coin, retenu par sa propre frousse, prêt à se faire dévorer tout cru par ses cauchemars.

Ivana pouvait en descendre un ou deux mais les autres la choperaient à la gorge et tout serait fini. Elle vit leurs yeux noirs danser dans la vapeur toxique, liquides à force de luire. Elle vit leurs muscles rouler sous le poil ras. Elle vit les crocs luire sous les babines roses dans une giclée de bave blanchâtre.

Elle ferma les yeux et ne parvint pas à tirer. Elle s'attendait à être fauchée par une morsure aux jambes ou à sentir son propre cou partir en charpie. Rien ne se passa. Elle rouvrit les yeux. Les chiens avaient disparu. Ne restaient plus que Bruch et sa trappe et Niémans et sa peur.

Elle comprit en une fraction de seconde. Les chiens avaient les yeux fragiles – le CS des manifs, c'était trop pour eux. Ils n'avaient même pas regardé Ivana et avaient fui les gaz par l'escalier.

Se concentrer sur Bruch, encore empêtré dans ses chaînes. Son fusil à pompe traînait à plus de deux mètres : aucune chance qu'il l'atteigne avant qu'elle lui fasse sauter la tête d'une bastos. Le braconnier semblait figé dans sa position. Il pleurait beaucoup, une grimace agressive collée sur sa gueule rouge.

Elle voulut lui signifier qu'il était en état d'arrestation mais, ouvrant la bouche par réflexe, elle ne put que tousser, puis se prit à vomir sur ses boots. Lamentable.

Quand elle releva la tête, le salopard avait disparu.

Mais pas par l'escalier.

Par la trappe ouverte.

Niémans, d'abord. Elle se précipita sur son mentor qui claquait des os comme un vieillard en manque d'alcool.

— Bougez pas, lui fit-elle.

Il était temps de plonger dans le deuxième sous-sol. Elle se rua sur le puits ouvert et attrapa l'échelle de bois. Quand elle mit pied à terre, elle découvrit une galerie de terre écarlate, qui rappelait les mines du XIXe siècle. Des ampoules dans une coque de grillage étaient suspendues au plafond. Des cages tapissaient les deux parois. Elle comprit que la chaîne n'avait pas ouvert la trappe mais ces box grillagés, système rudimentaire permettant de lâcher d'un coup les bêtes sur l'ennemi.

Les yeux noyés de larmes, elle parvint tout de même à avoir une idée de la topographie des lieux. À gauche, l'impasse : une surface de roche rougeoyante. Elle partit à droite, tenant toujours son calibre comme une corde de rappel, s'attendant à ce qu'un clébard retardataire lui saute au visage.

Tout ce qu'elle obtint, ce fut un Bruch qui courait, ou plutôt titubait au fond du boyau, se cognant aux portes ouvertes qui ne lui laissaient qu'un étroit passage au centre du tunnel.

Mue par une inspiration, elle rengaina encore et saisit à deux mains la chaîne qui traînait par terre, tirant de toutes ses forces. Elle ne savait pas trop ce que sa manœuvre allait provoquer, ce fut une bonne surprise. Les parois de grillage se rabattirent aussitôt et Bruch s'en prit une de plein fouet.

Elle bondit sur son dos et lui plaqua le canon de son arme sur la nuque mais elle n'obtint pas l'effet d'intimidation escompté. Bruch balança son bras en arrière et l'envoya valdinguer contre une cage.

La seconde suivante, il la braquait avec son propre Sig Sauer et appuyait sur la détente. Elle ferma les yeux en se disant : « Tombée pour la France. » Le coup partit mais Ivana ne ressentit ni douleur ni chute libre ni rien.

Elle ouvrit les yeux et découvrit le spectacle le plus réconfortant qu'elle ait jamais pu contempler : Niémans était là, tenant Bruch par le col comme un vulgaire lapin de garenne. Le bras du gars pendait selon un angle impossible – il lui avait brisé l'articulation du coude. Maintenant, il s'acharnait sur sa tête en la claquant contre un angle d'un des grillages, exactement comme les pêcheurs italiens claquent les poulpes sur le quai du port pour attendrir leur chair.

Passé son soulagement, Ivana fut saisie d'une nouvelle inquiétude : Niémans allait le tuer. Elle se releva avec difficulté et attrapa à son tour son mentor par le col, tirant de toutes ses forces. Elle obtint plus d'effet qu'avec Bruch, parvenant à lui faire lâcher prise. Ils tombèrent en arrière, encore une fois, dans la terre rouge.

Vraiment les meilleurs catcheurs de la PJ.

Comme quelques minutes auparavant dans les hautes herbes, elle observa son visage. Elle comprit dans son regard que l'affaire de Guernon avait affaibli sa santé, certes, mais aussi approfondi sa folie.

## 47

Le coup des menottes, c'était vraiment le coup de trop.

Kleinert avait tenu à manifester son autorité. Niémans était maintenant assis tête en arrière dans une ambulance, portières arrière ouvertes, bracelets aux poignets. Il se faisait penser aux prisonniers chinois qu'on exhibait jadis avec un carcan autour du cou.

Mais le pire était le sermon d'Ivana.

Alors qu'un toubib lui versait du collyre dans les yeux, il devait se farcir en prime le discours raisonneur de la petite Slave.

— Qu'est-ce qui vous a pris ? hurlait-elle. On aurait pu y rester tous les deux. Une mission suicide à votre âge, c'est vraiment devancer l'appel !

Il ne la voyait pas, mais il la devinait en contrebas du véhicule. Déjà pas bien grande, elle lui parlait les deux pieds plantés dans le sol, sûre de son fait.

— Tu oublies que je t'ai sauvé la vie.

— Ma vie n'était en danger qu'à cause de vos conneries. Tout ça pour un garde-chasse !

Le flic écarta le médecin d'un geste – ou plutôt d'un cliquetis – et se redressa sur la banquette de l'ambulance, les pieds dans le vide. Sa vision était encore diluée, comme s'il regardait au fond de l'eau.

Autour d'eux, les Spezialeinsatzkommandos remballaient boucliers et armes d'assaut. Les hommes de Kleinert sécurisaient le périmètre, alors que les techniciens de la police scientifique avaient investi la maison de Bruch.

— Un garde-chasse qui est notre seule piste. On l'a emmené au poste ?

— À l'hôpital plutôt. Bruch souffre d'un traumatisme crânien, sans compter d'innombrables blessures au visage.

— Légitime défense.

— À Paris, vous seriez déjà mis à pied. Ici, on va simplement nous virer.

— C'est au procureur de décider.

Ivana ne répondit pas. Il discernait sa silhouette floue, une clope virevoltant au bout de ses doigts. Même avec ses yeux dans le jus, il voyait qu'elle tremblait de tout son corps.

Il n'aurait jamais voulu l'avouer mais elle avait 100 % raison. Par impatience, par orgueil, il s'était lancé dans cet assaut absurde, hors la loi et inutilement dangereux.

En réalité, il avait voulu se prouver qu'il pouvait encore se livrer à ce genre de prouesse, qu'il n'était pas tout à fait mort pour la cause – sa propre cause.

Et toujours, cette rage inexplicable, cette tendance

suicidaire à vouloir braver sa propre frousse, celle des chiens. C'était comme percer un abcès ou franchir le Rubicon. L'espoir insensé qu'il sortirait plus fort d'avoir transgressé son propre tabou…

— Y a plus à discuter, dit-elle enfin. Les gars de Stuttgart sont arrivés. Ils reprennent l'affaire.

— Impossible. On est mandatés pour…

— Vous avez rien compris. Tout ça concerne maintenant le meurtre de Max. Un citoyen allemand sur le sol allemand. C'est plus nos oignons.

— Et Jürgen ?

— Jürgen ? reprit en écho Kleinert qui approchait du fourgon.

Niémans crut discerner sur ses lèvres un sourire mi-furieux, mi-sadique. Ou bien c'était simplement dans sa tête.

— C'est moi qui m'en occupe.

— Ne jouez pas au con, Kleinert. Vous savez très bien qu'il a été tué sur le territoire français.

— Vous en parlerez avec votre procureur. Il nous refile le bébé. Il est peut-être comme nous, fatigué de vos conneries.

D'un bond, Niémans mit pied à terre. Il chancela quelques secondes mais sa vision se précisa.

— C'est quoi ce délire à la fin ? demanda-t-il à la cantonade, alors qu'Ivana et Kleinert se tenaient l'un près de l'autre. Y a eu des morts ? Non. Des dégâts ? Non. On était partis pour des heures de siège, tout ça sans même savoir si ce gars a quelque chose à dire.

Le flic allemand eut un geste de lassitude – plus la niaque pour un autre round.

— Laissez tomber, Niémans. Rentrez chez vous et on essaiera ici de fermer les yeux sur votre comportement inacceptable.

Niémans regarda Ivana d'un air désespéré, elle baissa les yeux.

— Vous avez besoin de nous, essaya-t-il encore. Nous sommes dans le même bateau depuis le début.

— C'est vrai, Niémans, et le procureur du Land en est convaincu.

Kleinert entoura de son bras les épaules d'Ivana et dit d'une voix sûre :

— Voilà pourquoi les autorités françaises et allemandes ont décidé de garder le capitaine Bogdanović à titre de consultante.

Niémans était sidéré par la familiarité du geste.

— Quoi ?

— Niémans, fit Ivana, c'est la seule solution. Vous êtes allé trop loin.

Il aurait voulu dire quelque chose mais ce quelque chose resta coincé au fond de sa gorge.

Alors tout lui revint. Comment il s'était décidé à plonger dans le puits pour sauver Ivana. Comment il avait explosé comme une veine quand il avait vu l'autre salopard la bousculer. Comment, à travers sa propre violence, il avait cru que le grand Niémans était de retour. Fort, efficace, plus dangereux encore que le mal qu'il pourchassait.

Mais il se trompait. Sa violence était revenue, certes, mais comme le fond d'une vieille maladie. Tout le reste, c'était un passé lointain, quelque chose d'aussi inaccessible que ses années d'avant Guernon.

Il avait une cicatrice du sternum au bas-ventre en guise de frontière infranchissable.

Des aboiements retentirent : on embarquait les röetken. Ils gémissaient, dociles, museau baissé, du gaz plein les yeux. Sans savoir pourquoi, cette scène lui rappela l'épitaphe gravée dans le marbre à la mémoire de Jürgen.

— Tu connais ce poème ? demanda-t-il à Ivana. « Fais énergiquement ta longue et lourde tâche / Dans la voie où le Sort a voulu t'appeler, / Puis après, comme moi, souffre et meurs sans parler. »

— Non, répondit-elle d'un ton fermé – elle était toujours vexée quand on lui rappelait, même indirectement, son absence de culture.

— Ce sont les derniers mots d'un poème d'Alfred de Vigny, « La Mort du loup ».

Niémans regarda Kleinert, qui venait d'intervenir.

— Vous connaissez Alfred de Vigny, vous ?

— J'adore la culture française. Surtout la poésie.

— J'aurais pas deviné. Qui parle dans le poème ? Qui est celui qui dit « comme moi » ?

— Le loup. Le poète lit cette pensée dans son regard au moment où l'animal est massacré par les chasseurs.

— « Souffre et meurs sans parler... », répéta Niémans à voix basse.

— Où avez-vous lu ces vers ? demanda Ivana.

— Sur la tombe de Jürgen.

Le silence s'éleva soudain entre les trois partenaires. La nuit se répandait sur la plaine comme un encrier renversé. À mesure que les fourgons s'en allaient et que leurs phares s'éloignaient, la ligne des sapins gagnait en profondeur, sombre et dure.

Jürgen était le loup du poème. À moins de 35 ans, il devait accepter de mourir, tout comme Max. Pourquoi ? À cause d'une malédiction ? Le tueur n'était-il que le bras armé d'une damnation ?

Son téléphone se mit à vibrer dans sa poche. Il essaya de l'attraper mais avec les menottes, pas moyen.

— Putain, retirez-moi ces putains de pinces !

Ivana glissa ses doigts dans la poche de Niémans, saisit le portable et le lui plaça à l'oreille, alors qu'il joignait ses mains autour de l'appareil.

— Allô ?

— Schüller, dit une voix à court de souffle. J'ai du nouveau.

— Quoi ?

— Venez à mon labo, faut que vous voyiez ça par vous-même.

— Mais à quel sujet ?

— Venez.

Niémans tenta de regarder sa montre à son poignet gauche, alors qu'il tenait son portable de la droite. Il aurait pu aussi bien essayer de jongler avec des assiettes.

— On doit d'abord interroger un suspect. On arrive après.

Il glissa un coup d'œil à Kleinert, qui ouvrait des yeux incrédules.

— Dans combien de temps ?

— Deux heures.

— Je vous attends.

Niémans coupa la communication et, du bout des doigts, parvint à faire glisser le portable dans sa poche.

— Les coups de feu ont dû vous rendre sourd, fit Kleinert d'un ton de forage glaciaire. Vous n'allez voir personne, pas plus que vous n'allez interroger un « suspect ». Vous ne faites plus partie de l'enquête, bon Dieu ! Je dois vous le dire en quelle langue ?

Sa dernière chance se jouait là, dans ce champ obscur aux airs d'arène tragique.

— Kleinert, dit-il d'une voix calme (il l'aurait bien appelé par son prénom mais il ne s'en souvenait plus), j'ai déconné tout à l'heure et je m'en excuse. Je suis prêt à répondre de mes actes devant vos autorités, devant les miennes, devant n'importe qui. Mais pour l'instant, y a le feu. Vous pouvez pas vous permettre de vous priver d'un flic comme moi.

L'Allemand se cambra, comme pour prendre du recul face à l'absurdité de la tirade.

— Pour qui vous vous prenez au juste ?

— Rien de plus qu'un partenaire solide, qui suit cette affaire depuis le début, avec vous. On doit rester soudés, Kleinert, tous ensemble. C'est notre seule chance de choper l'assassin.

Kleinert parut le considérer d'un œil nouveau. Après tout, ce fier-à-bras d'un autre temps, ce flic anachronique, pouvait peut-être être tenu en laisse et constituer un solide allié face aux flics de la Kriminalpolizei.

— Mes collègues de Stuttgart nous attendent au poste. Je vais leur parler.

Niémans leva de nouveau ses poignets.

— On pourrait arrêter la plaisanterie, non ?

Kleinert sourit et tourna les talons, sans sortir la moindre clé.

## 48

Le temps de la rigolade était fini, si tant est qu'ils aient rigolé jusqu'ici. Les officiers qui les attendaient étaient de vrais spécimens de la Criminelle, un genre universel : pas d'uniforme, pas de blouson crasseux. Juste des costumes noirs et des chemises blanches. Des croque-morts toujours en avance d'un deuil, jamais invités au pot après la cérémonie. Des mecs qui remuaient la mémoire des morts et en faisaient une vase nauséabonde.

Niémans aurait aimé leur en imposer par son autorité naturelle, mais avec les pinces aux poignets et ses yeux de lapin frit, c'était mal parti.

On se présenta. Les nouveaux venus répondaient aux noms de Peter Fröhlich, Klaus Berling et Volker Klenze – il réussit à mémoriser les noms, pas les grades.

Le premier avait une tête allongée et livide évoquant un petit pain luisant, barrée de sourcils de Pierrot et d'une bouche en fermeture Éclair. Le deuxième était un type trapu à la chevelure bouclée tirant sur le roux qui ne cessait de lancer des regards en coin, le genre à voir des coupables partout et à ne jamais classer les affaires. Le dernier dépassait les deux autres d'une tête – il aurait pu porter le cercueil à lui tout seul – et sentait bon le recyclage : avec sa carrure de videur et son expression tendue, il avait dû passer pas mal d'années dans une brigade d'intervention avant d'intégrer la Crime et de déposer les armes.

Ces trois-là avaient désormais barre sur l'enquête et, même si Niémans ne comprenait rien aux circonvolutions des procédures allemandes, il n'avait aucun doute sur son propre sort. Par ici la frontière…

Pourtant, deux événements inattendus changèrent la donne. Kleinert entraîna le Pierrot à l'écart et les deux flics se mirent à grommeler dans une langue inintelligible. À l'évidence, ils se connaissaient de longue date. Un espoir ?

Le deuxième fait s'incarna dans le grand gaillard à tête de mise à prix qui marcha vers Niémans pour lui secouer vigoureusement la main. L'homme parlait un français rudimentaire mais le message était limpide : sa réputation l'avait précédé. Le bonhomme, Volker Klenze, était un admirateur et ne se gêna pas pour lui signifier qu'il aurait fait exactement pareil chez Johann Bruch.

Finalement, Kleinert et le Pierrot revinrent, la baraque les rejoignit et, avec le troisième flic, ils reprirent ensemble leur conciliabule de Teutons.

Niémans lança un regard à Ivana qui, tout en allumant une cigarette, n'en perdait pas une miette. Sa formation avançait à grandes enjambées – et internationale encore. Elle était en train d'apprendre qu'il n'y a pas plus combinard que les flics eux-mêmes.

Le quatuor revint et Kleinert se planta devant Niémans, un air narquois dansant sur sa face d'instituteur buté.

— Mes collègues sont d'accord pour dire que je connais beaucoup mieux le dossier qu'eux.

— Vous voulez dire « on » ?

— Ils admettent qu'on gagnerait du temps si j'interrogeais le suspect avant eux.

— Toujours pas de « on » ?

Kleinert soupira et sortit une clé minuscule de sa poche. Deux petits tours, et Niémans fut libre.

— Vous venez avec moi. (Il lança un regard plein d'aménité à Ivana.) Tous les deux. Mais vous n'intervenez pas, vous ne dites pas un mot.

— Le roi du silence, fit Ivana en balançant sa clope.

Dans les films, le suspect libéré se masse les poignets mais Niémans n'avait pas envie de se masser quoi que ce soit. Il brûlait d'interroger le semi-clochard qui élevait des monstres dans un boyau de terre rouge.

Ils partirent à deux voitures. L'interrogatoire se déroulerait à l'hôpital. Sans autorisation ni avocat. Visiblement, on n'avait pas laissé Johann Bruch appeler qui que ce soit. Du pur illégal.

Niémans commençait à apprécier les flics allemands.

# 49

— J'ai rien à dire, fit l'animal assis dans son lit.

Ils se tenaient dans une chambre d'hôpital trop éclairée et pas assez meublée. La pièce blanche évoquait plutôt une cellule d'asile psychiatrique, ce qui convenait tout à fait à la situation.

Kleinert avait viré les plantons du couloir. Les gars de Stuttgart montaient la garde sur le seuil. Le flic allemand se tenait face à Bruch, les doigts verrouillés à la barre du pied de lit.

Niémans et Ivana restaient à l'écart. En dépit de toutes les règles, la fliquette avait allumé une nouvelle cigarette et donnait la curieuse impression d'être consumée par sa clope, et non l'inverse.

Johann Bruch repéra ce détail et demanda quelque chose en allemand. Le geste l'aida à comprendre : il voulait une cigarette lui aussi.

Kleinert lui répondit par une injure, en tout cas quelque chose de négatif.

— *Hier wird Französisch gesprochen*, ordonna-t-il.

Niémans identifia phonétiquement les mots qui devaient signifier : « Parle français. »

— Pour les deux cons ? dit Bruch en leur lançant un regard qui ressemblait à un crachat.

Niémans devait avouer qu'il les avait bien accrochés. Portant des pansements sur le visage et un bandage serré autour de la tête, il n'avait pas cillé en voyant apparaître celui qui l'avait dérouillé deux heures auparavant. Il n'avait pas non plus gémi en invoquant la loi ni supplié qu'on appelle un avocat. L'homme était de taille à faire face à la situation.

Sans doute un abruti, mais courageux.

Malgré les bandages, on pouvait discerner sa gueule d'alcoolique rougie par la vie au grand air. L'œil glauque, une barbe des mauvais jours, l'homme évoquait une rancœur tenace, une amertume solidifiée comme un tissu raidi par la crasse. Pas seulement un piégeur de lapins, un vrai criminel.

— Quand on a frappé chez toi, commença l'Allemand, tu nous as reçus à coups de fusil, pourquoi ?

— J'aime pas qu'on me fasse chier.

— Qu'est-ce que t'as à cacher ?

— Rien. Je suis garde-chasse. Je travaille pour une fondation honorable.

L'accent de Bruch n'avait pas le caractère heurté de la prononciation allemande. Plutôt du chaloupé alsacien.

— Et les röetken ?

Bruch haussa les épaules. Il tenait ses mains entravées devant lui, entre ses jambes, comme deux armes encore chargées.

Le chasseur n'était pas un gabarit impressionnant mais on sentait sous la blouse de papier une carrure dure, à la fois osseuse et souple. Un homme de la forêt plein de ruse, de pourriture et de sève malsaine.

— On a plus le droit d'élever des chiens, p't-être ?

— Pas ceux-là. Tu le sais bien.

— J'en ai rien à foutre. Ces clébards-là, ils font d'mal à personne. Y a aucune raison de les interdire.

— Il y a deux jours, un de ces chiens a attaqué la comtesse von Geyersberg.

Le braconnier ricana :

— Elle est bonne, celle-là.

Bruch se pencha vers Kleinert. Le flic ne bougea pas d'un millimètre. Aucune trace de crainte.

— Ces chiens, y sont justement dressés pour protéger les Geyersberg.

— Qu'est-ce que tu veux dire ?

Bruch s'adossa à nouveau à la tête de lit.

— Rien.

— Y a vingt ans, c'est toi et tes potes qui avez agressé la petite Romni ?

Un temps. Son regard par en dessous ressemblait à un crochet sous la garde, sec, vicieux, décisif.

— On a payé pour ça.

L'agression de la petite Yéniche avait donc été jugée. Non, on n'avait trouvé aucune trace d'une procédure concernant « l'accident ». Bruch parlait plutôt d'un châtiment interne – les Geyersberg avaient balayé devant leur porte.

— Qu'est-ce que j'fous là à la fin ? explosa-t-il soudain. Vous m'interrogez comme si j'étais coupable.

(Il braqua son index vers Niémans.) Mais c'est lui le salopard et moi la victime ! Il m'a tabassé. Il a essayé d'me tuer. C'est lui qui doit croupir en taule !

Personne ne moufta. Et surtout pas Kleinert.

— Où t'étais dans la nuit du 3 au 4 septembre ?

— J'sais pas. Chez moi. Pourquoi ?

— Je t'ai dit que la comtesse avait été agressée par un de tes chiens.

— Un d'mes chiens ? Qu'est-ce que vous en savez ?

— Il portait le même tatouage que les röetken qu'on a trouvés dans ton sous-sol.

— Vous pouvez rien prouver. Ce tatouage, n'importe quel clébard pourrait le porter. C'est pas une preuve.

— C'est le signe d'une brigade nazie très particulière. Les Sonderkommandos d'Oskar Dirlewanger. Des braconniers et des repris de justice qui ont massacré des milliers d'innocents durant la Seconde Guerre mondiale.

— Et alors ?

— Pourquoi tu as choisi ce symbole ?

— Je le trouvais sympa.

— Deux grenades croisées ? Un signe nazi ?

— C'est pas un crime.

Les réponses de Bruch ne menaient nulle part et lui-même paraissait s'amuser à trouver des réponses en forme d'impasses.

— Qui a marqué tes chiens ?

— J'me rappelle plus.

— Ces bêtes, d'où viennent-elles ?

— J’en sais rien. Mon père les élevait déjà. Not’ famille a toujours eu des röetken.

— Tu es un descendant des Chasseurs noirs ?

— Qu’est-ce que j’en sais ?

— Ton père travaillait déjà pour les Geyersberg ?

— Tout le monde travaille pour eux, la région leur appartient.

— On a trouvé dans ton garage une moto. Une Norton 961 Commando SE 2009.

Niémans ignorait ce fait. Ça commençait à faire beaucoup. L’étau se resserrait autour de la tête bandée.

— J’ai fait un excès de vitesse ? demanda l’autre.

— Mes collègues ici présents ont été violemment agressés par une bande qui chevauchait ce type de moto.

Bruch eut un geste d’indifférence.

— Vous avez rien contre moi, résuma-t-il. Tout ce que vous racontez, c’est d’l’indirect. Vous essayez d’me mettre sur l’dos des agressions qu’impliquent un röetken ou une Norton, sous prétexte que j’élève ces clébards ou que j’aime la moto. Les mecs, va falloir vous trouver quelque chose de plus solide.

Bruch disait vrai, mais Niémans sentait qu’on pouvait encore le coincer.

Il s’avança vers le lit. La plaisanterie avait assez duré. Cette fois, le braconnier eut un recul, il n’avait pas oublié leur première rencontre.

— C’est quoi ton boulot pour Schwarzes Blut ?

— J’suis garde-chasse. J’m’occupe de la faune et de la flore du territoire.

— Sois plus précis.

— J'surveille le gibier, sa nourriture, ses conditions de vie. Faut qu'tout soit nickel.

— Pour la pirsch ?

— Pour la pirsch, oui.

— Chez les Geyersberg, qui la pratique encore ?

— Vous avez qu'à leur demander. Et demandez-leur aussi d'passer m'chercher. Dans une heure, je serai libre et vous serez toujours là à vous branler le…

Niémans bondit et enfonça ses pouces dans les plaies du visage de Bruch. Le braconnier hurla. Le sang gicla des bandes.

Le flic lâcha sa prise et laissa le braconnier retomber en arrière. Déjà, Kleinert et Ivana le maîtrisaient. Plus que jamais, la chambre ressemblait à une cellule capitonnée. Au son des hurlements, les flics de Stuttgart rentrèrent en bourrasque dans la pièce, arme au poing.

Mais Niémans n'était déjà plus dans le coup. Sa longue cicatrice au ventre se réveillait, il n'avait plus de souffle, et les courbatures de l'affrontement précédent l'ankylosaient.

Il se retrouva ventre au sol, les mains dans le dos, alors que Volker Klenze, la baraque de la bande, lui passait une nouvelle fois les menottes – il ne s'en sortirait donc jamais…

Bruch sonnait les infirmiers, Ivana hurlait, le tenant en joue, et Kleinert appelait tout le monde au calme. Des chaussures qui allaient et venaient. Et lui, le visage écrasé contre le sol, qui n'en avait plus rien à foutre.

— Vous êtes vraiment taré ! cria Ivana en se mettant à quatre pattes, à sa hauteur.

Il tenta de lui sourire – pas facile avec un flic allemand sur le dos. Les sons étaient de plus en plus étouffés. Il lui semblait descendre dans des profondeurs aquatiques. Il ne parvenait plus à aligner une idée après l'autre.

Ils avaient tous raison. Il fallait qu'il prenne sa Volvo et rentre en France. Non pas chez lui, ni au bureau rue des Trois-Fontanot à Nanterre. Mais à la maison de retraite.

Ou même, pourquoi pas, au cimetière.

## 50

Blottie dans son blouson, recroquevillée sur le siège passager, Ivana regardait les sapins défiler dans la lueur des phares. Ils ressemblaient à des prisonniers éblouis, hagards, avançant en file indienne au bord de la route. Des prisonniers marchant droit vers la mort.

Ivana était en colère, mais surtout inquiète. Niémans, son seul et unique complice, avait jeté le masque. Le flic d'expérience, revenu de tout, apparaissait maintenant comme un sinistre barjo, avec des reflets verdâtres aux tempes et des coups de sueur mal séchés. Agissant n'importe comment, violent sans être efficace, intuitif sans rien trouver, non seulement il n'avançait pas mais il était devenu un boulet pour les flics sains d'esprit qui l'entouraient.

Elle avait dû implorer Kleinert pour éviter le pire. L'Allemand avait obtempéré pour ses beaux yeux. Pendant que le braconnier se faisait soigner pour sa « soudaine rechute », ils avaient laissé Niémans se calmer dans la voiture.

Sur le parking, la négociation avait été serrée

mais les flics de Stuttgart avaient accepté de ne pas consigner le lamentable épisode de l'hôpital. En échange, Niémans devait traverser la frontière cette nuit même. Non négociable.

Quand les hommes de la Crime étaient retournés au poste central, Ivana avait tenté son va-tout : elle avait discrètement demandé à Kleinert que Niémans les accompagne pour interroger Schüller. « C'est sur la route », avait-elle argumenté, et après tout, c'était lui que le chercheur avait appelé.

Encore une fois, Kleinert avait cédé. Pour Ivana, c'était une double victoire. D'abord, elle voulait que « son » Niémans reparte sur une note positive – une info, une découverte, n'importe quoi pourvu que cette putain d'enquête sorte de l'ornière. Ensuite, c'était la preuve que l'homme marié craquait vraiment pour elle. Pas comme du bois mort, comme une branche de bois vert, résistante, flexible…

Toujours les sapins, les phares, le bitume. Finalement, Ivana se sentait bien. Elle avait peur, oui, mais comme une môme à qui on raconte une histoire de sorcières. Elle était à l'abri dans cette voiture, auprès de l'Allemand au front haut et de Niémans, assis à l'arrière, enveloppé dans son manteau comme dans une housse mortuaire. Elle était avec ses deux hommes, et elle était heureuse.

Le mur d'enceinte du labo apparut, le lierre ruisselant dans le faisceau des phares. Au-delà, on pouvait apercevoir quelques fenêtres allumées. Les portières claquèrent d'une manière sinistre. La nuit solitaire les accueillit avec ses gargouillis étranges et ses relents humides. Rien de plus flippant que la campagne…

Ils franchirent le portail et se dirigèrent vers les lumières. À travers les fenêtres, ils virent une longue tablée, où s'ébrouait une communauté hors du temps.

Une des femmes de l'équipe les aperçut et se leva aussitôt pour leur ouvrir. Debout sur les pierres ternies de lichen du seuil, elle ne portait plus de blouse, mais sa veste et son pantalon de toile composaient un autre uniforme. Une sorte de mixte entre la tenue de jardinier et un costume en bleu de Chine.

— Philipp ? s'exclama-t-elle en s'essuyant la bouche avec sa serviette. Il est resté bosser au labo, dans l'autre bâtiment. Dites-lui de venir, ça va refroidir ! Et joignez-vous à nous !

Trop aimable. Selon ses indications, ils pénétrèrent dans la longère voisine et trouvèrent une porte métallique qui menait au sous-sol. Pouvaient-ils pénétrer là-dedans sans vêtements stériles ? Niémans actionna la poignée latérale. S'il y avait eu des consignes, on les aurait prévenus.

Ils descendirent en file indienne. Les surfaces n'avaient plus rien à voir avec les pierres rugueuses et les tommettes mal équarries du rez-de-chaussée. On évoluait maintenant dans du lisse, du chromé, de l'aseptisé.

— Schüller ? appela Kleinert au bas de l'escalier.

Plusieurs salles s'ouvraient à eux. Une baie vitrée révélait une pièce éclairée mais la vitre en verre feuilleté ne permettait pas qu'on voie à l'intérieur.

— Schüller ? répéta l'Allemand, la main sur la poignée.

Niémans échangea un coup d'œil avec Ivana. Ils dégainèrent à l'unisson. Ils poussèrent Kleinert et pénétrèrent dans le laboratoire, arme au poing. Paillasses brillantes, chromes astiqués, tout était nickel. Des tubes à essai et des centrifugeuses faisaient de la figuration, et la température ne devait pas dépasser 10 degrés.

— Schüller ? cria Niémans.

Il appelait pour la forme : tout le monde avait compris que le médecin reposait quelque part, aussi froid que ses échantillons congelés.

Ils se déployaient déjà, se baissant pour scruter les angles morts, le dessous des tables, tout en enfilant des gants de nitrile. Ivana dénicha une nouvelle porte d'inox sur la droite et saisit la poignée.

Schüller était sur le dos, les bras en vrac parmi les éprouvettes brisées et les échantillons répandus, au pied d'étagères rétroéclairées. Une balle lui avait traversé la gorge et était sans doute ressortie quelque part parmi les supports fracassés. Une longue ligne de sang verticale montrait la trajectoire de la chute du pauvre homme.

Schüller, le buveur de schnaps, le spécialiste cynophile, le bonhomme à barbe rousse, avait payé cher la découverte qu'il avait effectuée cette nuit-là, celle-là même dont il voulait leur faire part.

Ils s'agenouillèrent autour du cadavre. Ivana reconnut une housse plastique sur l'étagère inférieure, près de lui. Sinistre ironie, c'était le sac qui conservait le röetken au frais.

Il n'y avait rien à dire, rien à faire, simplement constater qu'ils étaient arrivés trop tard sur ce coup-là. Kleinert se releva et attrapa son téléphone pour appeler des renforts, mais Niémans se dressa sur ses jambes et ferma sa main gantée sur l'appareil.

Visiblement, il avait un autre plan.

# 51

Avant de prévenir qui que ce soit, il voulait verrouiller toutes les issues de la ferme communautaire. Fouiller la propriété en profondeur. Interroger chaque scientifique. À la question : « Le tueur est-il parmi les collègues de Schüller ? », Niémans n'avait aucune réponse mais il était certain que le médecin connaissait son assassin : pendant que les autres dînaient, il l'avait accueilli dans son labo et lui avait parlé de sa découverte. En retour, le visiteur l'avait abattu et avait pris la fuite.

Tout en s'expliquant, Niémans semblait avoir subi une nouvelle métamorphose. Après la violence et l'apathie, il affichait maintenant une attitude glacée, introspective. Surtout, il ruminait l'idée que s'il était allé visiter directement Schüller au lieu d'interroger Bruch, le médecin serait encore vivant.

— Un flic ne peut pas raisonner comme ça, dit Kleinert.

— Vraiment ?

— On se donne deux heures pour tout fouiller et interroger les gars du labo. Après ça, on lâche l'info.

Kleinert ne paraissait pas en meilleure forme que son alter ego, mais tout ça le galvanisait. Pour l'instant, cette affaire ne lui avait prouvé qu'un seul fait : il n'était qu'un pauvre petit flic de province, aussi utile qu'un verre d'eau dans l'océan. Pourtant, il ne lâchait pas.

Voilà pourquoi aussi il avait accepté la nouvelle combine de Niémans. Il reprenait espoir : dégoter une info capitale avant de rendre les armes. D'une manière cruelle, la mort de Schüller était une chance, celle d'approcher un peu plus le tueur, de saisir son mobile, de comprendre ce qu'il redoutait…

— Je vais appeler mes gars pour sécuriser tout le labo.

— Ils sont vraiment de confiance ?

Kleinert fusilla Niémans du regard. Le flic français acquiesça en manière d'excuse : ils ne seraient pas trop d'une dizaine pour retourner la ferme et cuisiner tous les chercheurs.

Tandis que Niémans sondait dans leurs moindres détails le cagibi et la salle du labo, Ivana, toujours en gants de communiante, s'attaquait à l'ordinateur de Schüller. Malheureusement, la machine était verrouillée par un mot de passe et, à part dans les films, il n'y a aucun moyen de passer outre à une telle sécurité.

— Au téléphone, demanda Ivana en essayant au hasard quelques mots de passe comme la date de naissance de la victime ou le nom de son chien (Schüller était célibataire sans enfant), qu'est-ce qu'il vous a dit ?

Niémans, debout à l'autre bout de la paillasse, consultait des classeurs aux feuilles barrées de chiffres et de sigles incompréhensibles.

— Rien. Il voulait simplement me montrer quelque chose.

Il leva les yeux et regarda autour de lui, balayant lentement l'espace comme si, en prenant du recul, il allait capter un détail ou au contraire un élément évident qui ne leur était pas apparu.

Ivana cherchait maintenant un Post-it, un quelconque document sur lequel serait écrit le mot de passe. Mais un ordinateur est un objet trop intime pour qu'on en laisse traîner la clé.

— À propos de quoi, à votre avis ?

Niémans continuait à scruter le décor autour de lui.

— À propos du chien. On l'a laissé avec le röetken. Il a dû mener des analyses plus poussées sur la bête et découvrir un fait surprenant.

Ivana considéra, à l'autre bout de la pièce, le réduit dont la porte était encore ouverte sur les pieds de Schüller. Elle était sidérée en réalisant qu'elle n'avait pas consacré une seconde d'activité mentale à la compassion ou à la tristesse. Pas une seule pensée pour ce gars sympathique qui avait juste découvert la mauvaise info au mauvais moment.

Mais il fallait trouver l'assassin, c'était la seule urgence. On pleurerait plus tard, quand le corps serait enterré et le meurtrier sous les verrous.

Elle cherchait toujours ce putain de code. Niémans avait raison, le scientifique avait mené des analyses génétiques sur le chien. Dans un frisson, elle se prit à imaginer un scénario de fiction : des canidés génétiquement modifiés ou portant dans leur ADN un gène nazi. Quelque chose de bien glauque, de bien flippant… et de carrément impossible.

— On perd notre temps ici, fit-elle en fermant l'ordinateur de Schüller. On ne sait pas ce qu'on cherche et on ne risque pas de le trouver. Autant interroger les gars du labo, peut-être que Schüller avait affranchi un de ses collègues.

Niémans opina d'un signe de tête mais répliqua :

— Encore un tour de piste.

Cette fois, ils la jouèrent vraiment perquise : ils déplacèrent les meubles, vidèrent les armoires, soulevèrent les centrifugeuses, cherchèrent le moindre repli où Schüller aurait pu planquer quelque chose. Ils piétinaient une scène de crime mais chacun d'eux était convaincu que l'assassin n'avait laissé aucune trace, hormis la balle, du 9 mm, que Kleinert avait retrouvée dans le mur du réduit.

Malgré la température de la salle, ils furent rapidement en sueur. Ils ne trouvaient rien et ils n'y croyaient pas, ce genre de fouille appartenant à un autre âge. Le secret de Schüller devait se trouver quelque part dans le monde immatériel et infini de l'iCloud.

Le téléphone de Kleinert sonna.

Après quelques secondes, le flic prévint :

— Mes hommes arrivent.

— Super, dit Niémans qui reprenait du poil de la bête. Les babas ont dû finir leur dîner. On les cueille pour le dessert.

## 52

Avec les neuf hommes qui venaient d'arriver, Kleinert, Ivana et Niémans se partagèrent le boulot – interroger dix-sept chercheurs en état de choc, fouiller les longères de fond en comble. Les membres de l'institut parlant anglais et français furent laissés à Niémans. Les autres furent répartis entre Ivana, Kleinert et trois de ses flics. Il restait six hommes qui sillonnèrent les laboratoires et les chambres en quête d'indices (bien sûr, pas la queue d'une caméra de surveillance dans cet antre écologiste).

Ils s'étaient donné deux heures avant de prévenir les gars de la Crime, ce qui était de la pure démence. Il serait facile en remontant la chronologie de montrer que le trio avait mis plus de trois heures pour lancer l'alarme générale. La rétention d'information pouvait coûter cher à un témoin, mais à un flic, on n'en parlait même pas.

Kleinert assumait, il avait toujours l'espoir de dégoter l'indice qui fermerait leur gueule à tous et le replacerait tout en haut de l'échelle.

Parallèlement, le flic allemand avait également lancé l'analyse des fadettes de Schüller. Il n'était pas exclu que l'assassin lui ait passé un coup de fil, ou l'inverse.

Les deux premiers clients d'Ivana ne lui apprirent rien mais le troisième barbu, un savant du nom d'Ulrich Taffertshofer, ami proche de Schüller, savait sur quoi la victime travaillait ces derniers jours.

— Il comparait plusieurs ADN.

— Des ADN de chiens ?

Perché sur sa chaise, Taffertshofer parut étonné. Haut de deux mètres, pas plus large qu'une canne à pêche, il flottait dans une salopette blanche. Des cheveux cassant sur les épaules et une barbe d'ermite prolongeaient sa tête en pointe.

— Pourquoi des chiens ? s'étonna-t-il.

— Il n'étudiait pas le caryotype du röetken que nous avons apporté ?

— Pas du tout. Il étudiait l'ADN de la famille Geyersberg.

— C'est-à-dire ?

Dans un long soupir, celui du Sage sur sa montagne, il déplia son bras télescopique et attrapa un ordinateur qui trônait sur la paillasse voisine.

Il le tourna vers lui puis, avec deux doigts, tapa quelques touches.

— Vous ouvrez votre bureau ? demanda Ivana.

— Non, celui de Philipp.

— Vous connaissez son mot de passe ?

— Je viens de le composer.

Face à l'expression interloquée d'Ivana, Taffertshofer expliqua :

— Vous n'avez pas compris l'esprit de la maison. Ici, personne n'a de secret pour personne. Tout le monde parle librement de ses recherches.

Ivana avait des fourmis dans les doigts et la nuque toute moite. Elle n'en avait rien à foutre de la philosophie communautaire de l'institut. Ce qu'elle voyait, c'était que cette transparence allait leur permettre d'accéder aux récents travaux de Schüller.

— Dites-moi sur quoi Philipp bossait ces derniers jours.

Taffertshofer pianotait sur son clavier. Avec ses longs doigts, il donnait l'impression de remettre les touches en place.

— Ce matin, Philipp avait reçu des analyses liées à l'autopsie de Jürgen von Geyersberg.

— Quelles analyses ?

— Un caryotype.

— Il l'avait demandé ?

— Je crois qu'on fait ça d'office en Allemagne. Je ne sais pas.

Ivana s'agita sur son siège. Les fourmis dans ses mains devenaient des têtes d'épingle qui remontaient le long de ses membres comme des piranhas nageant à contre-courant.

— Ce caryotype avait quelque chose de particulier ? demanda-t-elle d'une voix de sable.

Posant la question, elle imaginait déjà un scénario romanesque : Jürgen était atteint d'une maladie génétique incurable que la famille voulait cacher. On l'avait éliminé avant que son corps ne « révèle » le mal. Au fil des générations, les Geyersberg abattaient eux-mêmes leurs enfants malades, comme on coupe les branches pourries d'un arbre.

Mais Ulrich balaya sa théorie d'un tranquille « pas du tout ».

— L'ADN de Jürgen est parfaitement normal. Rien à signaler.

— Donc ?

Taffertshofer jouait toujours du clavier.

— Je ne sais pas pourquoi mais Philipp possédait aussi le caryotype de Laura. Une histoire d'assurances, je crois. En tout cas, il a comparé l'ADN de Laura avec celui de Jürgen. Le résultat était inattendu.

Ivana n'avait plus de salive, plus de souffle, plus rien.

— Inattendu comment ? parvint-elle à haleter.

Le chercheur orienta l'écran vers Ivana et exhiba les deux schémas.

— Même pour un non-spécialiste, la comparaison est assez parlante.

Ivana sourit : elle tenait enfin le mobile du tueur.

# 53

Niémans pila dans la cour de gravier et dérapa, toutes roues bloquées, sur plusieurs mètres. La Villa de Verre brillait dans la nuit comme un diamant sur un lit de velours. Ses lignes, ses angles, ses surfaces opposaient leur fixité à l'ondoiement nocturne de la nature – vagues souples des herbes, lente oscillation des sapins noirs, cortège solennel des nuages…

Mais Niémans n'était pas d'humeur poétique. Sa tête était prête à exploser. Quand la petite Slave lui avait annoncé sa découverte, il avait bondi vers la porte en annonçant : « Je vais la tuer. »

Une façon de parler, mais tout de même… Il avait attrapé le volant de sa Volvo et foncé jusqu'à la demeure de Laura.

Maintenant, c'était entre lui et elle.

Un mano a mano entre un flic pas très frais et la reine des menteuses.

Sa voiture était là. Les flics chargés de la protéger stationnaient dans un coin de la cour. Il leur fit un vague signe de la main et monta les marches.

Près de 23 heures et tout semblait dormir dans la baraque. Il allait sonner quand il se ravisa et actionna la poignée. Ouvert. Il se coula à l'intérieur en se demandant si des larbins traînaient quelque part. Non. Il était trop tard et, de toute façon, il n'en avait jamais vu beaucoup ici.

Baies scintillantes. Mobilier métallisé. Silence d'argent. Niémans avança sans allumer. La cheminée se taisait aussi. L'âtre suspendu n'exhibait qu'une gueule noire, à peu près aussi gaie qu'une tombe profanée.

Niémans allait emprunter l'escalier quand un fétu rosâtre s'alluma dans l'obscurité. Une cigarette. Il crut presque entendre le papier qui grésillait. La comtesse était installée dans son canapé vintage, planquée dans un repli des années 30.

Sans préambule, Niémans attaqua :

— Vous comptiez me le dire quand ?

Laura ne répondit pas. D'après ce qu'il distinguait, elle portait un jean et un gros pull aux couleurs de nuit. Un bras déroulé sur le dossier, dans une parfaite attitude de décontraction.

— Jürgen et vous n'êtes pas frère et sœur.

— Qu'est-ce que ça change ? murmura-t-elle en soufflant une ligne de fumée. Je vous ai dit qu'on était comme des jumeaux et…

— Arrêtez vos conneries ! explosa Niémans. Bordel de Dieu, un de vous deux a été adopté !

Laura lui lança un regard attentif. Ses yeux liquides, au plus près des larmes, semblaient refléter les ténèbres comme deux petites gouttes d'encre noire.

— Ma mère ne réussissait pas à avoir d'enfant, expliqua-t-elle d'une voix calme. Mon père a décidé d'en adopter un en secret. Pas question de laisser notre part de l'empire à nos cousins.

— C'était Jürgen ?

Laura alluma une nouvelle cigarette avec la précédente. Alors seulement, il vit qu'elle tremblait. Ses postures de femme fatale, c'était du vent.

— Et vous ? demanda-t-il brutalement.

— Moi ?

Elle se leva et se glissa entre lui et le canapé jusqu'à atteindre la baie vitrée. Les hanches rondes, les seins lourds, les surplus de chair, ce n'était pas son truc. Laura n'appartenait pas à cette sensualité-là. Fine comme un harpon, elle se détachait sur la large vitre à la manière d'une marionnette indonésienne.

— Je suis arrivée après. Le petit garçon adopté, ma mère est aussitôt tombée enceinte. Le coup classique.

L'odeur du tabac lui rappela Ivana. Il aurait aimé qu'elle soit à ses côtés. Pour le protéger, lui, face à cette créature qui le tétanisait.

— Jürgen savait qu'il était adopté ?

— Jamais de la vie.

— D'où venait-il ?

Laura lui tourna le dos et observa le parc éclairé par des luminaires invisibles. D'où il était, Niémans devinait plus qu'il ne percevait ce paysage confus qui ondulait comme au fond de la mer.

— D'Allemagne de l'Est, je crois. Mes parents m'ont dit la vérité quand j'étais adolescente. Sans donner de détails. D'ailleurs, ça ne m'intéressait pas.

Pour moi, Jürgen était mon frère. Mon jumeau. Ce n'était une affaire ni de sang ni d'ADN.

Niémans s'approcha de Laura.

— Pourquoi n'avoir rien dit ?

Laura se retourna brusquement. Sa chevelure fouetta la vitre et fit un bruit cristallin, comme si ses boucles étaient remplies d'éclats de verre.

— Après la mort de notre père, nous nous sommes battus pour affirmer notre légitimité au sein du groupe, malgré notre âge, malgré notre inexpérience. Si cette histoire d'adoption était sortie, cela aurait tout remis en cause. Aujourd'hui, je suis seule à la tête de VG et il faudrait que je balance toute l'affaire ? Pas question.

Elle quitta son poste et fit quelques pas dans la pièce obscure, passant d'une baie vitrée à l'autre. Une sirène dans son aquarium.

— D'ailleurs, reprit-elle sur un ton soudain différent, je ne vois pas le rapport avec les meurtres.

— Et Max ?

— Quoi, Max ?

— Il a été adopté, lui aussi ?

— Mais… pas du tout. Qu'est-ce que vous allez chercher ?

— On va vérifier, fit-il d'un ton de flic qui va mettre des scellés. Si lui non plus n'est pas un Geyersberg, alors on aura un mobile.

Laura parut sincèrement étonnée et, l'instant d'après, furieuse. Ses yeux avaient repris leur dureté naturelle. L'encre était devenue de la laque.

— Le sang, continua Niémans. Quelqu'un pourrait

vouloir purifier le sang des Geyersberg, s'assurer que l'héritier du groupe, à chaque génération, est bien un Geyersberg…

— À chaque génération ? Mais de quoi vous parlez ?

— Des héritiers qui ont disparu au fil du XXe siècle…

Laura revint vers Niémans et croisa les bras, adoptant la même posture que lorsqu'elle se tenait devant les tableaux de famille. Elle devenait une sorte de caricature d'elle-même.

— Parce que vous pensez qu'ils ont été aussi adoptés ? demanda-t-elle sur un ton sarcastique. C'est ça le résultat de votre enquête ? Avec des flics comme vous, les criminels peuvent dormir tranquilles.

Son sarcasme sonnait creux. Elle se moquait de Niémans mais sa voix trahissait une crainte, une détresse. Peut-être que ce con de Français allait finir par découvrir le secret des Geyersberg…

— Depuis que vous êtes ici, persista-t-elle, vous n'avez pas trouvé un seul élément concret. Vous avez préféré vous enfoncer dans les rumeurs et les légendes du coin, toutes ces croyances qui aveuglent notre peuple depuis des siècles. Vous ne faites pas une enquête, vous faites du tourisme !

Niémans avança de quelques pas à son tour.

— Ces légendes, comme vous dites, constituent une source d'inspiration pour le ou les tueurs. Mais je suis d'accord avec vous, le ou les assassins possèdent un mobile objectif.

— Quel mobile ?

— Depuis longtemps, les Geyersberg ont un problème de fertilité. Ils ont adopté des enfants à chaque génération et des hommes, les Chasseurs noirs, se chargent de les éliminer avant qu'ils ne se reproduisent.

— Cassez-vous de chez moi et revenez quand vous aurez quelque chose de plus sérieux à me dire.

Niémans s'approcha au contraire.

— Vous voulez du concret ? On vient de retrouver Philipp Schüller dans son laboratoire. Assassiné. Il avait découvert la différence entre vos caryotypes et il voulait me prévenir.

— Schüller ? répéta-t-elle d'une voix blanche.

Son visage prit soudain une expression effarée, presque extatique.

— Maintenant, je veux toute la vérité. Le temps presse…

Laura recula, dos contre la vitre. Derrière elle, la forêt paraissait s'agiter, comme si les arbres se tordaient pour s'arracher à leur gangue de terre.

— Je ne sais rien, souffla-t-elle.

Niémans fit encore un pas. Inconsciemment, il s'attendait à respirer son parfum, à la manière d'un soldat qui s'apprête à tout instant à marcher sur une mine.

Mais il ne perçut rien, ou quelque chose de très intime, l'odeur de sa peau mouillée par les larmes. Une sensation aussi secrète, aussi honteuse que des sanglots sur une taie d'oreiller.

— Qui pourrait être au courant de cette histoire ? Qui savait que Jürgen était adopté ?

Laura bondit sur lui en hurlant :

— JE VOUS DIS QUE JE NE SAIS RIEN !

Surpris par la violence de sa réaction, Niémans recula, mais la comtesse s'agrippa à lui. Il se retrouva dos à la vitre à son tour, la femme entre ses bras.

Alors qu'il se cassait la tête pour trouver une parole de réconfort – son agressivité de flic lui était descendue dans l'estomac –, elle se redressa et se recula pour mieux le considérer.

Toute son enfance avait été bercée par les westerns de Sergio Leone et, malgré la violence de sa propre vie (il avait tué huit criminels), il n'avait jamais éprouvé la sensation du duel, ces secondes compressées par l'attente et la tension, la vie et la mort.

Face à Laura, il sut qu'il ressentait enfin ce vertige.

Qui allait tirer le premier ?

Les lèvres de Laura, tièdes et alanguies, lui répondirent.

Dans un western, il aurait déjà mordu la poussière.

# 54

Il avait toujours eu une vision solitaire de l'amour physique. Alors que l'acte sexuel est par essence un numéro de duettistes, il lui semblait toujours qu'il y avait quelqu'un de trop dans son lit. Une personne à prendre en compte qui lui bousillait son propre plaisir. Ce n'est pas qu'il aurait voulu oublier l'autre. Au contraire : il y pensait trop. Il ne partageait pas, il s'effaçait. Chaque nuit d'amour avait été gâchée par le souci de bien faire. Son érection était-elle impeccable ? Embrassait-il au bon endroit ? Optait-il pour les bonnes caresses ? Il se sentait contraint de suivre un cahier des charges dont il ne connaissait même pas la teneur.

Il ignorait d'où venait cette attitude de larbin sexuel car la plupart du temps, il n'avait rien à foutre de celle qui était à bord et il n'éprouvait aucune vanité à faire jouir sa partenaire (il avait toujours pris les femmes pour de parfaites simulatrices).

L'explication provenait plutôt de son côté tâcheron. C'était comme lorsqu'il conduisait sa Volvo. Il prenait le volant, s'appliquait à bien conduire et ne profitait plus du paysage. Trop concentré, le gars. Voilà pourquoi il n'était pas un bon coup. Trop sec, trop coincé, trop appliqué. Les femmes, avec leur instinct au bord des lèvres, sentaient que ce colosse trop viril était un pisse-froid, un cérébral, le contraire d'un jouisseur. On allait dîner avec un mec qui compte les calories au lieu de savourer le menu.

Mais cette nuit, ô cette nuit, tout allait bien.

Il était déjà sur le dos, épaules plaquées sur un tapis de fourrure, tandis que Laura le chevauchait, nue, et le déshabillait. Plus question de réfléchir à quoi faire – les doigts de sa partenaire provoquaient des réactions instantanées. C'était, enfin, un échange spontané, du pur corps-à-corps, un geste en appelant un autre, une jouissance succédant à la précédente…

Il discernait seulement son étroite silhouette et sa tignasse, plus noire que les ténèbres, flottant au-dessus d'eux tel un orage. Comme un aveugle dont les autres sens sont augmentés, il éprouvait des voluptés surgies de partout à la fois. Il ne savait plus trop si elle l'embrassait ou si elle le caressait, ni quelle était au juste la nature des mille attouchements qui les unissaient, mais l'osmose était bien réelle, totale, vertigineuse.

Laura le touchait à peine. Elle l'effleurait, le soufflait, le murmurait… Seule sa manière d'embrasser était agressive. Bouche très ouverte, langue dressée comme un dard, elle s'insinuait entre ses dents à la manière d'un serpent, provoquant un désir mêlé de frayeur.

Soudain, elle saisit son sexe et l'insinua en elle. Il en éprouva une densité d'existence inconnue. Comme si, à cet instant, tout son être se concentrait en une succession de strates de plaisir, très serrées, très compactes.

Elle ne pesait rien pourtant. Sans doute avait-elle découvert dans le clair-obscur son horrible cicatrice et prenait-elle soin de ne pas y toucher. S'appuyant des deux paumes sur ses hanches, bras tendus, elle avait adopté une position de sumo, ce qui ne manquait pas d'ironie vu son gabarit : jambes écartées, pliées, en appui sur ses talons. Pour lui, le seul vrai contact était cet embrasement autour de son sexe.

Soudain elle se cambra et son visage fut attrapé par un rayon de lune. Ce qu'il vit le glaça. Ses yeux brillaient de rage et ses traits étaient comme paralysés, tout en saillies d'os et de muscles. Alors que son corps ondulait comme un souffle, son visage n'était que fixité et contraction.

Au fond, il la comprenait. Son frère et son cousin assassinés, sa maison de verre aux allures de Hauts de Hurlevent transparents, et cette fortune qui l'isolait, la transformant en proie, en objet de jalousie, de convoitise... Pourquoi aurait-elle été tout à coup épanouie ? heureuse de survivre ? Parce qu'ils se roulaient cette nuit dans la fourrure ?

Ils trouvèrent leur rythme, balance ajustée, équilibrée, emportée dans une sorte de mouvement perpétuel. Corps en accord, leurs palpitations cardiaques étaient aussi à l'unisson, façon tambours japonais... Il ne s'était jamais drogué mais sans doute qu'un shoot offrait ce genre de plénitude volatile – sauf que cette fois, c'était *for real*.

Le fleuve maintenant roulait des épaules, un seul mouvement souple, presque distrait, suivant toujours le même élan, le même courant. Le monde à cet instant se résumait à cette ondulation. Quand Niémans tournait la tête vers les baies vitrées, les ombres des feuilles et des aiguilles lui semblaient aussi s'accorder au tempo, ne cessant d'osciller, de virevolter, d'éclater sur les parois pour se regrouper à nouveau et se dilater dans une rafale de vent.

Alors vint la jouissance, et soudain le flic se souvint de ce que le mot « orgasme » signifiait pour lui. Chaque fois, au moment du plaisir ultime, lorsque tout son être se tordait en une convulsion de volupté, il voyait surgir Réglisse. Le chien de son enfance, le cauchemar de son présent, se glissait dans la nuit de son intimité et lui arrachait les organes génitaux.

Cette nuit, à titre de bonus, Réglisse était escorté de röetken bien voraces qui s'apprêtaient à l'égorger et à l'écorcher vif. Niémans faillit hurler mais à cet instant, se produisit un miracle. Il vit tout à coup les corps noirs se fondre dans les ténèbres et devenir des vagues d'ombre. Il se sentit partir. Son corps lâcha prise, s'emplit d'un plaisir indicible, dans une sorte de submersion bienheureuse qui allait le suffoquer.

Où étaient les chiens ? Il retomba nuque sur le sol, sa coupe en brosse claquant sur le tapis comme une boule de pétanque. Maintenant, il n'était plus que râles et souffle court – bonjour la condition physique – mais il avait joui, oui, vraiment joui.

Il était toujours en elle, elle était toujours en lui, leurs corps s'étaient mêlés, soudés, et il découvrait maintenant les chiens qui ne mouftaient plus. Même Réglisse était là, parmi la meute, bon chien placide et langoureux.

Il se crut guéri – en tout cas pour cette nuit, en tout cas dans les bras de Laura – et voulut exprimer sa gratitude à la comtesse qui respirait lentement au creux de son épaule. Mais il ne put lâcher un mot, même dans un murmure : il pleurait à chaudes larmes.

## 55

Ivana n'avait jamais vu le château de Franz von Geyersberg de jour, mais la nuit, c'était vraiment pas possible. Un sommet de kitsch tapageur. Les tours miroitaient sous la lune comme si elles avaient été découpées dans des feuilles d'aluminium. Les fenêtres laissaient apercevoir au fond de leurs alcôves des vitraux de cathédrale. Les murs étaient si pâles qu'on les aurait dits bâtis en craie. Des créneaux, des meurtrières, un pont-levis étaient fin prêts pour soutenir un siège d'opérette.

Malgré ce style médiéval, le château semblait avoir été construit la veille. Rutilant dans la nuit bleue, avec ses tours pointues et ses portails en voûte, il rappelait les églises américaines qui essaient d'avoir l'air ancien mais paraissent toujours sorties d'une boîte de Lego.

Depuis qu'ils avaient quitté l'institut Max-Planck, ni Kleinert ni elle n'avaient desserré les mâchoires. Quand Ivana avait découvert la différence entre les caryotypes de Jürgen et de Laura, elle avait cru saisir le mobile du tueur, mais son enthousiasme était vite retombé. Finalement, cette nouvelle info n'éclairait rien, elle ajoutait plutôt à la confusion générale.

Jürgen avait sans doute été adopté – et alors ? On l'aurait tué pour cette raison ? Exactement, avait dit Niémans, qui n'était plus à une contradiction près. La veille, il avait soutenu que les Chasseurs noirs étaient les assassins de l'héritier des VG. Ensuite, il avait décrété le contraire – les imitateurs nazis essayaient de protéger les aristocrates de leur malédiction, c'est-à-dire d'un assassin qui éliminait systématiquement un héritier de la lignée. Maintenant, il était certain que les braconniers en Norton tuaient « l'étranger » de la famille, l'enfant adopté. Mais Max était-il lui aussi d'un autre sang ? Et les disparus des générations précédentes ? Qui leur aurait ordonné de faire ainsi le ménage ?

Ils avaient envoyé du monde chez Udo afin de vérifier si les deux cousins étaient bien frères biologiques. Ils ne comptaient pas trop sur des aveux du play-boy, ils avaient plutôt prévu un prélèvement d'ADN. On allait voir ce qu'on allait voir.

En fait, Ivana avait peur. Elle sentait la Forêt-Noire se refermer sur elle. Les Chasseurs noirs revenaient la hanter. Ceux qui avaient voulu lui couper les doigts dans le mécanisme d'un kick. Ceux qui avaient lâché un röetken sur le visage d'une enfant. Ceux qui entassaient femmes et enfants dans les églises de Biélorussie avant d'y mettre le feu.

Même la présence de Kleinert ne lui procurait plus aucun réconfort. Elle se concentra sur leur prochaine mission : interroger le vieux Franz sur cette histoire d'adoption et l'association Schwarzes Blut.

— Vous me laissez parler, d'accord ?

Ivana s'extirpa de ses réflexions. Kleinert venait de se garer dans la cour du château. Tout était à l'avenant : fontaines roucoulantes et fioritures de pierre. Le fait qui l'avait le plus étonnée était que le flic allemand avait caché sciemment le versant « Chasseurs noirs » aux officiers de Stuttgart. Il était donc prêt à tout pour choper ces enfoirés avant les gars de la Crime – même à passer outre à la sacro-sainte procédure.

Ils sortirent de la voiture. Sur le gravier, leurs pas produisaient un bruit qui lui fit penser à des craquements de cartilages dans un charnier. Lorsqu'ils s'approchèrent du haut portail de l'entrée, elle eut l'impression que c'était le Jugement dernier qui les attendait à l'intérieur.

Quelques minutes plus tard, ils se retrouvèrent dans un salon dépassant les deux cents mètres carrés. Le majordome qui les avait accueillis avait déjà disparu. Elle jeta un coup d'œil à Kleinert – depuis qu'ils avaient pris la route, ils se faisaient plus ou moins la gueule, allez savoir pourquoi. Elle sentait qu'il était dans le même état qu'elle, épuisé et en même temps surexcité.

La salle était éclairée comme pour une soirée de bal. Au fond, une longue table de chêne verni miroitait à la manière d'un bassin de piscine. À droite, une cheminée, dans laquelle on aurait pu mettre à cuire un cheval, faisait craquer ses flammes. Plus près, des canapés sombres, des fauteuils aussi larges que des trônes, des objets qui brillaient de partout se partageaient le terrain.

Le bruit d'une roulette de dentiste, léger, vrillé, étouffé, s'éleva. Ivana ressentit aussitôt une douleur dans une de ses dents de sagesse. *Putain, ressaisis-toi*, se dit-elle, au bord de tout laisser tomber.

Le bourdonnement s'intensifia et ils découvrirent le comte von Geyersberg encastré dans son fauteuil roulant. Ce n'était pas Dracula mais pas loin. Desséché comme du bois flotté, d'une maigreur d'arête, il n'avait plus un poil sur le caillou, à peine des sourcils, et c'était l'ossature qui faisait tout le boulot pour lui donner un visage. Ça produisait une gueule de pierre angulaire, au fond de laquelle brûlaient deux yeux de rapace aux aguets.

— Monsieur le comte…, commença Kleinert en allemand. Désolé de vous déranger à une heure aussi tardive. Nous ne serons pas longs.

*Merde*, se dit Ivana, *voilà déjà Kleinert qui baisse son pantalon*. Plus rien à voir avec le flic déterminé qui dissimulait des PV et voulait coiffer au poteau ses collègues.

— Que voulez-vous ? demanda sèchement le vieux Franz.

Ivana eut une soudaine inspiration et prit la parole dans sa langue natale :

— Je suis le lieutenant Ivana Bogdanović, de la police française. Je travaille avec le commandant Niémans que vous avez déjà rencontré.

— Je répète ma question, fit-il à l'adresse de

Kleinert, mais cette fois en français : que voulez-vous ?

L'Allemand allait répondre mais Ivana fut plus rapide :

— Nous venons vous interroger sur certains faits singuliers concernant votre famille.

Enfin, Franz daigna la considérer :

— Si vous parlez des meurtres de mes neveux, vous avez une curieuse façon de vous exprimer.

Ivana s'avança vers lui – il ne leur avait pas proposé de s'asseoir. L'air brillant qui circulait ici évoquait un palais qui tourne à vide, une salle de bal, mais pas de danseurs, des apparats de cour, mais juste un vieil infirme pour en profiter…

— Je ne parle pas des meurtres, cingla-t-elle. Jürgen et Laura n'étaient pas frère et sœur. Nous avons lancé des analyses afin de comparer les ADN de Max et d'Udo et nous ne serions pas étonnés qu'ils n'aient aucun lien biologique. Vous avez une explication ?

Le comte resta bouche bée. Ivana en éprouva une sourde jouissance. Elle avait toujours ce complexe du prolo qui aime moucher les gens de la haute. Tout simplement pathétique…

En réalité, l'homme paraissait soulagé.

— Venez par là, ordonna-t-il en désignant un des canapés près de la cheminée. Je vais vous expliquer.

## 56

Ils s'assirent en chœur, sans un mot. Franz contourna un tapis et une table basse et s'arrêta de l'autre côté de l'âtre, de trois quarts, comme offrant ses os aux reflets des flammes.

Ivana devait faire un effort pour se concentrer – cette salle trop éclairée la troublait. Meubles, objets, tapis précieux et chargés d'histoire composaient l'antithèse exacte de tout ce qu'elle avait connu durant son existence.

— Max et Udo n'étaient pas frères non plus, dit le comte d'une voix caverneuse. Pas la peine d'effectuer des analyses compliquées.

— Qui a été adopté ? demanda Kleinert.

— Max.

Coup d'œil des deux flics : une logique souterraine apparaissait. Le tueur visait les enfants étrangers.

— La famille Geyersberg a toujours eu des problèmes de fertilité, poursuivit-il. Ferdinand a d'abord adopté Jürgen, Herbert a recueilli Max peu après.

— Et Laura et Udo ? interrogea Ivana.

— Des enfants naturels. Comme ça arrive parfois, alors que les deux premiers enfants étaient adoptés, les épouses de Ferdinand et de Herbert ont finalement réussi à procréer.

Encore une fois, Niémans avait vu juste : on nettoyait la famille de son sang importé. Les Chasseurs noirs se chargeaient-ils du boulot ? Sur ordre de qui ? Et pourquoi attendre que ces « intrus » aient atteint la trentaine pour les éliminer ?

Questions trop frontales : on verrait plus tard…

— Le fait que les deux enfants adoptés de votre famille aient été tués, dans les mêmes conditions, et en moins d'une semaine, ne vous inspire aucune réflexion ?

Franz eut un mouvement d'épaules, comme s'il essayait de se débarrasser d'un manteau invisible.

— Je ne sais pas… (Sa voix baissa d'un cran :) Max vient d'être… assassiné. Je n'ai pas eu le temps d'y réfléchir. Je…

— Pourquoi n'en avez-vous pas parlé à la police ?

— Encore une fois, le deuxième meurtre est survenu la nuit dernière. Je…

Il s'arrêta et les regarda tour à tour, avec son regard invasif.

— Vous pensez vraiment qu'il existe un rapport entre ce fait et les assassinats ?

Ivana se leva et fit quelques pas vers le comte. Aussitôt, elle se sentit dévorée par la chaleur du foyer. D'énormes bûches y étaient torturées par les flammes.

— Et vous, continua-t-elle sur sa lancée, vous n'avez jamais eu de gamins ?

Franz eut un sourire contrit.

— La stérilité a toujours menacé notre famille. Alors un infirme… Aucun intérêt que je tente aussi ma chance. J'ai laissé ça à mes frères. D'ailleurs, je n'ai jamais été marié.

Voilà un homme qui s'était toujours effacé derrière les autres, n'avait pas eu de progéniture, ne s'était jamais occupé du groupe. Une place qu'il devait à son frère Ferdinand, qui l'avait cloué dans ce fauteuil. Un beau profil de suspect, avec des mobiles plus que sérieux. Mais ils avaient écarté cette piste – pourquoi au fait ?

Physiquement, Franz ne pouvait être le tueur et on avait vérifié ses alibis. Mais les Chasseurs noirs travaillaient pour lui…

En réalité, un fait ne cadrait pas : un homme voulant se venger de ses frères à travers leurs fils n'aurait pas choisi les enfants adoptés. Il s'en serait pris au contraire à la progéniture biologique. Sans compter les victimes des autres générations, si Franz s'était chargé des meurtres d'aujourd'hui, qui avait ordonné ceux des autres décennies ?

Elle se risqua sur un autre terrain :

— Par le passé, d'autres héritiers de votre famille ont disparu. Ils étaient aussi adoptés ?

— De qui parlez-vous au juste ?

Ivana possédait une mémoire d'ordinateur :

— Herbert von Geyersberg a disparu au large des îles Grenadines en 1988. En 1966, Dietrich von Geyersberg s'est évaporé sans laisser de traces. En 1943, Helmut von Geyersberg a péri en France, à la suite d'un sabotage ferroviaire de la Résistance française. En 1944, son cousin, Thomas, est mort en France lors du débarquement américain. On n'a jamais retrouvé les corps de tous ces disparus…

— Vous insinuez qu'ils ont été assassinés eux aussi ?

— Je répète ma question : ces membres de votre famille étaient-ils adoptés ?

— Mais… non. Je ne crois pas. Je n'en sais rien.

Ivana cuisait littéralement mais le vieil homme semblait insensible à la chaleur.

Elle se pencha et agrippa les accoudoirs du fauteuil roulant.

— Et moi, lui hurla-t-elle au visage, je crois que vous vous foutez de notre gueule !

Franz n'eut pas un recul, pas le moindre tressaillement de frayeur. Soit il était perdu dans son deuil – deux neveux en une semaine, ça faisait beaucoup –, soit il en avait vu d'autres.

Ivana n'eut pas le loisir d'insister. Kleinert venait de l'attraper par le col pour la faire violemment reculer. Le mouvement lui coupa le souffle et elle se retrouva pliée en deux, à tousser et à cracher. Très chic. D'une poussée sur la poitrine, l'Allemand la fit asseoir dans le canapé. Son expression se passait de commentaire : *Sage !*

— Veuillez excuser ma collègue française, dit-il de sa voix de carpette. L'urgence de l'enquête…

Franz fit machine arrière avec son fauteuil et s'éloigna de la cheminée. Sa peau blême n'affichait pas la moindre rougeur, comme s'il était en marbre.

— Nous allons vous laisser, poursuivit Kleinert, plus larbin que nature. C'était déjà très aimable à vous de nous avoir reçus dans de telles circonstances et…

Ivana bondit sur ses pieds et se dressa devant l'infirme.

— Certainement pas. On n'a pas encore fini.

— Ivana !

Kleinert marcha vers elle mais la Slave, sans lui jeter un regard, braqua sa paume dans sa direction. Le message était plus clair encore : « Toi, tu bouges pas ! »

— Vous connaissez Johann Bruch ?

— Jamais entendu ce nom.

— Il travaille pour Schwarzes Blut.

— Nous employons une centaine de personnes.

— Non, cette fondation ne rémunère qu'une poignée d'hommes, tous repris de justice.

Le vieux hibou paraissait avoir retrouvé une place rassurante au fond de son fauteuil. Un fossile dans sa gangue de pierre.

— Cet homme a-t-il enfreint la loi ?

— Johann Bruch élève des röetken, une race de chiens interdite en Europe.

— Vous travaillez à la brigade criminelle ou pour le WWF ?

— Vous le saviez ? cingla Ivana sans relever la vanne.

Nouveau mouvement des épaules : il fallait vraiment lui couper les étiquettes à l'intérieur du col.

— Je vous dis que je ne connais pas cet homme,

répondit Franz avec autorité. Et un élevage illégal de chiens, ce n'est pas le bout du monde. En tout cas, je ne vois pas le rapport avec la mort de Jürgen et de Max.

— Un röetken a agressé Laura von Geyersberg il y a deux jours.

Franz daigna hausser un sourcil.

— Vous parlez du chien dans le parc ?

— Ne jouez pas aux imbéciles.

Ivana se tenait face à lui, les jambes solidement plantées dans le sol, les poings sur les hanches. Elle aurait pu être dans n'importe quel commissariat du 9-3. Fini les pincettes en argent.

— Je ne sais pas de quoi vous parlez.

Il voulut tourner son siège roulant pour se diriger vers l'entrée. Ivana lui barra le passage. Kleinert n'intervenait pas : sans doute était-il choqué par son insolence mais finalement, quelque chose lui laissait supposer qu'elle pouvait de cette façon décrocher une info.

— Quelle est l'activité exacte de Schwarzes Blut ?

— L'association s'occupe de gérer la faune et la flore de nos forêts et…

— Je vous parle de sa véritable activité.

— Qu'est-ce que vous voulez dire ?

— Je vous parle des chasseurs criminels qui jouent aux bikers sur des Norton. Je vous parle des salopards qui ont lâché leurs chiens sur une fillette.

Franz eut un geste de lassitude.

— Vous me fatiguez…

— Ces hommes vous protègent ou vous menacent. Peut-être les deux. De quoi au juste ?

Sans s'en rendre compte, Ivana s'était pliée à sa hauteur et lui criait dans le visage. Pas plus qu'il n'avait paru sensible aux flammes, Franz ne semblait perturbé par l'agressivité de la jeune femme.

— Laissez-moi passer. Je n'ai plus rien à vous dire, lança le vieux Franz en la contournant.

Ivana ne fit pas le moindre geste pour le rattraper.

— Et les Chasseurs noirs, hurla-t-elle en dernier recours, ça ne vous dit rien ?

Franz avait déjà disparu dans l'ombre d'un couloir.

Kleinert, soudain près d'elle, lui murmura à l'oreille :

— C'est bon, on y va.

Elle n'opposa aucune résistance. Il avait le ton conciliant d'un infirmier dans un asile psychiatrique.

# 57

— Merci pour ton aide. Super cool, l'équipe. Vraiment.

— Tu ne comprends rien à l'Allemagne.

— Je connais mon boulot de flic !

Ils s'étaient réfugiés dans la voiture de Kleinert et l'Allemand ne démarrait pas. Il planait dans l'habitacle une odeur de lessive et de lingettes parfumées au santal. *Tu parles d'un flic.*

Elle réalisa avec un temps de retard qu'ils étaient passés au tutoiement – sa colère descendit d'un cran.

— Sur la cheminée, expliqua-t-il, il y avait un portrait de trois jeunes hommes. J'ai reconnu Franz alors qu'il pouvait encore marcher. Les deux autres devaient être Ferdinand et Herbert.

— Et alors ?

— Ils se tenaient tous les trois de la même façon, main droite plaquée sur la hanche. Comme ça.

Tourné de trois quarts, Kleinert plaça sa main gauche sur la droite.

— En regardant mieux, j'ai vu que tous les trois croisaient discrètement leurs index l'un sur l'autre.

— C'est un signe ?

— Les grenades croisées. Le symbole des Chasseurs noirs.

— Tu veux dire…

— Les trois frères ont toujours considéré qu'ils étaient les héritiers de cette milice. Ils ont fait libérer des braconniers, des violeurs, des criminels, mais les chefs, c'étaient eux. Ils vouent un culte morbide aux Sonderkommandos.

— Dans quel but ? Le plaisir de jouer les bikers nazis sur leurs motos ?

— Y a d'abord le rôle de service d'ordre.

— Faut arrêter avec ça. VG est un groupe d'ingénierie électronique. Pas besoin de gros bras pour défendre des brevets et des circuits à souder.

— Je suis d'accord. Et l'histoire des Yéniches n'est survenue qu'une fois. S'il y avait eu d'autres agressions, on en aurait trouvé la trace. Ces Chasseurs noirs ont donc une autre vocation.

— Éliminer les enfants adoptés de la famille ?

— Ça, c'est une idée de Niémans et je pense qu'il a tort. Je crois au contraire qu'ils sont chargés de protéger les Geyersberg contre un tueur récurrent, qui agit à travers les âges.

— « À travers les âges » ? Tu t'entends parler ?

— Je sais que ça ne tient pas debout, fit-il d'un ton dépité.

— Si c'est vraiment leur rôle, ils ne sont pas doués. Chaque fois, les fils Geyersberg ont disparu.

Comme saisi par une nouvelle idée, le flic s'approcha un peu plus d'Ivana. Elle put capter son odeur à travers les effluves doucereux des sièges. Il distillait une senteur d'épices et d'encens. Elle songea à du thé tibétain. D'un coup, son beau mousquetaire devint un moine de l'Himalaya. *Calme-toi, ma fille.*

— Une chose est sûre, continua-t-il. Niémans s'est planté la nuit du parc. Le chien n'était pas là pour attaquer la comtesse mais pour la protéger. Le röetken a agressé Niémans parce qu'il a cru qu'il était le tueur.

Ivana commençait à avoir la migraine. Ses pensées se perdaient comme des échos ricochant sur les parois d'un labyrinthe qui ne menait nulle part.

— La pirsch, conclut Kleinert en tournant la clé de contact. Les Chasseurs noirs. L'adoption. Quand on aura trouvé le lien entre ces trois pôles, on aura trouvé l'assassin. Ou du moins son mobile.

Ivana attrapa une cigarette et ouvrit sa vitre. Elle ferma les yeux et renversa la tête en arrière. La voiture prit de la vitesse. Les graviers bruissaient sous les roues. L'air froid du dehors venait lui gifler le visage. Elle savourait l'idée que Kleinert l'admirait encore du coin de l'œil – elle était la Belle au bois dormant, la princesse inaccessible…

Du temps passa ainsi, le silence se mêlant au vent glacé pour les saisir tous les deux dans leur immobilité, leur incompréhension mutuelle. Ils roulaient quelque part sur la terre – et c'était délicieux.

Soudain, Ivana réalisa que Kleinert ralentissait. Elle ouvrit les yeux : il s'enfonçait dans un sentier de forêt. Elle paniqua. Un reflux gastrique lui brûla la gorge.

Elle serrait déjà son calibre quand le flic posa doucement la main sur ses doigts crispés. Il avait choisi une clairière cernée de pins et de trembles, éclairée seulement par les phares.

Elle sentait ses phalanges glacées sous la main chaude du flic. Des glaçons qui claquent dans un verre d'eau tiède.

— N'aie pas peur, souffla-t-il.

— J'ai jamais peur.

— Je crois au contraire que tu as toujours peur et que tu fais de sacrés efforts pour le cacher.

Il parlait sans ouvrir la bouche comme un ventriloque. Il avait retiré sa main et elle lui manquait déjà.

— Pourquoi on s'arrête ? bredouilla-t-elle.

— Pour faire le point.

— Je commence à en avoir marre de faire des points sur ces Chasseurs, sur…

— Je parlais de nous deux.

*Il va quitter sa femme*, se dit-elle. Elle avait survécu à une guerre, à un père infanticide, au crack dans les caves, au meurtre de son dealer, elle était flic et avait fait de la violence son quotidien, mais voilà encore le genre d'idées réflexes qui lui traversaient la tête. *Pauvre fille…*

— Je n'ai pas parlé des Chasseurs noirs aux flics de Stuttgart. Ils vont se taper l'autopsie et la vérification des alibis de l'entourage de Max. Quant à Niémans, il va interroger sa comtesse et divaguer jusqu'à demain matin. On a la nuit devant nous, Ivana. On peut choper tous les membres de Schwarzes Blut et les interroger à la dure.

Encore une déception. Mais finalement, elle préférait ça. Le boulot, la seule valeur sûre.

— Pour quel chef d'accusation ?

— On n'en est plus là. C'est toi et moi maintenant. On a quelques heures pour les secouer. Ces gars-là sont dans le secret des dieux.

Le tableau de bord projetait un tas de petites lumières sur son visage. Des points fluorescents grenat, citron, menthe… L'habitacle se mettait à ressembler à une salle de karaoké. De plus en plus dur de résister…

Dans un dernier réflexe de survie, elle attrapa son portable.

— Qu'est-ce que tu fais ?

— J'appelle Niémans.

— Papa à la rescousse ?

Ivana allait l'injurier mais son portable dans sa main la sauva : vibration.

*Niémans* pensa-t-elle, mais elle baissa les yeux et vit que ce n'était pas son mentor. Aussitôt, sa gorge se noua. Elle refusa l'appel.

— Encore le beau ténébreux ?

Ivana ne répondit pas, les yeux fixés sur son téléphone.

— Qui t'appelle sans parler ?

Il avait calé son coude entre les deux sièges, dans une posture qui tenait plutôt du dragueur de plage que du collègue attentionné.

Elle gardait le silence, manipulant son portable, faisant passer le poids de son secret d'une paume à l'autre.

— C'est mon fils, dit-elle sourdement.

Aussitôt, elle le dévisagea pour surprendre sur son visage la stupeur, la déception, le dégoût. Mais Kleinert ne marqua aucun étonnement.

Un vrai flic, toujours prêt pour le pire.

— Quand tu n'es pas là, demanda-t-il, c'est son père qui s'en occupe ?

— Il n'a pas de père.

— Il a quel âge ?

— Dix-sept ans.

— Qui s'en occupe ?

— Des gens.

— C'est-à-dire ?

— À ton avis ? explosa-t-elle d'un coup. Je l'ai eu à quinze ans. Je m'en suis jamais occupée. Il a toujours grandi dans des foyers et des familles d'accueil.

— Et maintenant ?

— Maintenant ? Il me hait. Il m'appelle sans rien dire, mais ce que j'entends, c'est dix-sept années de colère et de rancune.

Kleinert recula sur son siège, comme pour lui laisser le temps de reprendre son souffle. Un boxeur qui respecte le comptage de l'arbitre.

— Tu veux savoir pourquoi je ne m'en suis jamais occupée ?

— Je ne te demande rien.

— Mais tu peux ! rit-elle alors que sa voix déraillait. Tu veux savoir comment on peut être ce genre de mère ? Comment…

Sans un mot, et sans qu'elle ait le temps de réagir, d'ouvrir sa portière et de fuir dans la forêt, l'Allemand posa ses lèvres sur les siennes.

Elles étaient brûlantes. Absolument aucun lien avec la Forêt-Noire. Le fonctionnaire-mousquetaire-tibétain était devenu un Touareg assis au bord du puits, sur une margelle chauffée à blanc.

Ivana s'abandonna à cette sensation en se disant que la froideur du gars était une carapace. Une serre sous laquelle poussaient des fleurs dangereuses et magnifiques.

Cette idée la bouleversa car elle se sentait en cet instant aussi froide qu'un sanctuaire qui n'abritait ni fleurs ni le moindre être vivant.

# III

# LA BALLE PROPRE

## 58

Niémans se réveilla auprès de la bête. Des poils durs, noirs et drus.

Il eut une convulsion et se redressa, traversé par une décharge de pur effroi. Une seconde plus tard, il réalisait qu'il ne s'agissait que du tapis de fourrure sur lequel Laura et lui s'étaient affrontés.

À tâtons, il chercha ses lunettes et refit le point sur son environnement immédiat. La salle éclairée de baies vitrées. La cheminée éteinte et noire. Les fauteuils et le canapé reliés entre eux par des fringues éparses. Le tout saisi par une odeur de cendres et le froid de l'aube.

7 h 20 du matin. Putain. Il avait dormi là, par terre, enroulé dans la carpette comme un clodo dans sa couverture. Super, l'enquêteur. Il chercha à se souvenir – au moins – de ses ébats. Seuls des fragments angoissés, très sombres, répondirent à l'appel. Aucun plaisir rétroactif.

Et surtout, aucune trace de Laura.

Il ne l'imaginait pas en train de préparer le petit déjeuner.

— Laura ? appela-t-il en se levant.

La nature même du silence était une réponse : pas le moindre signe d'agitation ni de présence humaine ici.

Niémans continua d'appeler en bouclant sa ceinture et en boutonnant sa chemise. Endossant sa veste, il traversa la pièce, trouva celle où ils avaient dîné avec les cousins, revint sur ses pas, découvrit une cuisine à l'américaine. Tout était impeccable, vide et glacé.

Tout en allant et venant dans ce bloc de verre, il ne pouvait admettre ce qu'il avait fait. Coucher avec un témoin, c'est déjà pas terrible. Mais coucher avec Laura, c'était une pure sortie de route : mi-suspecte, mi-victime, la comtesse était vraiment la dernière personne dont il fallait s'approcher.

De nouvelles bribes lui revinrent. Des jouissances ambiguës qui lui tordaient les tripes comme un mal de mer insoutenable. Des flambées blêmes qui lui illuminaient le cerveau telles des étoiles après un pain dans la gueule.

Il n'y repensait pas, c'était la nuit qui pensait à lui, qui revenait vers lui par flux violents et l'emportait vers de nouvelles profondeurs. Ne pas glisser sur les récifs…

— Laura ?

Montant l'escalier, des images encore. Laura dans un souffle. Laura dans une cambrure… Au fond, il n'avait jamais compris ni admis cet état animal qui saisissait tout le monde, au cœur du corps, la nuit à fleur de peau.

Il remonta le couloir lambrissé, se cognant aux parois et aux chambranles – à croire que les hommes étaient tous des nains au début du XX$^{e}$ siècle. Aucune porte verrouillée, chaque pièce visitée, et rien à se mettre sous la dent.

Parvenu dans sa propre chambre, il ouvrit la baie vitrée et jeta un coup d'œil dehors. La fraîcheur du jour lui fit du bien. Une fine bruine – peut-être de la rosée – trempait l'air.

Le 4 × 4 de Laura était stationné dans la cour. Elle n'était donc pas partie – ou du moins pas en voiture. À la chapelle ? Se recueillir sur la tombe de son frère ?

Tendant le bras pour fermer la fenêtre, l'odeur de Laura lui revint aux narines – sa chemise en était imprégnée, un parfum sec et calciné, comme si le tissu avait brûlé.

Il redescendit l'escalier et traversa à nouveau le salon. Il se dit que Laura lui avait peut-être laissé un message. Dans son manteau, il trouva son portable. Que dalle, bien sûr. En tout cas de la part de la comtesse. Ivana, elle, lui avait laissé douze SMS au fil de la nuit. La petite Slave avait sans doute dégoté de nouvelles infos alors qu'il ronflait.

Avant de la rappeler, il retourna à la cuisine et se passa la tête sous l'eau. Pas spécialement agréable mais le meilleur moyen pour s'éclaircir les idées. Face à la colère de la môme, il allait falloir assurer côté repartie.

Il revenait dans la salle, prêt à composer le numéro d'Ivana, quand il remarqua un détail qui lui cloua la peau sur les os.

Il manquait un fusil sur le râtelier. Pas n'importe lequel, le fusil anthracite, comme coulé dans une seule pièce de métal, dont Laura avait précisé qu'il appartenait à son père. Un chef-d'œuvre dédié à la pirsch, qui permettait d'atteindre sa cible à deux cents mètres.

Laura avait sans doute aussi emporté une poignée de cartouches fondues par ses soins, des balles particulières dont la pointe molle permettait de causer un maximum de ravages.

Niémans s'assit sur un fauteuil. Voilà ce qui s'était passé la veille : en filigrane, il avait dit quelque chose qui avait fait comprendre à Laura qui était l'assassin de son frère. À titre de diversion, elle avait fait l'amour avec lui, merci madame, et attendu qu'il s'endorme pour partir, arme au poing, régler ses comptes. Qu'avait-il dit, nom de Dieu ? Qu'avait-elle compris qu'il n'avait même pas pigé, lui ?

Son portable vibra et il manqua tomber à la renverse.

— Qu'est-ce que vous foutez, Niémans ? hurla Ivana dans le combiné. Putain, j'vous ai appelé toute la nuit !

— Je… je t'ai dit que j'allais voir la comtesse.

— Pas que vous alliez passer la nuit avec elle.

Il tenta une – maigre – gueulante afin de faire diversion :

— Tu vas pas nous en chier une pendule ! Qu'est-ce qui se passe ?

— Il se passe qu'on a reçu cette nuit les fadettes de Schüller. La dernière personne qu'il a appelée est Laura von Geyersberg, une heure avant sa mort.

Niémans ne trouva rien à répondre.

— Vous avez donc couché avec notre suspect numéro un, souligna Ivana.

— Où t'es, là ?

— Devant vous.

Niémans leva les yeux et vit à travers les baies des voitures de police débouler dans la cour. Des voitures vertes comme des bouteilles de bière, lançant des éclairs bleus qui rappelaient le lac Titisee. Une, deux, trois, quatre bagnoles dérapèrent ainsi, alors que des flics en uniforme en dégorgeaient.

Dans un mouvement de panique, il fixa son holster à sa ceinture et enfila son manteau. De la dignité, camarade. Il courut jusqu'à la porte mais elle était déjà ouverte : les flics, arme au poing, pénétraient dans la maison inspirée du Bauhaus.

Personne ne fit attention à lui. Ils voulaient la comtesse, pas un merdaillon de flic qui depuis le départ avançait en crabe et passait à côté des évidences. Kleinert apparut, ni triomphant, ni abattu, simplement miné par cette enquête en forme de spirale. Il avait pris mille ans et ne ressemblait plus à un fonctionnaire allemand ni à un mousquetaire. Plutôt à Trotski quelques jours avant sa mort.

Il toisa Niémans un instant et préféra rejoindre sans un mot ses équipes qui fouillaient partout. Où était Ivana ? Il lui semblait qu'elle seule pouvait le sortir de cette situation. Il se trompait.

— Ça va ? Content de vous ? demanda-t-elle en apparaissant sur le seuil.

— Ivana…, murmura-t-il.

Son propre crâne était une cellule de dégrisement. Après la nuit d'amour, l'atterrissage avait des allures de crash.

— Les choses sont claires maintenant, et c'est pas grâce à vous.

— Vas-y. Envoie.

— J'vous ai déjà dit le principal : le dernier appel de Schüller était pour la comtesse.

— Ça prouve rien.

— On peut tout de même supposer que le toubib lui a dit quelque chose qui l'a fait réagir et qu'elle a filé au labo.

— Pure spéculation, rétorqua-t-il. Personne ne l'a vue là-bas.

— Justement, si. Un des chercheurs a aperçu son 4 × 4 sur le parking à l'heure du meurtre.

Les flics allaient et venaient dans son dos en poussant des interjections en allemand – celles qu'on lui avait appris à haïr durant son enfance. La langue des méchants. La langue des nazis. Les éclairs bleutés des gyrophares se mêlaient aux plages cuivrées du jour naissant pour transformer les vitres en tableaux abstraits.

Dans sa cage de Faraday, Niémans se vit arrêté, condamné, exilé. Non pas pour les crimes qu'il avait commis. Mais pour un flagrant délit d'intense connerie et de naïveté.

# 59

Ivana et Kleinert avaient bossé toute la nuit. Ils n'avaient reçu les fadettes de Schüller qu'au petit matin, mais avant ça, ils avaient arrêté, ou fait arrêter, les membres principaux de l'association Schwarzes Blut. Le flic allemand ne s'était plus embarrassé de procédure ni de faits objectifs. Il avait lancé ses filets et attrapé tous ceux susceptibles de lui lâcher la moindre info. Et qui plus est, dans le dos des flics de la Crime.

Ils retournaient maintenant au poste central de Fribourg pour interroger les lascars. L'histoire ne disait pas si Niémans serait autorisé à participer à la fête. Assis à l'arrière de la voiture, il regardait défiler les kilomètres de sapins comme un enfant sage. Au moins, il n'était pas suspect…

Kleinert baragouinait dans sa radio tout en conduisant d'une main et Ivana était concentrée sur son iPad, recevant sans doute de nouvelles infos en allemand.

— Qu'est-ce que vous foutez ? demanda Niémans avec mauvaise humeur.

— Je lance un avis de recherche sur Laura et je fais surveiller les frontières.

— Conneries.

Kleinert le foudroya du regard, via son rétroviseur.

— Niémans, fermez-la. Depuis le début de l'enquête, vous avez tout faux. Vous nous avez bassinés avec votre idée d'accident de chasse, ça n'a rien donné. Vous nous avez persuadés que les Chasseurs noirs avaient attaqué la comtesse, ça s'est révélé être le contraire : le chien protégeait Laura contre vous. Après ça, vous nous avez embringués dans cette histoire de malédiction familiale, et une fois encore, on n'a pas obtenu le moindre résultat. Enfin, vous nous avez convaincus que le mobile des meurtres était l'adoption. Qu'est-ce que ça nous a apporté ? Un cadavre de plus. Maintenant, on tient une vraie suspecte et on ne va pas la lâcher parce que votre « intuition » vous souffle qu'on a tort.

Ivana fixait la route – depuis qu'ils étaient dans la voiture, elle ne lui avait pas lancé un regard ni glissé une seule parole. Il voyait seulement sa nuque, au ras de sa coupe au carré.

— Laura aurait tué Schüller pour quel motif ? relança Niémans.

— Parce qu'il avait découvert qu'elle et Jürgen n'étaient pas frère et sœur.

— Vous admettez donc que l'adoption est au cœur de l'affaire. Les Chasseurs noirs…

Ivana se tourna cette fois vers lui, la main posée sur le dossier de Kleinert.

— Niémans, votre histoire ne marche pas. D'abord,

vous nous avez dit qu'ils étaient les assassins. Ensuite, qu'ils protégeaient les Geyersberg. Maintenant, qu'ils éliminent seulement les héritiers de…

— Ce sont des veilleurs. Leur rôle est de tuer… ces mômes de secours.

— Quand ils ont passé trente ans ? Et ils le feraient depuis des générations ?

Ivana reprit sa position passager. Le soleil l'éclaboussait à intervalles réguliers, hachurant son profil à la manière d'un projecteur de cinéma à l'ancienne.

Devant eux, la route rectiligne semblait incapable de venir à bout de la forêt. Niémans songeait au massif forestier des Landes, ces immensités totalement replantées au XIXe siècle. Sans doute les Geyersberg avaient-ils fait la même chose. Toujours plus d'arbres, pour abriter plus de proies…

— Votre idée ne tient pas non plus pour une autre raison, insista Ivana sans quitter la route des yeux.

— Laquelle ?

Elle pivota à nouveau et il lut sur son visage une sorte de compassion pour ses idées foireuses. Il préférait quand elle était en colère.

— Si on suit votre raisonnement, l'enfant adopté a toujours été l'aîné de la fratrie puisque les parents ne parvenaient pas à avoir de gamin.

— Exact.

— Le fils éliminé devrait donc être à chaque fois le plus âgé.

— Oui.

— Cette nuit, avec Fabian, on a remonté les archives des Geyersberg…

L'utilisation du prénom, à nouveau – il n'avait pas souvenir qu'Ivana l'ait appelé, ne serait-ce qu'une seule fois, « Pierre ». *Merde.* Ces deux-là étaient ensemble.

— Ce n'est pas toujours l'aîné de la famille qui a disparu, asséna-t-elle. Votre théorie des « enfants de secours » ne tient pas. Ces héritiers ont été tués pour une autre raison… Sans compter un autre problème.

— Lequel ?

— Si cette famille avait à chaque fois adopté un héritier, ils auraient choisi un garçon, non ?

— Oui.

— Selon nos recherches, certains Geyersberg disparus durant le XIXe siècle étaient des femmes. Ces enfants n'étaient donc pas adoptés.

Niémans enfonça ses mains dans ses poches et serra les épaules.

Kleinert reprit la parole – ils avaient décidé tous les deux de l'achever :

— Revenons au meurtre de Schüller. Pourquoi ça ne serait pas Laura von Geyersberg qui aurait fait le coup ?

— La question est plutôt : pourquoi l'aurait-elle fait ? Parce que Schüller avait découvert que Jürgen n'était pas un Geyersberg ? Cette histoire aurait fini par sortir d'une manière ou d'une autre.

— Alors, Schüller a trouvé autre chose.

Ivana pivota une nouvelle fois et lui lança un regard plein de défi.

— Si Laura est innocente, pourquoi a-t-elle fui ?

Niémans la revoyait fumer dans la pénombre,

entourée de ses murs transparents. L'attendait-elle ? Venait-elle de tuer Schüller ? Avait-elle déjà prévu de coucher avec lui pour mieux lui échapper ?

— Elle n'a pas fui. Elle veut régler ses comptes. Elle a pris le fusil de son père. Elle est partie se venger.

— Vous vous croyez où, Niémans ? cria Kleinert. Dans un western ?

Niémans hésita à répondre, puis se lança :

— Je pense que j'ai dit quelque chose hier soir qui lui a fait comprendre la vérité.

— Peut-être sur l'oreiller, non ? ironisa Ivana. Ça vire au vaudeville, votre truc.

Le flic ouvrit la bouche pour la recadrer. Kleinert fut plus rapide :

— Ils sont là.

Niémans le considéra un instant et vit qu'il avait les yeux rivés sur le rétroviseur intérieur. Il se rehaussa en poussant sur ses jambes et regarda à son tour par le pare-brise arrière.

Ce qu'il vit lui tira un sourire lugubre.

Au moins, leur mort marcherait dans le sens de l'histoire.

Celle du génocide des Juifs de Biélorussie et d'Ukraine organisé par les nazis à partir de 1941.

Le sale boulot des Chasseurs noirs.

## 60

Presque debout, un genou sur son siège, Ivana s'était retournée elle aussi et considérait le cortège qui leur filait le train sur la route déserte.

La première chose à laquelle elle pensa fut la série des films *Mad Max*.

Un 4 × 4 noir occupait le centre de la route, des motos l'encadraient, les Norton auxquelles ils avaient déjà eu affaire. Les hommes qui chevauchaient les engins étaient les mêmes que la nuit de Fribourg – vestes de cuir, cirés sombres, cagoules vert Wehrmacht. Une légion de mort qui roulait au sans-plomb.

Lancé à pleine vitesse, le convoi donnait clairement l'impression qu'il allait leur passer dessus sans ralentir. Kleinert accélérait déjà, attrapant de la main droite sa radio. Niémans avait dégainé son Glock. Ivana ne pouvait croire à cette attaque de diligence. Pas en 2018. Pas dans le Bade-Wurtemberg. Pas à…

Le premier choc la catapulta, d'abord contre le pare-brise, puis, mâchoires en avant, contre l'appuie-tête de son siège. La bagnole fit une embardée. Ivana glissa sur le sol entre siège et boîte à gants, à moitié étranglée par sa ceinture de sécurité. Elle se releva, un goût de sang dans la bouche, complètement sonnée.

Kleinert était accroché à son volant, laissant pendre son VHF – trop tard pour appeler des secours. Niémans avait baissé sa vitre et tendait la tête au-dehors, arme au poing. Elle pouvait l'apercevoir de trois quarts, de dos, un trait de sang lui partait de la tempe comme une estafilade. Il avait dû se prendre lui aussi un angle dur durant la secousse.

Personne ne desserrait les dents et c'était pire que tout. Plus rien à dire. Next step, la tête dans le fossé ou une balle dans la nuque. Ivana était en train de dégainer – ou plutôt d'essayer, empêtrée dans son blouson qui s'était torsadé dans son dos et sa ceinture qui l'entravait –, quand le second choc la projeta contre le tableau de bord. Son menton glissa sur la surface de polymères et absorba la puissance de l'impact. Pourtant, il lui parut cette fois que c'était toute la bagnole qui était catapultée vers l'avant, partant à l'oblique vers les sapins.

Kleinert hurla. Niémans disparut. Ivana se redressa et découvrit son mentor qui se relevait aussi entre la banquette arrière et les sièges avant. Tournant la tête à droite et à gauche, elle vit les motards qui roulaient maintenant à leur hauteur : cagoules de toile, lunettes de cheminot, foulards noirs. Encore une fois, elle songea à un « *outlaw biker film* » mais quelque chose dans leur tenue, dans leur détermination lui congelait la moelle. On n'était pas au spectacle. Chaque détail sonnait juste et dur, renvoyant à des périodes maudites de l'histoire.

Ils allaient vraiment y passer.

D'un côté, ça semblait absurde – comment s'attaquer à la police ? De l'autre, la scène était frappée au sceau du seigneur. Sur ces terres, la seule loi qui régnait était celle des Geyersberg. Les trois flics étaient des intrus, des étrangers, des mécréants. Et un accident est si vite arrivé...

Alors, quelque chose d'inattendu se passa, ou plutôt ne se passa pas : les Chasseurs noirs ne tentaient rien. Ils roulaient simplement à leurs côtés, se comportant comme une escorte, alors que le 4 × 4 derrière eux perdait de la vitesse.

Niémans demeurait immobile, hésitant à tirer sur ces motards patibulaires mais passifs. Ivana tenait son 9 mm en tremblant et sentait la sueur lui couler entre les doigts. Kleinert fonçait toujours, le visage collé au pare-brise. Finalement, les trois flics se regardèrent : qu'est-ce qui se passait ici ?

Avant que l'un d'entre eux ne dise quoi que ce soit, les motards poussèrent les gaz et les dépassèrent. Dans le même temps, le 4 × 4 revint sur eux et les percuta encore. Kleinert, mauvais réflexe, donna un coup de volant et freina – ou le contraire. La voiture partit à angle droit dans le décor puis se redressa pour bondir sur ses roues dans une convulsion hurlante.

— Ça suffit les conneries ! hurla Niémans, alors que l'Allemand retrouvait le contrôle de son véhicule.

Ivana, cramponnée à son siège, se tourna vers lui : le nez pissant le sang, le flic arma sa culasse d'un geste sec. Derrière lui, à travers le pare-brise, elle vit le 4 × 4 prendre un sentier sur la droite avant de disparaître dans la forêt comme un insecte ne faisant que passer.

Elle pivota à nouveau et constata que les motards s'étaient aussi volatilisés. Kleinert ralentit et finalement s'arrêta. Le moteur hoqueta, comme à bout de souffle, et s'éteignit de lui-même. L'Allemand respirait par brèves bouffées, on aurait dit qu'il pleurait. Penché, il essayait de ramasser à tâtons sa radio. Niémans laissait échapper une haleine sifflante. Finalement, Ivana, qui râlait et gémissait, ne se trouvait pas plus mal en point que ses camarades. Elle demeurait les yeux fixés sur la route rectiligne, bordée de sapins, d'où n'importe quoi pouvait surgir d'un instant à l'autre.

Pourquoi cette attaque ?

Un nouvel avertissement ?

Une manière de les retarder ?

Ces questions restèrent en suspens pour l'éternité.

Sans qu'aucun des passagers n'ait remarqué quoi que ce soit, le 4 × 4 venait de surgir d'un sentier à droite dans un grondement tellurique. Ivana n'eut que le temps d'apercevoir sa calandre manger tout l'espace jusqu'au choc final.

L'instant se fracassa, les secondes devinrent des éclats de verre. Personne ne cria, excepté les pneus, ou la tôle, ou le moteur. La voiture s'arracha de son assise et s'envola dans un tourbillon de poussière et de bitume brûlé. Ivana s'appuya au tableau de bord, mais déjà, les repères s'étaient inversés : la console de polymères était au-dessus de sa tête, une pluie de verre feuilleté montait du sol, sa nuque était coincée contre le plafond de l'habitacle. Elle ne ressentait pas la moindre douleur ni quoi que ce soit de violent. Elle flottait. La pesanteur terrestre avait disparu, toute idée, toute sensation était projetée hors du monde du possible. Elle trouva le moyen de se dire que ses nerfs avaient été tranchés par la collision ou que son cerveau était parti s'écraser sur la vitre opposée façon bombe à eau…

Puis la lourde carcasse retomba sur le toit.

Ivana voulut hurler mais ses organes se compressèrent dans sa gorge, elle suffoquait, étouffée par ses propres viscères. Elle eut un renvoi, un râle auquel se mêlaient vomi et crachats de sang.

Nouveau choc, mais à l'endroit cette fois. S'enfoncer dans le sol, c'était une chose, s'enfoncer en soi-même, c'en était une autre. Ses os étaient rentrés dans ses muscles, les écorchant à la manière de crochets de boucher.

Elle se souvint d'un mot : tonneau. Ils avaient fait un tonneau ! Le mot la rassura. Le mot devint son garde-fou. Elle se retrouva à nouveau la tête en bas, dans un déferlement incohérent de souvenirs, d'images, de conversations où il était question de conducteurs qui avaient survécu à ce genre de roulade… Mais ça tournait toujours. Éclats de plastique, de verre, de ciel, elle se recroquevillait en rentrant les épaules, petit corps discret et vulnérable qui voulait se faire oublier de la mort, aussi fragile qu'une coquille d'œuf.

Le dernier choc fut si violent qu'elle se dit que la douleur l'avait carrément traversée pour ne laisser qu'une épave. Mais sa conscience s'activait toujours. Et ses facultés d'analyse fonctionnaient : la bagnole s'était encastrée dans le fût d'un sapin, côté avant droit, deux roues en l'air, les deux autres dans la terre.

Le monde à l'oblique, elle connaissait déjà. Elle sentit remonter les souvenirs de Croatie. Elle les balaya et se tourna vers Kleinert : pas moyen. Son airbag la compressait contre son siège. Pourtant, à force d'efforts, elle extirpa son visage de la pression et vit que celui de l'Allemand était carrément écrasé. Maculée de sang, sa figure disparaissait dans la toile, les yeux crevés par ses lunettes brisées. Son bras droit était coincé dans le volant selon un angle impossible.

Pas moyen de dire s'il vivait encore.

Du bruit derrière elle. Sa nuque lui obéit et elle put extraire tout à fait sa tête de l'airbag. À l'arrière, la banquette avait été propulsée jusqu'au plafond et la roue de secours s'était glissée entre le dossier et le plafond de l'habitacle. Niémans était en train de se relever – la meilleure nouvelle de la journée.

Sensation chaude dans le pli de ses paupières. Elle était blessée au visage. Pas question d'y réfléchir. Déjà, la main énorme de Niémans s'agrippait à son siège, tout près d'elle.

— Faut sortir de là, dit-il d'une voix étrangement calme. Ça va cramer.

Alors seulement, elle sentit l'odeur – de l'essence, bien sûr, mais aussi de ce petit quelque chose qui lui fit penser à la mèche d'une bombe. La panique suivit aussitôt. Ivana était coincée. Le coussin de toile l'empêchait de voir sa portière, qui était de toute façon enfoncée. Aucun moyen de l'ouvrir. Il ne lui restait qu'un espoir : Niémans qui se démenait à l'arrière pour ouvrir celle de gauche, mais qui paraissait bloquée par le sol lui-même, la bagnole étant inclinée à 45 degrés.

Alors, Ivana pria – pas avec des mots, ni avec sa bouche, ni même avec son cerveau ou sa mémoire. Elle pria avec son corps, sa respiration, ses cellules. Tout son être était devenu une imploration vers le ciel.

Le Grand Aiguilleur, en cet instant, s'incarnait totalement dans son flic de patron. Son ange gardien. Son Sauveur. Il fallait qu'il les sorte de là. Il fallait qu'il soit, comme toujours, celui qui la protégeait…

À cet instant, les premières flammes jaillirent à l'intérieur de l'habitacle.

## 61

Le craquement de la portière lui parut être le bruit le plus exaltant du monde – Niémans avait réussi à s'extraire de sa cage. Mais la fumée envahissait déjà l'habitacle et Ivana se sentait coupée du monde du salut, séparée de l'espoir par le feu et le fer.

Elle sursauta. Niémans venait de lui attraper le bras. Il avait glissé sa main au-dessus de la nuque de Kleinert, qui semblait vraiment mal en point, simplement pour lui signifier que les secours étaient en marche, c'est-à-dire lui-même.

Ivana voulut dire quelque chose mais tout ce qu'elle réussit à faire, ce fut à tousser et à avaler un peu plus de fumée. Elle avait suivi des cours là-dessus, elle avait lu des statistiques, appris des chiffres : les bagnoles ne s'enflamment pas comme ça. Mais parfois, si. Et ce « parfois » suffisait à la faire suer comme une génisse à l'abattoir.

Que foutait Niémans ?

Elle parvint à glisser un œil entre les airbags et vit une lame en gros plan. Elle se dit qu'il allait lui scier un bras ou un doigt pour parvenir à l'extraire de cette boîte brûlante.

Mais non, il perça simplement l'airbag de Kleinert, provoquant un tressautement du flic qui, le visage en sang, ne reprenait pas conscience.

— Niémans, dit-elle d'une voix rauque, magnez-vous.

En guise de réponse, il transperça aussi le coussin d'air d'Ivana avant même qu'elle ait eu le temps de réagir. La toile lui éclata à la figure mais elle en ressentit un soulagement immédiat.

Le flic était déjà en train de dégager le Kommissar de l'étau que formaient le volant brisé, le tableau de bord déchiqueté, son siège rabaissé comme un massicot. Il manœuvrait par petits gestes, alors que le feu, lui, progressait à grands pas le long des portières de droite.

Ivana le regardait. Elle ne pouvait pas bouger, roulée comme un wrap aux viscères, au sang et à la terreur. Ça lui coulait sur le visage, les paupières, les yeux. Elle découvrait maintenant tout un tas de sensations merdiques, de très mauvais augure. Bras gauche inerte avec ondes de douleur lancinantes, tête en ferronnerie martelée, nausée prête à lui éjecter les boyaux par la bouche.

Alors seulement, à travers la fumée qui envahissait l'espace, elle réalisa que le pare-brise avant était largement fissuré. Avec l'énergie de la panique, elle déboucla sa ceinture et se mit à frapper à poings fermés les restes de verre feuilleté qui n'offrirent aucune résistance.

Il était temps de se propulser par l'avant et de s'éjecter de cet incinérateur aux couleurs de la police allemande. D'un geste réflexe, elle récupéra son calibre qui traînait par terre et se mit au boulot. En toussant, poussant, rampant, elle parvint à se retrouver sur le capot cabossé. Elle roula du côté de Niémans, qui était parvenu à tirer Kleinert du brasier naissant.

La voiture pouvait toujours exploser – ça serait sans eux.

Ils se retrouvaient là, tous les trois, à peu près vivants, entre un tapis de feuilles mortes et un ciel d'un bleu incandescent.

Niémans traînait déjà l'Allemand inanimé sur la route, s'efforçant de s'éloigner le plus possible de la bagnole. Ivana l'imita, chancelant sur le bitume vers l'autre rive de la forêt. Par-dessus son épaule, elle jeta un regard vers la voiture qui ne semblait plus vouloir brûler ni exploser. L'habitacle se contentait de souffler des bouillons de fumée noire qui pouvaient être, en un sens, le meilleur des signaux de détresse.

La fliquette songea aux policiers restés dans la Villa de Verre – allaient-ils passer par cette route ?

— Comment il est ? demanda-t-elle.

— Il respire, c'est tout ce que je peux dire.

L'Allemand avait les paupières incrustées de verre et son arcade sourcilière gauche avait éclaté, baignant son visage de sang. La poitrine devait être bousillée, le volant lui étant carrément entré dans les côtes. Quant à son bras gauche, il conservait toujours un angle qui faisait mal à voir.

Ivana revint au bord de la route, toujours flageolante,

et considéra le paysage. Le 4 × 4 qui les avait percutés avait filé droit devant. Les motards ne revenaient pas. Fin de la semonce ou début de l'exécution ? Tout ça puait terriblement le « calme avant la tempête ».

Pourtant, toute peur l'avait quittée. Niémans, avec ses gestes sûrs, sa tête plus solide qu'un parpaing et ses lunettes qui, on ne sait comment, étaient restées sur son nez, lui redonnait confiance.

Ce réconfort s'étendit à la forêt entière et il lui sembla qu'une sève chaude et rassurante coulait au fond de ses veines, quelque chose de riche, de poisseux, de doré, lié aux conifères et à la terre. Une énergie intime qui allait lui permettre de survivre.

— Qu'est-ce que j'ai à la gueule ? demanda-t-elle en revenant vers Niémans.

Le flic se releva et observa son visage – lui-même portait plusieurs entailles aux tempes, mais sa peau refusait de saigner.

— C'est bon, c'est rien, une entaille au front. Tu survivras.

Elle ferma les yeux. Des effluves de pin, d'herbe coupée, de terre humide se mêlèrent pour nourrir son vertige. Elle crut qu'elle allait bien mais soudain s'écarta pour vomir avec la puissance d'un karcher.

À chaque renvoi, elle se disait que quelque chose allait craquer dans sa boîte crânienne.

Enfin, les salves s'espacèrent puis s'arrêtèrent. Elle était tombée à genoux, la tête en staccato.

— Ivana ?

Niémans prononçait son prénom d'une voix sourde, comme étouffée.

— Appelle des secours, ordonna-t-il, alors qu'il installait Kleinert sur un lit de mousse et de fougères.

Elle parvint à attraper son portable dans sa poche. Des grosses gouttes de cire blanche s'échappaient de ses yeux.

Elle composa le numéro du poste central de Fribourg mais n'obtint pas le moindre résultat. La particularité des terres des Geyersberg : tout signal venu du ciel était brouillé afin que la voix de la forêt puisse s'exprimer haut et fort.

Sentant une présence derrière elle, elle sursauta et fit volte-face : Niémans se tenait devant elle.

— Y a pas d'réseau, dit-elle en se relevant.

— Tu vas retourner d'où on vient et chercher des secours.

— Quoi ? Mais c'est à au moins dix bornes ! Je tiens à peine debout.

— Dans l'autre sens, y a vingt bornes avant le premier village. Marche vers l'est. Avec un peu d'chance, dans quelques kilomètres, ton portable captera.

Ivana cadra l'instant : Niémans debout face au vent, des tessons de verre sur les épaules, le visage ravagé, Kleinert au pied d'un sapin, beaucoup plus mort que vif. Et pour compléter la scène, elle : la tremblote dans les genoux, le souffle raide et du sang plein les yeux.

— Et vous ?

— Moi ? Je vais les retenir.

Un gloussement nerveux lui échappa :

— Z'êtes sûr que vous avez pas d'autre idée ? Plus originale ?

Il la retourna de force vers la route. Il n'y eut pas de coup de pied au cul mais l'esprit y était.

— Marche droit devant. Si le vent ne change pas d'orientation, tu as tes chances.

— Le vent ? Qu'est-ce que vous racontez ?

— Fonce, je te dis ! Ils sont déjà là.

— Quoi ?

— Tu ne comprends pas ? La chasse a commencé.

Ivana saisit enfin : ils les avaient immobilisés ici pour les prendre en chasse, comme au bon vieux temps du front de l'Est. Elle aurait imaginé des aboiements, des craquements de branches, des appels. Elle se trompait.

C'était la pirsch qui était en marche.

Sans un mot de plus, elle se mit à courir vers le soleil.

## 62

Niémans jeta un œil sur Kleinert. Trente ans de terrain ne lui avaient pas donné la moindre notion de médecine ni même de secourisme. Il n'avait aucune idée de l'état de l'Allemand – peut-être était-il à l'article de la mort, suffoqué par une hémorragie, peut-être avait-il seulement des plaies au visage et quelques côtes cassées…

Il attrapa le calibre de Kleinert et le lui plaça dans la main. Mesure symbolique : il fallait prier pour qu'il reprenne connaissance avant que les salopards ne lui tombent dessus. On pouvait aussi espérer que les prédateurs ne le trouveraient pas, mais ce n'était pas son pauvre camouflage, quelques branches de sapin, qui allait les tromper.

Il devait décider maintenant s'il restait là à protéger son collègue ou s'il s'enfonçait dans la forêt pour les attirer sur ses propres traces. Les Chasseurs noirs allaient-ils vraiment se livrer à une traque humaine ? Ou avaient-ils simplement tenté de les tuer par « accident » ?

Il vérifia la chambre de son calibre et tendit l'oreille. Il lui semblait qu'à travers la rumeur de la forêt, un silence plus large, plus profond, s'approchait. Celui des pirscheurs qui progressaient dans son dos, ou face à lui, ou de n'importe quel côté…

Tenter sa chance en solo, aucun doute. Après tout, ils allaient s'occuper en priorité du gibier le plus intéressant, celui qui tenait encore debout et pouvait leur opposer une résistance réelle. Ils s'occuperaient plus tard du flic moribond et de la femelle, proies négligeables, presque répugnantes, pour un chasseur à l'approche.

Après avoir dit mentalement adieu à Kleinert, il s'enfonça sous la futaie. Invisible de la route, il ôta son manteau et ses chaussures et les enterra au pied d'un tremble. Il retira ensuite sa chemise – grise, coup de bol – et la frotta dans la terre, puis, après l'avoir enfilée de nouveau, il se barbouilla le visage et la nuque avec de la boue. Enfin, il frictionna ses vêtements avec une branche de pin afin d'effacer toute signature corporelle. Alors seulement, il vérifia ses armes : un Glock 21, deux chargeurs, son vieil Opinel qui ne le quittait jamais.

Il était temps de se souvenir des leçons de son grand-père.

D'abord, le vent. Sur une route exposée, il suffit de se mouiller un doigt pour connaître sa direction, mais au sein des bois, où le moindre filet d'air court entre les branches et les buissons, ce n'est plus si évident.

Niémans aperçut un bouquet de bruyère et pressa quelques grappes de fleurs pour en obtenir de la poudre rose qu'il conserva dans son poing serré. Si les légendes sur les Chasseurs noirs étaient vraies, s'ils étaient capables de sentir l'odeur d'un homme ou de détecter l'effluve d'une branche brisée, la première chose à faire était d'avancer à contre-vent. Il laissa échapper quelques particules, repéra le sens de l'air et se mit en marche.

Ensuite, le bruit. L'erreur fatale aurait été de courir ou de s'agiter. Si on voulait avoir la moindre chance d'échapper à l'ennemi, il fallait s'insinuer dans le milieu, s'absorber en lui, sans frôler une brindille ni froisser une feuille. Son grand-père lui avait appris à progresser en forêt : à chaque pas, ne jamais commencer par les orteils mais par le bord extérieur de la plante du pied, puis, lentement, appuyer l'intérieur, pour sentir s'il n'y a rien dessous qui pourrait craquer, claquer, rouler.

Il avança ainsi, saupoudrant l'air de sa poudre de bruyère, sentant la terre humide traverser ses chaussettes. Ces précautions lui redonnèrent espoir : peut-être après tout pourrait-il tenir ainsi jusqu'à ce qu'Ivana trouve enfin du réseau…

Une autre chose le préoccupait : dans cette forêt, il en était quasiment certain, Laura était là, quelque part, fusil au poing. Elle avait décidé d'abattre un ou plusieurs Chasseurs, mais sa rage l'avait aveuglée. Mieux armée que Niémans, elle n'en était pas moins rouillée par rapport aux Sonderkommandos, ankylosée par ses heures de bureau et de chasses mondaines. Rien à voir avec ceux d'en face, qui se fondaient totalement dans le décor.

Il se mit en tête non seulement de lutter contre ces tueurs, mais aussi de sauver Laura – du grand n'importe quoi. Pour l'instant, il n'avait couvert que quelques mètres. Sans savoir où il allait au juste…

Les tueurs leur avaient accordé de l'avance, c'était certain. Quand on lâche des faisans ou des lapins avant la chasse, on leur laisse du champ, histoire de se donner l'illusion que le combat est équitable. Il espérait aussi que ces ennemis respectaient les règles de la pirsch et qu'ils évoluaient chacun en solitaire.

Son principal point faible était la distance. Si ses prédateurs étaient réellement des tireurs expérimentés, ils l'abattraient à plus de cent mètres d'une balle propre, qu'il ne verrait pas venir. Lui, avec son Glock et son couteau, ne pouvait agir qu'à quelques dizaines de mètres ou au corps-à-corps. Mission impossible : comment approcher un spécialiste de l'approche ?

Le vent était stable et Niémans marchait toujours, à une cadence de tortue. Il ne savait pas où il allait ni où il était. Face à lui, il avait des hommes aguerris qui connaissaient le terrain par cœur. Il repoussa ce genre de pensées négatives pour se concentrer sur l'instant : progresser sans bruit, être invisible, diffuser sa poudre de bruyère…

Soudain, un vol de corneilles claqua dans un rayon de soleil. Par réflexe, mais sans faire le moindre geste brusque, Niémans regarda dans cette direction. Un chasseur était là, à une centaine de mètres. Un prédateur roué à toutes les situations, mais qui n'avait pas pu empêcher cette envolée. Un pur miracle envoyé du ciel.

Au pied d'un chêne, camouflé par un entrelacs de lierre et de ronces, Niémans ne bougea pas : impossible de le voir. Même la différence de ton entre sa chemise et son pantalon jouait pour lui. C'était sa verticalité qui trahissait l'homme. Deux taches dépareillées dans un buisson et c'était l'invisibilité assurée.

Suant sous son masque de boue, il considéra son ennemi.

L'homme était couleur de loup. Gris et uniforme.

Une vieille veste de laine (la laine ne fait presque aucun bruit au passage des branches, elle respire, elle absorbe chaque contact), une casquette faisant de l'ombre au visage, des mitaines qui masquaient les mains. Plus étrange, le gars portait un Lederhose, une culotte de peau bavaroise en peau de cerf, un truc qu'on ne lave jamais et qui tient debout tout seul, avec des chaussettes grises et des Paraboots noires. En fait, l'équipement parfait, tout en discrétion et souplesse, intégration et retrait. Terminé le folklore, les paletots et les capes de pluie, les lunettes de cheminot et les grenades croisées. Maintenant, c'était le combat, la pirsch, la chasse au silence…

L'homme avait été surpris par l'envol d'oiseaux, mais il ne s'était pas trahi. Plus immobile qu'une statue, il attendait que la forêt reprenne son rythme naturel. Une certitude : il ne l'avait pas repéré. Immense avantage, surtout s'il reprenait sa progression dans sa direction.

C'est exactement ce qu'il fit, au bout de cinq bonnes minutes.

Le pirscheur se coula à travers les pépiements

d'oiseaux, les rayons du soleil chargés d'insectes bourdonnants, les craquements d'êtres invisibles. Il avançait si lentement qu'il était difficile d'être certain de son mouvement – un élément organique parmi d'autres, un bout d'écorce qui pouvait se déplacer sans que le décor en soit perturbé.

Soixante-dix mètres.

Niémans ne respirait plus. Il n'était que taches grises, ombre mouvante, forme indistincte dont rien ne trahissait la nature humaine. Son seul souci était ses lunettes. Il avait dû les garder, sinon, il n'aurait pas vu plus loin qu'un jet d'urine. Mais il redoutait que ses verres ne réfléchissent le soleil.

Trentre mètres.

La respiration toujours retenue comme un poing serré, Niémans fit passer ses mains, doucement, très doucement, dans son dos. De la droite, il prit l'Opinel glissé dans sa ceinture. De la gauche, il saisit la lame d'acier et la sortit de sa gangue de bois.

Vingt mètres.

Le pirscheur avançait toujours, au ralenti. Niémans de son côté prenait racine. Les feuilles de lierre frémissaient sur son visage. Des mouches dansaient sur sa gueule. Les doigts de sa main droite serraient le manche du couteau, toujours dans son dos.

Dix mètres.

Dans l'ombre de la casquette, un visage indistinct dont les lèvres s'entrouvraient sur une langue qui humectait sans cesse les narines. Incroyable : c'était exactement ce qu'aurait fait un cerf ou un chevreuil, les naseaux humides permettant de mieux analyser l'air. Le chasseur se croyait-il vraiment doué d'un tel odorat ?

Cinq mètres.

L'homme ne l'avait toujours pas vu, incorporé qu'il était aux feuillages, à l'écorce, aux insectes.

Trois mètres.

En une seule enjambée, Niémans fut sur l'ennemi. Le couteau s'enfonça tendrement au-dessus du sternum, entre les deux clavicules, sectionnant la trachée-artère. Une telle blessure assurait une mort immédiate et privait la victime de toute faculté de crier.

La seconde suivante, Niémans avait repris sa position au pied de son chêne. L'homme voulut porter la main à sa plaie, mais la bretelle de son fusil, qu'il tenait canon en arrière, vers le haut, l'en empêcha. Empêtré, il tomba à genoux, gorge ouverte, bras ballants, une expression figée, extatique, sur le visage.

La forêt n'avait même pas bronché. À peine un froissement de nervures, un frémissement de branches. Le chasseur semblait juste succomber à un malaise.

Quand il s'effondra sur un tapis de feuilles mortes, Niémans, les yeux hors de la tête, l'observait toujours, s'efforçant de ne pas respirer trop fort – dans l'action, il avait enfin libéré ses poumons et son souffle était haché, précipité.

Au bout de plusieurs minutes, le flic sortit de sa planque et s'approcha de sa victime – morte, aucun doute. Il regarda autour de lui. Personne n'accourait, pas la moindre présence humaine aux alentours.

Un genou au sol, Niémans était en train de s'emparer du fusil du mort, lorsqu'un canon glacé s'appuya sur sa nuque.

— Tu bouges, tu es mort.

Cette voix grave, il la reconnut aussitôt et se dit que, vraiment, de bout en bout, il n'avait rien compris.

# 63

— Retourne-toi.

Toujours à genoux, Niémans s'exécuta et découvrit un pirscheur standard, veste sans forme ni couleur, chapeau non identifiable, pantalon élimé rentré dans des chaussettes qui tire-bouchonnaient… et pas de chaussures.

Tout ça aurait pu être drôle si ça n'avait pas été tragique.

Le braquant toujours d'une main, le chasseur releva de l'autre son chapeau et abaissa le col qui lui remontait jusqu'aux yeux. En retour, Niémans ne put que hocher la tête, acquiesçant encore à cette certitude qu'il était le plus con de tous les flics.

Laura von Geyersberg se tenait devant lui. Non pas son alliée contre les pirscheurs comme il le croyait encore quelques minutes plus tôt, mais la pirscheuse en chef. Celle qui avait lancé la mort à ses trousses.

— Jette ton arme.

Niémans passa sa main dans son dos et attrapa son Glock. Au moment où il allait le poser devant lui,

Laura le frappa du talon à hauteur du plexus. Le flic tomba en arrière, souffle brisé. Il se recroquevilla et se mit à chercher l'air par petites bouffées, genre gardon hors de l'eau.

D'un geste, Laura ramassa le calibre, retourna Niémans, ventre au sol, et le palpa jusqu'à trouver l'Opinel. Le flic cherchait toujours à respirer, sa vie lui paraissant se résumer à ce mince sifflement qui sortait de sa gorge.

— Debout.

Il mit une bonne minute à obtempérer. D'abord un genou, ensuite l'autre. Un talon à terre, une traction, et puis, enfin, les honneurs du mode bipède.

Il considéra la comtesse, son magnifique fusil noir comme forgé d'une seule pièce, et cette détermination dans ses yeux brillants qui ne disait rien d'autre que sa propre mort – à lui.

Laura von Geyersberg n'était pas un simple chasseur, elle était la haute résolution du pouvoir de détruire, la quintessence de l'instinct meurtrier.

— C'est toi qui diriges tout ça ? demanda-t-il assez bêtement.

Elle ne daigna pas répondre. Inutile de s'égosiller pour des évidences.

— Pourquoi tuez-vous les enfants que vous adoptez ? tenta-t-il encore.

Cette fois, Laura ôta son chapeau et libéra sa tignasse noire.

— Parce que nous les adoptons pour les tuer.

La phrase fit son chemin dans le cerveau de Niémans.

Les Geyersberg organisaient des pirschs humaines au sein même de leur famille, depuis des générations.

— La chasse à l'approche, Niémans. C'est la seule vérité.

— Explique-toi.

Elle se déplaça latéralement comme pour l'avoir plus sérieusement en joue. À deux mètres, Niémans ne pensait pourtant pas qu'elle pût le rater.

— Le rôle du chasseur est de nourrir, d'élever, de soigner sa proie, afin qu'elle soit le plus forte possible, commença-t-elle d'un ton neutre. C'est ce que nous faisons depuis des siècles avec les gamins que nous adoptons.

Niémans croyait rêver, ou délirer, ou cauchemarder. Le bourdonnement des guêpes lui tournait la tête. Ainsi allait la Forêt-Noire…

— L'enfant adopté est notre gibier. Notre clan le nourrit, l'élève, lui paie les meilleures études, lui apprend à chasser pour faire de lui le plus dangereux des adversaires.

— Tout ça pour que le vrai héritier l'affronte en forêt ?

— Exactement.

— Mais… pourquoi ?

Laura émit un soupir déçu – toujours cette médiocrité du roturier, la banalité des gens de peu…

— Aujourd'hui, nous sommes un groupe industriel prospère mais nos valeurs n'ont pas changé. Le seul défi de l'aristocrate, c'est le sang. Si un Geyersberg n'est pas capable d'affronter dans la forêt son ennemi le plus dangereux, alors il n'est pas digne de diriger notre empire.

— C'est insensé.

— C'est allemand. Une tradition comme nous les aimons. Glorieuse, ethnique, féroce. Ne te trompe pas sur notre pays, Niémans, ça a toujours été «la loi du plus fort».

Niémans retrouvait son sang-froid, mais certainement pas sa salive. Sa gorge était râpeuse comme une pente de poussière.

— Tu es une meurtrière.

— Jürgen avait toutes ses chances. Durant plus de trente années, nous lui avons procuré les armes pour se battre, celles qui ont toujours été inculquées aux Geyersberg. D'ailleurs, il croyait être des nôtres.

— Il a été élevé sans connaître la vérité? Sans savoir qu'il allait être sacrifié?

— Pas sacrifié, Niémans. Il a bénéficié d'une chance inestimable. Enfant abandonné, il a accédé à la meilleure éducation, à la plus haute richesse. Et il aurait pu hériter de tout s'il m'avait vaincue.

Jürgen encaissant les sévices du père, s'accrochant à son rang, à ses livres, à ses performances. Jürgen essayant toujours d'être à la hauteur, un vrai Geyersberg. Mais il se trompait, il n'avait jamais été qu'un pigeon d'argile, un lapin de garenne lâché au matin de la chasse.

— C'est la grandeur de notre famille, poursuivait Laura. Nous misons tout sur cette chasse et nous donnons la possibilité à un moins-que-rien de posséder notre empire. Pour nous, seule compte la sélection du combat.

L'esprit et la lettre. Il avait saisi l'esprit. Une famille de cinglés ayant la cruauté d'intégrer dans ses rangs un pauvre gamin, de lui faire goûter le luxe, le confort d'une éducation de haute volée, le mirage d'un grand destin, pour simplement le sacrifier lorsqu'il aurait atteint la trentaine.

Restait la lettre.

Il voulait savoir comment s'organisait ce système abject. À cette question, Laura le gratifia d'un nouveau sourire. Après tout, elle ne devait pas avoir souvent l'occasion de s'expliquer.

— À chaque génération, nos parents adoptent un enfant, soigneusement sélectionné.

— Vous observez ses dents ?

Elle ne semblait pas apprécier l'humour de Niémans.

— Un carnet de santé suffit. Et un minimum d'informations sur ses antécédents.

Les vers d'Alfred de Vigny sur la tombe de Jürgen prenaient leur sens : « Fais énergiquement ta longue et lourde tâche / Dans la voie où le Sort a voulu t'appeler, / Puis après, comme moi, souffre et meurs sans parler. »

Il s'agissait bien de cela : un enfant-loup. Un enfant-proie. Niémans songeait à toutes ces années que Laura avait passées à vivre auprès de lui. À faire semblant. Tout ça pour lui faire payer le temps d'une nuit, seul, nu, au fond de la forêt, sa mauvaise naissance.

— Tu nous as toujours dit que Jürgen était pour toi comme un jumeau.

— C'est vrai.

— Tu as abattu l'être que tu aimais le plus au monde ?

— Une épreuve supplémentaire. La loi est la loi. La pirsch n'a rien à faire avec le monde des sentiments.

Et il avait fait l'amour avec cette folle furieuse… Il ne tremblait plus. Dans le doux tourbillon des abeilles et des oiseaux, il était en train de devenir un iceberg, avec sa sueur collante et ses dents soudées par la peur.

— Notre famille aime le risque, le sang, le combat. Les Geyersberg n'ont rien à voir avec cette époque dégénérée, qui se croit écologiste en recyclant ses ordures et qui est convaincue de préparer l'avenir en pensant à sa retraite. Notre clan a toujours suivi les vrais préceptes de la nature, ceux de la mort et de la survie. L'argent n'est rien. Notre groupe industriel, nos activités d'ingénierie, notre rôle politique ne comptent pas. Nous n'appartenons pas à votre monde misérable.

Niémans songeait aux portraits des ancêtres de Laura. Elle ne déparerait pas dans cette galerie de monstres.

— C'est pour ça que ta mère s'est suicidée ? demanda-t-il soudain.

La comtesse baissa son fusil, passa sa sangle à l'épaule et braqua le Glock vers son propriétaire – elle savait que le canon était armé.

— Elle n'était pas censée être au courant, mais cette gourdasse a surpris une conversation entre Franz et Ferdinand. Elle n'a pas supporté la dure loi de notre clan. Elle n'était pas une Geyersberg. Juste une pièce rapportée. La forêt broie ce genre de minus.

Avec une telle épitaphe, Sabine von Geyersberg était rhabillée pour l'éternité.

— Herbert von Geyersberg en 1988. Dietrich von Geyersberg en 1966. Helmut en 1943. Thomas en 1944. Richard en 1916… Tous ces hommes ont été tués par leur frère ?

— Pas leur frère, leur rival.

— Et jamais… un adopté n'a gagné ?

— Jamais, répondit-elle avec un sourire éclatant. C'est la preuve de notre supériorité absolue. Les Geyersberg sont des chasseurs. Sans doute les meilleurs au monde. Même quand nous formons, éduquons, entraînons nos adversaires, ils ne peuvent rien contre nous. C'est l'irréfutable preuve que l'inné ne peut jamais être supplanté par l'acquis. Le sang est tout et l'enseignement, un pauvre espoir pour la plèbe.

Niémans percevait l'ivresse de cette belle matinée. Était-il possible que ce paradis ait donné naissance à cet enfer ? Ou plutôt, que ce paradis ait produit, comme la nature produit les cancers et les pires infections, les Geyersberg ?

Il se concentra. Il voulait les faits. Tous les faits. Afin de dresser son PV, même post mortem.

— Concrètement, comment vos chasses s'organisent-elles ?

— Nous suivons un arbitre, un membre de la famille qui doit décider quand la pirsch doit avoir lieu.

— Franz ?

Elle eut un sourire d'évidence qui ressemblait à un

doigt manucuré passant sur le tranchant d'une lame de rasoir.

— Durant toutes ces années, il a soigneusement préparé la forêt et placé le territoire sous une surveillance continue, pour que la pirsch puisse s'y dérouler comme il y a plusieurs siècles.

— C'est lui qui a décidé de la date ?

— L'année, la saison, oui. Mais le jour, non. Nous avons besoin de la pleine lune. Malheureusement, elle est tombée sur ce putain de week-end de chasse à courre.

Cette date trop voyante lui rappela l'autre meurtre, comme survenu dans l'ombre du premier :

— C'est Udo qui a tué Max ?

— Il était temps d'en finir.

— Il n'a pas bénéficié de la pleine lune.

— La branche de mes cousins est inférieure. Leur rite est plus souple.

— Une mort mineure, quoi…

Laura fit jouer ses doigts sur la crosse. Son index frémissait sur la détente. Il avait tort de la jouer sarcastique : la comtesse perdait patience.

— Et les Chasseurs noirs ? embraya-t-il aussitôt. Quel est leur rôle ?

— Mon arrière-grand-père n'a jamais recueilli Oskar Dirlewanger, mais certains de ses lieutenants sont venus se réfugier sur nos terres. Notre famille avait besoin d'hommes de confiance pour protéger nos forêts de toute visite étrangère. Nous avons perpétué le système des Chasseurs noirs. Ils étaient parfaits pour préserver notre monde et nous aider à respecter nos propres traditions.

— Des histoires comme le lynchage de la petite Romni, il y en a eu d'autres ?

— Bien sûr. Mais nous avons réussi à les dissimuler. Nos « Kommandos » sont des voyous, des prédateurs sadiques et incontrôlables, mais on a besoin d'eux.

— Ils ont participé à ta pirsch ?

— Ils ont enlevé Jürgen le samedi soir et l'ont déposé dans la forêt.

— Nu ?

— Pas nu, non. Mais sans portable ni aucun moyen de communication.

— Sans arme ?

Elle glissa sa main gauche sous un pan de sa veste et en sortit un objet qu'il reconnut aussitôt : un *puukko* finlandais, couteau de chasse traditionnel au manche de bouleau.

— Il avait le même, commenta-t-elle. Cadeau de notre père pour nos 10 ans. Notre pirsch est la chasse la plus équitable de l'histoire.

— Sauf que Jürgen jouait le rôle de la proie.

— Jürgen s'est aussitôt transformé en chasseur. Il a été élevé ainsi.

Laura était toujours hors de sa portée. Un corps-à-corps était impossible. Une tentative de fuite à oublier. Pas la queue d'une autre idée. La faire parler encore, gagner un sursis…

— Vous ne suivez pas la règle fondamentale de la pirsch, objecta-t-il, celle de la balle propre.

— Trop facile. Ce qui est glorieux face à un animal ne l'est plus face à un homme. Notre chasse doit se résoudre dans un corps-à-corps à l'arme blanche. D'ailleurs, si vous aviez retrouvé une balle dans le corps de Jürgen – surtout une des miennes –, les flics n'auraient mis que quelques heures pour m'identifier.

— Tu n'as pas été assez prudente. Jusqu'ici, les Geyersberg ont toujours pris soin de cacher les corps. Pourquoi tu ne l'as pas fait cette fois ?

— Péché d'orgueil. J'ai voulu que le monde contemple ma victoire. S'il n'y avait eu que les flics allemands, sans trace ni indice, l'affaire aurait rapidement été enterrée.

Elle avait rengainé son couteau et noua ses deux mains sur le Glock.

— Allez, Niémans, dit-elle en opérant une légère pression sur la détente du calibre, désactivant les sécurités propres à la marque autrichienne. Je crois que tu en sais assez.

Niémans s'étonna de la simplicité de l'instant. Lui, elle, un peu de vent, des rayons de soleil veloutés comme un duvet de pêche et… la mort au bout d'un canon d'acier. Le flic le plus sombre de Paris allait mourir comme un faisan par un beau matin d'automne.

— Schüller, c'est toi ? essaya-t-il encore pour gagner quelques secondes.

La comtesse hésita. Son index relâcha sa pression et les sécurités se réengagèrent aussitôt.

— Schüller était plus malin que vous tous, souffla-t-elle. Il savait additionner deux et deux.

— C'est-à-dire ?

— Quand il a découvert que Jürgen était adopté, il a compris que sa mort était liée à son origine. Il s'est aussi souvenu d'une ancienne légende de notre région, à propos d'une famille de nobles qui adopte un enfant et s'en débarrasse quand celui-ci fait valoir ses droits pour l'héritage. La famille organise une chasse à la battue dont le gibier est cet intrus… Pas si loin de notre histoire.

— Il t'a appelée ?

— Tu le sais très bien. Il voulait me parler, il voulait me confronter à ces faits convergents. J'y suis allée et je l'ai descendu. Une erreur manifeste, mais j'ai été prise par le temps.

Niémans n'avait qu'une seule satisfaction, et elle était mince : il voyait toutes les pièces du puzzle s'accorder parfaitement.

— Laura, tenta-t-il de la raisonner, n'ajoute pas le meurtre d'un flic à ce désastre. Tu n'as absolument aucune chance de t'en sortir. Nous en savons trop, nous…

— Un geste et je tire.

Ce n'était pas Laura qui avait parlé, et Niémans se sentit littéralement fondre de gratitude en voyant se profiler, au-dessus d'un bosquet de coudriers (ou de ce qui lui parut tel : le coudrier est un arbre magique), la silhouette d'Ivana, blouson ocre et cheveux rouges, mains soudées sur son Sig Sauer.

Sa petite Slave. Son petit écureuil. Elle n'avait manifestement pas suivi ses ordres mais, sur ce coup-là, il ne pouvait que s'en féliciter.

— Lâche ton arme et mets tes mains sur la tête ! hurla Ivana, tranchant vivement avec la quiétude sylvestre de cette douce matinée.

Niémans songea aussitôt aux autres chasseurs mais le bourdonnement lointain d'un hélicoptère lui offrit un autre signal : Ivana avait trouvé du réseau plus tôt que prévu…

Son regard suivant, le flic le posa sur Laura, qui n'avait pas bougé. Elle pouvait encore appuyer sur la détente et l'abattre, lui…

Pourtant, elle baissa son bras armé, tandis que son visage s'assombrissait à la manière d'un papier vélin buvant une tache d'encre. Vaincue, aucun doute là-dessus. Elle inspira profondément l'air de la forêt et renversa la tête en arrière.

Niémans en eut le souffle coupé. Cette ossature dressée au soleil, étendard de beauté sous une chevelure de cristal noir, offrant une beauté déchirante, irisée de folie et d'orgueil.

Elle lui balança alors un discret clin d'œil, comme lors de leur première rencontre. Un de ces trucs qui ne cadraient pas avec son élégance souveraine mais qu'elle pouvait se permettre.

En fait, Laura von Geyersberg pouvait tout se permettre.

Comme braquer le canon du .45 sous son propre menton et tirer.

# 64

Laura von Geyersberg fut enterrée en toute discrétion.

Aux funérailles, seuls étaient présents quelques membres de la famille (dont le vieux Franz), une poignée d'actionnaires, sans oublier un bataillon de flics allemands, pour qu'on n'oublie pas la situation. Mais tout média était persona non grata.

Aussitôt la comtesse inhumée, chacun disparut – le comte parce qu'il devait sauver ses miches, la famille parce qu'elle n'était pas particulièrement fière des récents événements, les actionnaires parce qu'ils devaient reconstruire en urgence leur groupe décapité.

La vérité n'avait pas été publiquement révélée. Ni les flics du Land, ni les gradés de la Criminelle de Stuttgart n'avaient accusé formellement Laura von Geyersberg du meurtre de Jürgen et les enquêteurs français avaient rendu leur rapport de l'autre côté de la frontière.

La version officielle en Allemagne était que Laura

s'était suicidée en forêt, geste pouvant passer pour un aveu de culpabilité ou au contraire pour un acte de pure détresse face à la disparition de son frère – ou les deux.

Du reste, tout ce que Niémans et Ivana possédaient, c'était la confession orale d'une morte, c'est-à-dire rien du tout. De plus, pour une raison inconnue, l'homme avec qui Laura était censée avoir passé la nuit du meurtre, un directeur commercial du nom de Stefan Griebe, refusait de revenir sur sa déposition. Sur le plan de la procédure, Laura restait blanche de tout soupçon.

En revanche, Udo avait été arrêté pour l'assassinat de Max. Pas de pitié pour les survivants. Son mobile n'était pas très clair – course au pouvoir, drame passionnel –, mais les médias, jusqu'alors bridés par la crainte des seigneurs, s'étaient lâchés, présentant désormais les Geyersberg comme une bande de fins de race dégénérés.

Même chez les flics, le véritable mobile des meurtres n'avait pas été mis en lumière. Ce pacte familial qui consistait à jouer le patrimoine de la famille sur une simple chasse n'avait été mentionné que dans le rapport de Niémans et d'Ivana et personne n'avait épilogué là-dessus. Trop fou, trop loin du vrai monde, celui des gens ordinaires qui aiment leurs enfants et chassent les animaux.

L'assassinat de Philipp Schüller rentrait plus dans les normes : Laura l'avait tué pour l'empêcher de révéler l'adoption de Jürgen. En réalité, ce mobile ne tenait pas non plus – la victime n'était pas un véritable Geyersberg, et alors ? Une telle révélation ne méritait pas qu'on tue, même si on avait découvert que la famille avait falsifié le certificat de naissance de Jürgen, né Geyersberg pour la mairie de Fribourg-en-Brisgau.

Le vieux Franz avait été arrêté et aussitôt relâché. D'abord, parce qu'il avait les meilleurs avocats du Bade-Wurtemberg. Ensuite, parce que les charges qui pesaient contre lui étaient floues. Les enquêteurs ne possédaient pas la moindre preuve qu'il ait orchestré les duels forestiers. Quant aux Chasseurs noirs, ils ne pouvaient pas être tenus responsables des actes des gardes forestiers et des chasseurs de Schwarzes Blut.

Les malfrats avaient été inculpés mais pour des faits mineurs : tentatives d'intimidation à l'encontre de policiers français, élevage de chiens prohibés, délit de fuite pour l'accident de voiture en forêt... On était loin des accusations dont rêvaient Niémans et Ivana : complicité de meurtres pour les « chasses » qui avaient coûté la vie à Jürgen et Max, tentative d'homicide à leur encontre, violences sur une mineure romni...

« Laisse tomber », avait simplement dit Niémans à son adjointe. Contrairement à ce que son acharnement d'enquêteur pouvait laisser supposer, il ne croyait pas en la justice. Encore moins en la vérité. Seule comptait la culpabilité et il était prêt à tout pour la faire sortir de son trou. Mais après ça, les aveux, les avocats, les juges, les verdicts... Il s'en lavait les mains, car fondamentalement, il méprisait l'homme. Aucune personne humaine n'était donc capable de rendre une justice impartiale. « Il n'y a pas de vérité, disait-il d'un ton emphatique durant ses cours à l'école de police, il n'y a que des mensonges plausibles. »

Cette enquête, Niémans se l'était tout de même prise en pleine gueule. Qu'il ait aimé ou non l'assassin, Laura, importait peu. Le problème était qu'il se soit planté à ce point. Jamais sans doute il n'était passé aussi loin de la vérité. Aveuglé par la beauté de la comtesse, ou battu sur ce terrain qu'il croyait si bien connaître, le mal, il n'avait rien vu venir. Une équation de cruauté presque abstraite, qui planait un peu trop haut pour lui.

Tout ce qu'il avait récolté, c'était encore un mort, son neuvième. Un cas de légitime défense indiscutable, mais la souplesse de la lame dans la gorge du chasseur était un souvenir qu'il n'était pas près d'oublier.

Depuis trois jours, il n'avait pas desserré les dents et Ivana le laissait se momifier à vue d'œil. Elle avait plus urgent à faire : rédiger les derniers PV de l'enquête et les conclusions de toute l'affaire.

Bizarrement, elle se sentait plus à l'aise que Niémans face à ce dossier. En matière d'atrocités, elle en avait beaucoup moins vu que lui mais sa haine congénitale des classes privilégiées et sa révolte naturelle à l'égard de toute idée de supériorité innée, de domination sociale ou de raffinement du sang lui permettaient de mieux accepter le système Geyersberg.

Mais elle n'avait rien vu venir non plus. Elle avait juste encaissé la violence ambiante – les mutilations des victimes, ses doigts coincés sous le kick de la moto, Schüller mort parmi ses échantillons – et elle avait tenté d'assurer le job. Jamais son imagination n'aurait pu aller aussi loin que celle des Geyersberg eux-mêmes.

Ils auraient pu rédiger leurs conclusions en France mais Ivana avait prétexté une concertation nécessaire avec les forces de police allemandes afin de livrer un dossier complet, ce qui n'était vrai qu'en partie.

Ivana possédait une tout autre raison de s'attarder : chaque jour, elle allait voir son héros à l'Universitätsklinikum (Centre hospitalier universitaire de Fribourg-en-Brisgau). Un héros blessé qui, même en pyjama de papier, lui retournait le cœur.

# 65

Kleinert s'en était plutôt bien sorti. Les radios avaient révélé un traumatisme crânien mais sans hématome, trois côtes brisées, une clavicule fissurée et un humérus déboîté, tout ça du côté droit. Toutefois, les côtes s'étaient retournées contre leur propriétaire et avaient blessé, façon couteau à filets, différents muscles, tissus et même organes – elle n'avait pas bien compris : le chef de service parlait un anglais qui claquait des talons à chaque consonne.

Quant aux blessures les plus impressionnantes, celles des yeux, elles s'étaient révélées superficielles. On avait dû lui retirer de minuscules tessons des paupières, un travail de patience qui s'était achevé avec deux gros pansements d'aveugle tout droit sortis d'un film de guerre.

Quand Ivana lui rendait visite, l'Allemand, les yeux bandés, l'écoutait sans pouvoir la voir. Du pur romanesque. Sauf qu'Ivana devait surveiller les horaires de l'épouse et des deux mouflets, subissant les humiliations ordinaires de la maîtresse planquée.

*Bien fait pour ta gueule*, se disait-elle à elle-même. Non seulement elle devait passer après l'officielle mais elle devait aussi digérer l'exemple de cette mère si digne, qui élevait ses enfants et avait su garder leur père auprès d'eux. Tout ce qu'elle n'avait pas su faire, elle…

Bref, elle venait voir son Kleinert dans le dos de la légitime, et dans le dos de Niémans, comme on se fume un petit joint entre deux portes. Elle en ressortait légèrement stone, se tenant aux murs et s'accrochant à ses rêves, des rêves en forme de cul-de-sac qui allaient prendre fin avec un coup de tampon sur un rapport et une bonne poignée de main avec des képis verts.

La dernière nuit d'enquête, alors qu'ils revenaient du château de Franz, ils avaient fait l'amour, pas jusqu'au bout en réalité, mais l'intention y était. Il n'y a que dans les films que les amants jouissent dès la première fois, dans des bagnoles vaporisées de buée. Elle en avait tiré quand même un intense plaisir, celui de l'âme. Rien n'est possible, se disait-elle, alors profites-en un max. L'absence d'espoir, c'était la victoire suprême de l'espoir, celui de n'être jamais déçu, ni par la vie ni par les hommes.

Mais aujourd'hui, changement d'ambiance. Pour la dernière visite, Niémans était à ses côtés et il n'était plus question d'escapade amoureuse. On allait faire ses adieux au collègue, un point c'est tout.

# 66

Une surprise l'attendait : Kleinert ne portait plus son bandeau ni même ses lunettes. Il lui parut totalement changé. Tous les signes de fatigue et de stress post-traumatique semblaient s'être concentrés au fond de ses orbites. Amaigri, exsangue, le flic ressemblait à un masque. Ses longs cheveux plantés haut sur le front et sa barbichette collée sous son menton évoquaient maintenant des postiches.

Face à l'expression de ses visiteurs, Kleinert s'empressa d'annoncer :

— Selon les médecins, je pourrai sortir dans une semaine.

— Super, répondit Niémans sur un ton plein d'entrain. On rentre en France aujourd'hui.

— Vous avez rédigé tous vos rapports ?

Le flic se crispa, puis sourit, comprenant la vanne avec un temps de retard.

— Faites pas chier, Kleinert.

Ivana s'était placée en retrait, les bras croisés, se tenant sur une jambe comme un héron dans la vase.

Kleinert tendit le bras vers la table de nuit et attrapa un dossier à l'ancienne, chemise de carton et liasse de feuilles imprimées.

— J'ai une info pour vous deux, dit-il en ouvrant la chemise et en se redressant dans son lit. Ulrich Taffertshofer, le généticien de Max-Planck, a continué ses recherches.

— Quelles recherches ?

— Sur l'ADN des Geyersberg. Il a poursuivi ses comparaisons et découvert un fait stupéfiant : le caryotype de Jürgen partageait plusieurs points communs avec le patrimoine génétique de la famille.

— Impossible, Jürgen était un enfant adopté.

— C'est ce qu'on a cru parce que son ADN était différent de celui de Laura, mais c'était le contraire.

— C'est Laura qui était adoptée ? demanda Ivana, le souffle coupé.

— Exactement. Taffertshofer est catégorique : Jürgen appartient au clan.

— Et Max ?

— Lui était adopté, aucun doute. Jürgen et Udo étaient les enfants biologiques.

Niémans pianotait nerveusement sur la barre du lit.

— Laura était persuadée d'être une Geyersberg…

— On leur laissait sans doute croire à chacun qu'ils avaient la légitimité du sang, pour les motiver davantage.

Ivana imaginait ce système totalement pervers qui consistait à dresser des enfants – ou plutôt des adolescents – l'un contre l'autre afin de les faire s'affronter plus tard. Ces gamins s'étaient aimés, ils s'étaient tenu les coudes face au pouvoir paternel et à la cruauté de leur éducation, mais une cause supérieure les avait séparés.

Ivana soupesait aussi un autre aspect de l'histoire : c'était cette fois l'enfant étranger qui avait vaincu. Son sang d'origine modeste avait gagné l'empire Geyersberg, comme soudain restitué au peuple. Envers et contre tout, cette idée lui plaisait, sans compter que l'outsider finalement vainqueur était une femme.

Kleinert continuait son exposé d'une voix de plus en plus exaltée. Ivana mesurait à quel point cette enquête avait détruit ses illusions mais l'avait développé en tant que flic. Il en sortait plus grand, plus fort, et cela confortait la conviction profonde d'Ivana : les flics poussent sur du fumier.

Bientôt, le silence s'imposa dans la chambre d'hôpital. Niémans se tourna vers la fenêtre et scruta durant quelques secondes le paysage. Ivana savait exactement ce qu'il pensait, ou du moins ce qu'il ressentait : il avait hâte de quitter cette chambre surchauffée, cette atmosphère de convalescence qu'il avait lui-même trop bien connue du temps de Guernon.

Ivana s'attendait à ce qu'il se dirige vers la porte en marmonnant un « au revoir » dans son col, mais quand il se retourna, il était tout sourire.

Il s'approcha de Kleinert et lui attrapa la main droite – on voyait sous la peau blanche les veines et les tendons du convalescent.

— Salut, Kleinert. Ça me fait mal de vous le dire mais je dois reconnaître que vous êtes un sacré flic.

L'Allemand souffla son sourire dans les airs comme s'il s'agissait d'une bulle de savon.

— Je peux dire un mot à Ivana ?

Le géant à lunettes parut comprendre mais ne quitta pas son expression bienveillante. Il n'était plus question de jouer au protecteur macho.

— Je vous laisse vous dire au revoir.

Seule face à Kleinert, Ivana réalisa qu'elle avait la tête vide. Pas la moindre phrase ni le moindre mot sur le bout de la langue. Elle contemplait son flicard et elle le voyait déjà comme un souvenir. L'Allemand parut saisir ce qu'elle éprouvait – peut-être ressentait-il le même sentiment.

— Je ne crois pas qu'on se reverra, dit-il.

Elle s'assit au bord du lit et lui saisit la main, elle était aussi sèche et légère qu'un morceau de craie. L'Allemand ne bougeait pas, se contentant de laisser encore flotter son sourire devant lui.

Toujours pas moyen de dire un mot. Elle aurait dû écrire son discours.

— Nous sommes les rescapés d'une catastrophe, l'aida-t-il. On a eu la vie sauve mais c'est la mort qui a gagné.

*Eh ben dis donc*, se dit-elle afin de désamorcer la gravité ambiante. Pourtant, elle n'aurait su dire mieux, ni pire. Elle se pencha pour l'embrasser sur le front, comme on dépose un baiser sur le crâne d'un gamin et, comme pour bien enfoncer le clou, elle lui ébouriffa les cheveux dans un geste attendri.

*Voilà où t'en es, ma vieille, se dit-elle encore. Ton gamin est un homme et tu traites les hommes comme des enfants...*

Elle le gratifia d'un dernier sourire et s'éloigna. Le temps d'ouvrir la porte, sa tendresse se mua en rage, son affection en haine. Elle songeait à la femme de Kleinert, à ses enfants, à sa tranquille vie de famille, et elle eut envie de vomir face à tant de médiocrité.

C'était une pensée-crachat, pleine de mépris et de ressentiment, qui ne valait rien, excepté le poids de son propre désespoir. Elle lui en voulait de ce qu'elle était, elle. Elle était jalouse de sa banalité, de sa quiétude, de sa conformité, parce qu'elle n'était jamais parvenue à cette simplicité.

Le seuil franchi, elle se retourna et lui lança un nouveau sourire, cette fois sincère et déployé. Elle l'aimait finalement comme une idée, un projet, quelque chose qui planait au-dessus de la merde ambiante et qu'on ne pourrait jamais lui voler.

Le mousquetaire lui rendit son sourire et elle se dit : *Tu n'es qu'une conne.* Elle se le répéta en fermant la porte, alors qu'elle aurait dû revenir sur ses pas pour l'embrasser vraiment.

Mais déjà, marchant vers l'ascenseur, elle rassemblait ses forces. Elle sentait sa colère revenir. Après tout, c'était cette rage qui la tenait debout.

Niémans l'attendait devant l'ascenseur. Dans la cabine, elle éclata enfin en sanglots, tandis que son chef regardait le sol, puis le plafond, puis le tableau de commande. Il était comme un prisonnier dans une cage avec une bête sauvage, le chagrin bouleversant de sa petite Slave.

# 67

Avant de monter dans la Volvo, elle lança un regard au bleu dur du ciel et alluma une cigarette, histoire de brûler définitivement le nœud qui lui bloquait la gorge.

— Tu viens, oui ?

Niémans ne connaissait qu'une tactique pour dissimuler son émotion : la grogne.

Elle tira encore une taffe et écrasa sa clope de la pointe de sa boots.

— J'arrive.

Une fois installée dans l'habitacle, roulée en boule, talons coincés contre le tableau de bord, elle ne pensait déjà plus à Kleinert, c'est-à-dire qu'elle se le gardait pour plus tard, précieux talisman à solliciter de temps à autre.

Niémans fila en direction de l'autoroute. C'était toujours la forêt dans tous ses états, mais comme coupée en deux, repoussée à distance par la puissance du trafic. Bientôt, ce serait les plaines et les champs cultivés. Plus tard encore, la grisaille de la banlieue parisienne, les plages de béton couvertes par un ciel plombé et toxique – enfin.

Il lui fallait peu de choses pour être heureuse, et toutes ces choses avaient à voir avec la ville, le bruit, la pollution. Si elle considérait séparément chaque élément, le dégoût la prenait : bagnoles, crasse, puanteur, citadins… Mais réunis ensemble, cela formait un décor enchanteur, en tout cas à ses yeux.

Elle se réveilla d'un coup : elle s'était endormie en imaginant la rumeur de Paris. Ils avaient déjà franchi la frontière. Elle baissa sa vitre et alluma une nouvelle cigarette. Pas de commentaire de Niémans. Le flic pouvait demeurer des heures sans dire un mot. Elle détestait ça. Pourtant, ce silence ne revêtait aucune signification : ni indifférence ni colère, juste une enceinte invisible.

Tirant sur sa clope comme pour prendre de vitesse le vent du dehors qui la consumait en express, elle se demandait quel sujet aborder pour briser cette muraille de Chine.

En bonne suicidaire, elle se décida pour le pire :

— Niémans, j'ai une question.

— Tu peux fermer ta vitre ?

Ivana balança sa clope et s'exécuta.

Elle allait briser un tabou, et cette idée l'excitait autant qu'elle l'effrayait.

— Pourquoi vous avez peur des chiens ?

## 68

Le silence parut soudain se compresser et Ivana se prit à redouter une explosion, quelle qu'en soit la nature. Le vieux flic émit un râle, à mi-chemin entre le grognement et le soupir. Sa voix était si grave qu'elle rejoignait parfois des tonalités inintelligibles, proches de l'onde sismique :

— Je t'ai déjà parlé de ma famille, non ?

— Vous ne m'avez jamais parlé de rien.

— Bon. Je suis né en Alsace dans une famille sans histoires. Un père toujours occupé et une mère borderline, le genre dépressif.

Ivana songea aux parents des enfants Geyersberg mais la comparaison ne pouvait pas aller loin.

— Ils n'ont donc rien remarqué quand les choses se sont gâtées du côté de mon frère.

— Votre frère ?

— Mon aîné de trois ans. On partageait tout, absolument tout. Et un jour, ça s'est mis à déconner.

Niémans hésitait à poursuivre. Le chuintement du

moteur, pourtant assourdi par les vitres fermées, parut monter en régime.

— Jean, reprit-il après quelques secondes, c'était son prénom, a commencé à parler tout seul. La nuit, dans notre chambre, je l'entendais s'adresser au plafond, en proie à de purs délires de persécution.

— Il souffrait de troubles mentaux ?

— Aujourd'hui, on aurait vite diagnostiqué sa schizophrénie mais à l'époque, en Alsace… Et puis, Jean savait y faire pour cacher sa pathologie. J'étais le seul dans la confidence…

Le silence revint, à la manière d'un orage qu'on croyait s'être éloigné et qui frappe d'un coup plus près, plus fort.

— Au début, Jean me considérait comme son allié. Il m'expliquait le moindre détail de son monde hallucinatoire. Comment il fabriquait des pièges au-dessus du pont de l'autoroute, afin que des pierres tombent sur les voitures en signe d'avertissement de son pouvoir. Comment il attrapait, la nuit, des taupes dont il buvait le sang pour améliorer son ouïe et sentir les vibrations dans l'obscurité. Pourquoi il fabriquait des sortes de toiles d'araignée dont chaque extrémité était un collet serré sur la gorge d'un oisillon issu d'une portée de merles noirs. Chaque matin, il les nourrissait, les regardait grossir et s'étouffer avec le câble d'acier…

— Vous n'en parliez pas à vos parents ?

— Ils ont cru que j'affabulais. Encore une fois, Jean savait se tenir devant les adultes. Son univers délirant était soigneusement dissimulé.

— Et à l'école ?

— Pareil, sauf que des accidents étranges survenaient, des sabotages…

Ivana se sentait glisser sur une pente lente, vicieuse, sans la moindre prise. Et elle redoutait ce qui l'attendait en bas…

— Vous aviez quel âge ?

— Lui 13 ans. Moi 10.

Niémans se concentrait sur la route mais il donnait l'impression de regarder bien autre chose que l'axe de bitume. Ivana pouvait sentir la tension nerveuse de ses bras, qui appuyaient sur le volant à le tordre.

— Jean a commencé à se méfier de moi, à ne plus me parler, sauf pour me menacer. Ça semble impossible mais j'ai compris qu'il allait me tuer.

Ivana ne savait pas où porter les yeux : les lignes de fuite devant elle ne cadraient pas avec cette histoire si intime. Mais pas question de le regarder, lui. Elle aurait sans doute surpris un visage de mort aux muscles noués comme des cordes autour d'un cercueil.

— J'ai compris son plan en vacances, chez nos grands-parents paternels. Les vieux avaient un chien qui s'appelait Réglisse. Un cane corso, l'héritier des chiens de combat des légions romaines. Un clébard capable d'affronter les lions dans l'arène ou de protéger les putes dans les bas-fonds de Rome.

— Ça a l'air sympa comme race…

La vanne lui avait échappé. Toujours ce tic du sarcasme.

— Jean le dressait pour me tuer, enchaîna-t-il. Réglisse était un gros nounours, un bon toutou affectueux et protecteur, mais Jean s'évertuait à réveiller ses instincts meurtriers. À chaque séjour, il remettait ça, transformant Réglisse en chien de combat qui n'avait qu'un ennemi, moi.

— Et vos parents ?

— Mes grands-parents, tu veux dire. Ils ne comprenaient pas ce qui se passait. Ils se moquaient même de moi, le petit trouillard qui avait peur de notre chien fidèle.

— Il vous attaquait ?

— Non. Quelque chose le retenait encore. Le poids de l'habitude, sa douceur naturelle, je ne sais pas… Mais j'épiais le moindre de ses grognements, ses mouvements. Je sentais cette menace, partout, tout le temps…

Niémans reprit son souffle, ou ses souvenirs, comme on ramasse un jeu de cartes pour les battre à nouveau. Il allait descendre plus loin, plus profond.

— Un dimanche, mes grands-parents sont partis à un comice agricole, un truc débile à plus de cinquante bornes. Jean devait veiller sur moi. J'étais tétanisé mais la folie semblait l'avoir quitté ce jour-là. Il était calme, raisonnable, lucide. Il plaisantait même, disant qu'il espérait que je n'avais jamais cru à ses histoires de dressage et de vengeance. À ce moment-là, j'ai presque repris confiance. On a déjeuné devant la télé (je lui avais demandé d'attacher Réglisse près de sa niche). C'était l'époque de *Chapeau melon et bottes de cuir*, tu peux pas connaître… Un bref instant, j'ai cru que tout était redevenu comme avant…

» Quand je me suis réveillé, j'avais les yeux

bandés. Ma mère carburait au gardénal, Jean avait dû en mélanger dans ma bouffe. Je n'avais aucune idée de l'heure ni du lieu où j'étais. Des sensations de brûlure, très localisées, me lacéraient le corps, sur les avant-bras, les chevilles, la taille… Mais la pire sensation se trouvait au milieu de mon corps, quelque part entre mes jambes, une chaleur diffuse, aux bords coupants, qui me cisaillait l'intérieur des cuisses et qui palpitait.

» J'ai tenté de hurler mais j'étais bâillonné. Je respirais par convulsions, des secousses de panique qui déchiraient mes narines… Alors seulement, j'ai senti l'odeur, cette putain d'odeur fauve qui me rentrait par tous les pores de la peau… Un animal était là, tout proche, peut-être même à l'intérieur de moi, et ma sueur commençait à sentir ce mélange atroce de puanteur sauvage et de poils mouillés… Réglisse était là, tout près, mais où ?

Ivana redoutait le moment où Jean allait retirer le bandeau du jeune Pierre, car c'était maintenant, ici, dans l'habitacle de la Volvo, que tout se passait. Elle avait la main cramponnée à la poignée de la portière, jointures blanchies, ongles enfoncés dans la paume à la faire saigner.

— On se trouvait dans la cabane de mon grand-père au fond du jardin, reprit-il, comme s'il avait pris le temps, dans ses souvenirs, d'ôter le cache sur ses yeux. Il m'avait ligoté sur une chaise avec des dizaines de câbles de frein de vélo qui traversaient l'espace en une gigantesque toile d'araignée. Réglisse était encordé avec moi. Jean l'avait coincé entre mes jambes, la gueule ouverte sur mes parties génitales. Il avait serré encore plus ses liens pour que le chien, mû par la douleur ou la fureur, me châtre d'un coup de crocs… Mais Réglisse ne bougeait pas. Il restait là, gueule ouverte sur mes couilles, yeux humides, mouillant le tissu de mon pantalon. Bizarrement, toute agressivité avait disparu chez lui. Il avait ce regard pleurant des clébards qui attendent quelque chose de leur maître, implorant en silence…

» Je cherchais en moi la voix la plus douce pour le calmer, les murmures les plus apaisants, mais rien ne sortait de ma gorge. Ma peur avait dépassé un point limite. Tout ce que je pouvais faire, c'était rester immobile, muet, inexistant… Des secondes d'effroi total, gérées par une partie de mon cerveau formée il y a des millions d'années…

Ivana était terrée au fond de son siège, ses yeux dépassant à peine du tableau de bord. La question lui tapait les tempes à la manière d'un vieil agrès sur une coque :

— Et… votre frère ?

— Il dormait, devant moi, à même le sol. Ce con s'était endormi en plein sacrifice, me laissant dans cette position mortelle. Ça lui arrivait souvent : au milieu d'une crise, il était soudain terrassé par le sommeil, comme si son cerveau en surchauffe se mettait en veille. Le tableau était vraiment… spécial. Moi, ligoté comme un dealer de drogue torturé par ses patrons, le chien à court de souffle, les crocs sur mes couilles, et mon frère ronflant paisiblement devant son œuvre…

Niémans se tut. L'histoire était-elle terminée ? D'une façon ou d'une autre, le gamin s'en était sorti – mais dans quel état ? L'idée que Niémans n'était pas un homme complet lui passa dans le sang comme une onde de lave brûlante…

— Plus rien n'a bougé jusqu'au moment où mon frère s'est réveillé. Il m'a regardé, il a contemplé son œuvre et il s'est levé sans un mot. Il a coupé les câbles et il m'a libéré. Le chien a aussitôt fui en gémissant et je me suis évanoui. Quand j'ai repris connaissance, j'étais allongé dans mon lit. Jean n'a plus jamais reparlé de la scène. Tout s'est passé comme si je l'avais rêvée. En réalité, c'est lui qui l'avait rêvée, il ne s'en souvenait plus. J'étais devenu un personnage de ses cauchemars…

Le vrombissement de la Volvo servait toujours d'accompagnement sonore. Un grondement continu, comme circulaire.

La chaleur qui avait traversé Ivana se transformait en démangeaison, un prurit de flic qui veut toujours plus d'infos.

— Mais, risqua-t-elle, c'est tout ?

Il se tourna vers elle et cracha :

— Ça te suffit pas ?

Elle rentra la tête dans les épaules. Il venait de livrer le noyau dur de sa personnalité brisée et elle avait l'air de la fille qui n'a pas compris la fin du film.

Il soupira et parut tout à coup admettre qu'en effet, il pouvait encore lui accorder quelques fragments :

— Mes parents n'ont jamais rien su de cette séance de torture… Je suis tombé malade, on dirait aujourd'hui « en dépression ». J'ai refusé d'aller à l'école, je me suis enfermé dans ma chambre, je ne voulais plus en sortir. Alors se sont produits deux faits concomitants.

» D'abord, Réglisse est mort, alors qu'on était encore chez mes grands-parents. Personne n'a jamais su de quoi, mais tout le monde m'a soupçonné. Jean ne cessait de m'accuser… L'autre fait, c'est une crise de délire qui a saisi Jean au collège. Je ne me souviens plus exactement des circonstances – en réalité, on ne m'a jamais donné les détails – mais il n'était plus possible de nier ses troubles mentaux : la moitié des élèves avaient assisté à la scène. Il a été hospitalisé et il est devenu un zombie gavé de médicaments, allant d'institut en institut.

» Pendant ce temps, j'ai endossé le rôle du frère qui n'avait pas su tirer à temps la sonnette d'alarme, presque un traître. On m'a envoyé en pension. Je ne suis plus jamais retourné chez moi. Cette famille ne m'avait rien apporté, et ne m'apporterait plus rien. J'ai décidé de me débrouiller seul et je ne m'en suis pas trop mal sorti. J'ai toujours considéré la famille comme une faiblesse et la solitude comme une force. C'est comme ça que j'ai réussi à tenir debout. Mais bien sûr, pour moi, après tout ça, les clébards, c'était fini.

Le silence vint se refermer sur ces paroles. Mais Ivana n'en avait pas fini : elle était flic, elle était en train de résoudre le mystère qui la taraudait depuis des années et qui, d'une manière obscure, la reliait souterrainement à Niémans – elle-même avait payé un tel tribut à la vie en angoisses, en phobies, en terreurs nocturnes…

— Votre frère, qu'est-ce qu'il est devenu ?

— Il s'est suicidé à 26 ans. Il vivait en « appartement accompagné » et il avait le droit de sortir quelques heures durant la journée. Il est allé voir nos grands-parents et il s'est pendu dans la cabane au fond du jardin. Peut-être que ça lui rappelait des souvenirs…

Avancer avec prudence et légèreté, se dit-elle, comme si elle marchait sur la fine couche d'un lac gelé. Mais la délicatesse n'était pas son fort :

— Ça vous a rapproché de vos parents ?

Niémans sourit, une consternation amusée face à la naïveté d'Ivana.

— Sa mort, tu veux dire ? Pas du tout. Je ne suis même pas allé aux funérailles. N'oublie jamais ça : la famille est une faiblesse.

Elle devait réfléchir à cette phrase, elle qui n'en avait jamais eu, elle qui avait échoué à en construire une. Elle aurait aimé que cela fût vrai…

Niémans, sentant qu'il n'en avait pas assez dit, ajouta :

— À cette époque, j'avais déjà ma vie.

— Quelle vie ?

Ça, c'était la bourde. Ivana avait posé la question du haut de son bon vieux scepticisme – qu'est-ce qui pouvait être plus important que la mort de son propre frère ? Ce genre de banalités qui n'avaient absolument pas cours dans l'existence de Niémans, pas plus que dans la sienne.

— Je suis devenu flic et je me suis plongé dans les crimes des autres. Une diversion comme une autre. En tout cas, ce boulot m'a rendu plus fort face à mes traumatismes, à moins que ça ne soit le contraire. Je me suis bricolé un équilibre et j'ai pu devenir ce que je suis.

Ivana savait ce qu'il voulait dire quand il disait « devenir ce que je suis », un chasseur, un obsédé, un tueur. Il n'avait jamais caché que c'était cet acte – tirer sur des hommes dans des cas de légitime défense – qui l'avait défini à jamais.

Un jour, il lui avait confié : « Il est facile de tuer. Il suffit d'accepter de mourir. » Ivana n'avait pas compris ce qu'il voulait dire. Elle avait ruminé cette phrase durant des semaines puis avait saisi : la mort des autres n'est tolérable que si on accepte la sienne comme un fait secondaire, anecdotique. D'une certaine façon, cela rendait l'existence plus légère…

Ivana ne pouvait souscrire à cette opinion. Elle avait tué elle aussi – le père de son fils –, mais ce n'était pas parce qu'elle acceptait de mourir. Au contraire, c'était parce qu'elle voulait vivre et sauver son enfant.

Aujourd'hui pourtant, Niémans et elle étaient les mêmes, aussi près que possible de la ligne de démarcation finale. Cette pensée la rassura et l'oppressa à la fois. Deux kamikazes lancés sur les routes de France, deux flics perdus qui trouvaient dans la mort des autres leur raison de vivre.

*Du même auteur*
*aux Éditions Albin Michel :*

LE VOL DES CIGOGNES, 1994
LES RIVIÈRES POURPRES, 1998
LE CONCILE DE PIERRE, 2000
L'EMPIRE DES LOUPS, 2003
LA LIGNE NOIRE, 2004
LE SERMENT DES LIMBES, 2007
MISERERE, 2008
LA FORÊT DES MÂNES, 2009
LE PASSAGER, 2011
KAÏKEN, 2012
LONTANO, 2015
CONGO REQUIEM, 2016
LA TERRE DES MORTS, 2018

Le Livre de Poche s'engage pour l'environnement en réduisant l'empreinte carbone de ses livres. Celle de cet exemplaire est de :

300 g éq. $CO_2$

Rendez-vous sur www.livredepoche-durable.fr

Composition réalisée par Soft Office

---

Achevé d'imprimer en France par
CPI BRODARD & TAUPIN (72200 La Flèche)
en avril 2021
N° d'impression : 3043088
Dépôt légal 1re publication : avril 2020
Édition 07 - avril 2021
LIBRAIRIE GÉNÉRALE FRANÇAISE
21, rue du Montparnasse – 75298 Paris Cedex 06

39/0408/9